Coleção Melhores Crônicas

José de Alencar

Direção Edla van Steen

Coleção Melhores Crônicas

José de Alencar

Seleção e Prefácio João Roberto Faria

© Global Editora, 2003

1ª Edição, Global Editora, São Paulo, 2003
3ª Reimpressão, 2010

Diretor-Editorial
JEFFERSON L. ALVES

Gerente de Produção
FLÁVIO SAMUEL

Coordenadora-Editorial
DIDA BESSANA

Revisão
TATIANA FERREIRA

Projeto de Capa
VICTOR BURTON

Editoração Eletrônica
ANTONIO SILVIO LOPES

Dados Internacionais de Catalogação na Publicação (CIP)
(Câmara Brasileira do Livro, SP, Brasil)

Alencar, José de, 1829-1877.
  Melhores crônicas / José de Alencar ; direção de Edla van Steen ; seleção de João Roberto Faria. – São Paulo : Global, 2003.

  ISBN 978-85-260-0799-4

  1. Crônicas brasileiras I. Steen, Edla van. II. João Roberto Faria. III. Título.

03-1147   CDD– 869.93

Índice para catálogo sistemático:
1. Crônicas : Literatura brasileira 869.93

Direitos Reservados

**GLOBAL EDITORA E
DISTRIBUIDORA LTDA.**

Obra atualizada conforme o
Novo Acordo Ortográfico da Língua Portuguesa

Rua Pirapitingui, 111 – Liberdade
CEP 01508-020 – São Paulo – SP
Tel.: (11) 3277-7999 – Fax: (11) 3277-8141
E-mail: global@globaleditora.com.br
www.globaleditora.com.br

Colabore com a produção científica e cultural.
Proibida a reprodução total ou parcial desta obra
sem a autorização do editor.

Nº de Catálogo: **2351**

Melhores Crônicas

José de Alencar

ALENCAR CRONISTA

I

*E*ste volume reúne boa parte dos folhetins e crônicas que José de Alencar escreveu em dois jornais do Rio de Janeiro, entre os anos 1854 e 1857. À semelhança de outros escritores de sua época, o autor de *O Guarani* exercitou a pena no *Correio Mercantil* e no *Diário do Rio de Janeiro*, antes de se transformar no maior romancista brasileiro do Romantismo.

Naqueles tempos, a crônica chamava-se folhetim e não tinha as características que tem hoje. Era um texto mais longo, publicado geralmente aos domingos no rodapé da primeira página do jornal, e seu primeiro objetivo era comentar e passar em revista os principais fatos da semana, fossem eles alegres ou tristes, sérios ou banais, econômicos ou políticos, sociais ou culturais. O resultado, para dar um exemplo, é que num único folhetim podiam estar, lado a lado, notícias sobre a guerra da Crimeia, uma apreciação do espetáculo lírico que acabara de estrear, uma denúncia do péssimo estado da saúde pública, críticas às especulações na Bolsa e a descrição de um baile no Cassino.

Como escreveu certa vez Alencar, o folhetim era o "livro da semana", que poderia ter um título como este: "História circunstanciada do que se passou de mais importante nesta cidade do Rio de Janeiro desde o dia 11 do corrente mês, em que subiu aos ares com geral admiração o balão aerostático, até o dia de hoje 18 compreendendo todos os acontecimentos mais notáveis da semana, não só a respeito de teatros e divertimentos, como em relação à política, às artes e ciências".

Visto desse ângulo, o folhetim pertencia ao jornalismo, por ser essencialmente informativo e muitas vezes crítico. Por outro lado, a exigência de uma certa elegância e leveza na maneira de escrever colocava o folhetinista a um passo da literatura. Nas mãos de um grande escritor como Alencar, o folhetim jamais deixou de ser um exercício literário. Ao mesmo tempo em que ele contemplou a variedade de assuntos, achou lugar para o sonho, o humor, o devaneio e a fantasia. Algumas curtas descrições da natureza do Rio de Janeiro, na época muito mais exuberante do que hoje, já revelavam as qualidades do prosador que logo se afirmaria no cenário nacional.

A estreia de Alencar no *Correio Mercantil* ocorreu em setembro de 1854, quando tinha 25 anos de idade. Durante dez meses ele escreveu a primeira série dos folhetins semanais intitulados "Ao Correr da Pena", que projetaram o seu nome no meio intelectual e social do Rio de Janeiro, então capital do Império. O prestígio como folhetinista rendeu-lhe um convite para ocupar o cargo de redator-gerente do *Diário do Rio de Janeiro*, onde trabalhou durante quase três anos e publicou uma segunda série de folhetins – com o mesmo título "Ao Correr da Pena" – nos meses de outubro e novembro de 1855.

A leitura desses textos é agradável, ainda hoje, por força do estilo brilhante do escritor, e seu conteúdo revela uma série de transformações importantíssimas pelas quais passou o Rio de Janeiro na ocasião. É toda a fisionomia de uma cidade vivendo o seu primeiro momento de progresso e modernização em moldes capitalistas, embora incipientes, que se desenha nas páginas de Alencar. Não esqueçamos que a extinção do tráfico de escravos, em 1850, obrigara os investidores a realocarem os recursos anteriormente destinados à compra dos negros trazidos da África. E como o assentamento dos capitais do tráfico privilegiou a atividade comercial, a vida urbana entrou num período de franca prosperidade.

Alencar não só testemunhou essas transformações como foi um entusiasta do progresso. Nos folhetins, mostrou-se maravilhado com as primeiras máquinas de costura importadas dos Estados Unidos, louvou a iluminação a gás do Passeio Público, deslumbrou-se com a viagem de trem a Petrópolis, orgulhou-se dos luxos da Rua do Ouvidor e não se cansou de mencionar os melhoramentos da cidade. Em contrapartida, a especulação desenfreada, o jogo bolsista, o descaso com a saúde pública, as ameaças constantes de epidemias e as manobras políticas, entre outros assuntos, foram alvos de severas críticas do folhetinista. Ele exige o asseio e a limpeza da cidade, reclama da lama das ruas, dos serviços públicos precários e irrita-se com os hábitos não civilizados dos cidadãos, como, por exemplo, o de "patear" um artista no teatro. A "pateada" – bater com os pés no chão, para fazer barulho e levantar uma poeira sufocante – era uma manifestação de descontentamento dos espectadores daqueles tempos.

Os costumes relativos à vida teatral, aliás, são fixados com inúmeros detalhes curiosos e engraçados. Ficamos sabendo, entre outras coisas, que após os espetáculos os artistas eram comumente acompanhados pelos espectadores até suas casas, com direito a poemas, discursos, flores e todo tipo de gentilezas. Esse diletantismo, porém, não era visto com bons olhos por Alencar, porque muitas vezes os diletantes esqueciam as boas maneiras e brigavam entre si, provocando a intervenção da polícia, que geralmente assistia aos espetáculos para evitar abusos e prender os espectadores mais exaltados.

O Teatro Lírico, tudo indica, era um verdadeiro campo de batalha. Naqueles anos de 1854 e 1855, duas cantoras, Charton e Casaloni, provocaram as maiores brigas entre os *partidos* formados pelos diletantes. Alencar não escondia sua irritação diante disso. Ele queria que os espectadores tivessem um comportamento civilizado, de acordo com padrões burgueses.

Suas esperanças foram realizadas com a criação do Teatro Ginásio Dramático, onde suas próprias peças seriam representadas a partir de 1857. Esse pequeno teatro sobreviveu sem qualquer subsídio governamental, merecendo de imediato o apoio dos jovens intelectuais ligados à imprensa, por se opor ao Teatro S. Pedro de Alcântara, onde o ator e empresário João Caetano insistia em encenar melodramas e dramalhões de um repertório considerado anacrônico. Alencar não se cansou de elogiar o Ginásio em seus folhetins, chamando a atenção tanto para a plateia formada por pessoas educadas e moças bonitas quanto para o repertório novo, composto pelos "dramas de casaca" de autores franceses como Alexandre Dumas Filho, Émile Augier e Théodore Barriére, entre outros. Como as peças representadas propunham uma ética burguesa e revelavam uma sociedade civilizada, moralizada, não é difícil perceber as razões da simpatia que vão merecer de Alencar. Afinal, o Rio de Janeiro progredia, empurrado por um capitalismo modesto, mas suficiente para fazer nascer uma consciência burguesa entre nós. Era preciso fortalecê-la, aprimorá-la, dar-lhe sustentação. E isso podia ser feito pela imprensa e pelo teatro. Para os que estão acostumados a julgar Alencar como conservador e escravocrata, tomando por base a sua maturidade, a leitura dos folhetins é no mínimo inquietante. Em sua juventude, ele elogiou a extinção do tráfico de escravos, as ideias liberais e o próprio Partido Liberal, além de defender a concorrência como meio de aperfeiçoar as indústrias que estavam sendo criadas.

II

Alencar parou de escrever os folhetins da série "Ao Correr da Pena" no final de 1855. À frente do *Diário do Rio de Janeiro*, com novas e enormes responsabilidades, era de se esperar que deixasse de lado o jornalismo leve, para cuidar unicamente dos artigos de fundo. Mas, surpreendentemente, ele voltou ao gênero durante o ano de 1856, escrevendo mais quatorze folhetins, aos quais deu três títulos – "Folhas Soltas", "Folhetim", "Revista"– e dois subtítulos – "Conversa com os meus leitores", "Conversa com as minhas leitoras". Ainda no dia 1º de abril de 1857, o *Diário do Rio de Janeiro* estampou o último folhetim desse conjunto.

Há pontos comuns entre essas "folhas soltas" e os folhetins anteriores, como o interesse pelos espetáculos líricos, bailes, passeios, moda, assuntos que são comentados sempre com graça e bom humor. Mas há diferenças também. Os textos escritos "ao correr da pena" eram mais abrangentes, incisivos e muitas vezes brilhantes nas análises de fatos políticos e econômicos. Já as "folhas soltas", escritas sem a regularidade semanal, não tinham compromisso com as "regras" do gênero. Quer dizer, podendo abordar os assuntos sérios nos editoriais, Alencar ficou à vontade para soltar a imaginação e escrever textos menos informativos. Nesse sentido, por não cumprirem a exigência de passar em revista os principais acontecimentos da semana – a exceção fica a cargo do folhetim de 26 de maio, em parte fiel ao gênero –, as "folhas soltas" não são propriamente folhetins, mas crônicas, escritas para entreter e divertir o leitor. Daí o tom ameno e brincalhão, de conversa entre amigos, desses textos leves e despretenciosos.

Leia-se, por exemplo, o folhetim do dia 6 de março, que pretende ser um capítulo de um livro inédito intitulado *Psicologia da mulher elegante*. Trata-se de uma crônica inteiramente dedicada ao leque e seu uso pelas mulheres, escrita com alguma graça. Da mesma forma, é uma crônica o folhetim de 12 de dezembro, em que o escritor apresenta um fragmento de um livro fictício sobre a moda, um dos assuntos prediletos dessas "folhas soltas", que é abordado sempre com leveza e imaginação.

Se agradam o leitor comum, que se deixa levar pelo brilho da frase e pelo estilo vivaz, esses folhetins podem também ter uma importância para os estudiosos da obra de Alencar. Os que foram publicados nos dias 12 de junho e 1º de julho, por exemplo, esclarecem a origem da primeira peça teatral do escritor. Em ambos, em vez de "conversar" com os seus leitores, como então vinha fazendo, o folhetinista lhes dá uma "comédia", cuja ideia central é a mesma de *O Rio de Janeiro, verso e reverso*, peça representada em 1857. O título, por sinal, é *O Rio de Janeiro às direitas e às avessas*, e o autor assim a apresenta: "O título é um pouco original; mas o que talvez ainda vos admire mais é o enredo da peça: cada cena é uma espécie de medalha que tem o seu verso e reverso; de um lado está o *cunho*, do outro a *efígie*".

Esse primeiro ensaio do futuro dramaturgo Alencar teatraliza os fatos e as situações que alimentavam os folhetins da época, como a vida teatral, a política e a administração pública. À maneira da revista de ano, gênero que faria a glória de Artur Azevedo nos decênios finais do século XIX, as personagens são o Rio de Janeiro, o Teatro, a Política, a Polícia, a Câmara Municipal, que dialogam entre si, enfocando os fatos cotidianos e os problemas vividos pelos habitantes da cidade. *O Rio de Janeiro às direitas e às avessas* é importante para se compreender com que espírito Alencar escreveu *O Rio de Janeiro, verso e reverso*. Ambas nasceram da observação da vida urbana e, formalmente, aproximam-se bastante da revista de ano, um tipo de peça teatral que parece ter nascido do folhetim: assim como este registra os fatos importantes da semana, aquela teatraliza os fatos importantes do ano.

Os textos da série "Folhas Soltas" talvez não tenham o mesmo peso dos folhetins escritos "ao correr da pena". Mas assim como podem ser úteis para o estudioso da obra de Alencar, conforme ficou demonstrado acima, seguramente vão seduzir o leitor que aprecia uma prosa ágil, inteligente e bem-humorada.

João Roberto Faria

CRÔNICAS

AO CORRER
DA PENA*

(1854-1855)

---

* As crônicas intituladas "Ao Correr da Pena" foram publicadas no *Correio Mercantil*, do Rio de Janeiro, de 3 de setembro de 1854 a 8 de julho de 1855, e no *Diário do Rio de Janeiro*, de 7 de outubro a 25 de novembro de 1855.

3 DE SETEMBRO DE 1854

CONTO DE FADA

O título que leva este artigo me lembra um conto de fada que se passou não há muito tempo, e que desejo contar por muitas razões: porque acho-o interessante, porque me livra dos embaraços de um começo, e me tira de uma grande dificuldade, dispensando-me da explicação que de qualquer modo seria obrigado a dar. Há de haver muita gente que não acreditará no meu conto fantástico; mas isto me é indiferente, convencido como estou de que escritos ao correr da pena são para serem lidos ao correr dos olhos.

Um belo dia, não sei de que ano, uma linda fada, que chamareis como quiserdes, a poesia ou a imaginação, tomou-se de amores por um moço de talento, um tanto volúvel como ordinário o são as fantasias ricas e brilhantes que se deleitam admirando o belo em todas as formas. Ora, dizem que as fadas não podem sofrer a inconstância, no que lhes acho toda a razão; e por isso a fada de meu conto, temendo a rivalidade dos anjinhos cá deste mundo, onde os há tão belos, tomou as formas de uma pena, pena de cisne, linda como os amores, e entregou-se ao seu amante de corpo e alma.

Não serei eu que desvendarei os mistérios desses amores fantásticos, e vos contarei as horas deliciosas que corriam no silêncio do gabinete, mudas e sem palavras. Só vos direi, e isto mesmo é confidência, que, depois de muito sonho e de muita inspiração, a pena se lançava sobre o papel, deslizava docemente, brincava como uma fada que era, bordando as flores mais delicadas, destilando perfumes mais esquisitos que todos os perfumes do Oriente. As folhas se animavam ao seu contato, a poesia corria em ondas de ouro, donde saltavam chispas brilhantes de graça e espírito.

Por fim, a desoras, quando já não havia mais papel, quando a luz a morrer apenas empalidecia as sombras da noite, a pena trêmula e vacilante caía sobre a mesa sem forças e sem vida, e soltava uns acentos doces, notas estremecidas como as cordas da harpa ferida pelo vento. Era o último beijo da fada que se despedia, o último canto de cisne moribundo.

Assim se passou muito tempo; mas já não há amores que durem sempre, principalmente em dias como os nossos, nos quais o símbolo de constância é uma borboleta. Acabou o poema fantástico no fim de dois anos; e um dia o herói do meu conto, chamado a estudos mais graves, lembrou-se de um amigo obscuro, e deu-lhe a sua pena de ouro. O outro aceitou-a como um depósito sagrado; sabia o que lhe esperava, mas era um sacrifício que devia à amizade, e por conseguinte prestou-se a carregar aquela pena, que já adivinhava havia de ser para ele como uma cruz pesada que levasse ao calvário.

Com efeito, a fada tinha sofrido uma mudança completa: quando a lançavam sobre a mesa, só fazia correr. Havia perdido as formas elegantes, os meneios feiticeiros, e deslizava rapidamente sobre o papel sem aquela graça e faceirice de outrora. Já não tinha flores nem perfumes, e nem centelhas de ouro e de poesia: eram letras, e unicamente letras, que nem sequer tinham o mérito de serem de praça, o que serviria de consolo ao espírito mais prosaico. Por fim de contas, o outro, depois de riscar muito papel e de rasgar muito original, convenceu-se que, a escrever alguma coisa com aquela fada que o aborrecia, não podia ser de outra maneira senão – *Ao correr da pena*.

De feito, começou a escrever *ao correr da pena*, e como se trata de conto fantástico, não vos admirareis decerto se vos achardes de repente e sem esperar a ler o que ele escreveu. Estou persuadido que gastarei o vosso tempo a censurar o título, que vale tanto como qualquer outro. Quanto ao artigo, correi os olhos, como já vos disse, deixai correr a pena; e posso assegurar-vos que, ainda assim, nem uns nem a outra correrão tão rapidamente como os ministros espanhóis diante das pedradas e do motim revolucionário de Madri.

Já sabeis em que deu toda esta história, e por isso prefiro contar-vos outras notícias trazidas pelos dois últimos paquetes a respeito da questão do Oriente, que, segundo uma observação muito espirituosa, tomou para a Áustria certo caráter medicinal de muita importância. Napier, como velho teimoso, continuava de namoro ferrado com a soberba Cronstadt, que em negócio de amores parece-me ter mais fé nos cossacos do que nos ingleses, e principalmente ingleses velhos. Entretanto, por prudência, o nosso almirante foi se arranjando com Bommarsund para passar o inverno. Bem mostra que é inglês teimoso. Jurou que havia de *passar*, e, como não lhe deixam passar o canal, embirrou que havia de passar o inverno. Queira Deus, porém, que não seja o inverno que passe por ele!

Enquanto os ingleses na Finlândia se conservam *frios*, não por causa dos gelos do norte, mas sim por causa do fogo da Rússia, os ingleses de Londres saíram do sério e deram a mais formidável pateada em Mário, o belo tenor, que cantava *Cajus animam* numa noite de representação em Convent-Garden. A história desse motim teatral, contada pelo folhetim do *Contitutionnel*, deveria ser bem estudada por grande número dos nossos *dilettanti*, que se contentam em fazer um barulho insuportável no teatro, desaprovando pobres artistas sem mérito, e deixando em paz os únicos responsáveis de semelhantes atos.

O povo de Londres é mais positivo; depois de ter desaprovado os cantores, obrigou a vir à cena o empresário, e a todos os seus *speechs* respondeu um só grito uníssono: *money, money*. A coisa não prestava, exigiam a restituição do dinheiro, o que era muito justo; até dez horas pagaram-se bilhetes recambiados! O empresário teve de repor dinheiro de sua algibeira, mas no dia seguinte Mário foi aplaudido com três salvas estrepitosas no romance da *Favorita*.

Decerto, a causa desta demonstração a favor de Mário não foi unicamente a sua bela voz de tenor e a sua presença agradável, mas também a influência da *Favorita*, que ainda nos desperta tantas emoções e na qual os parisienses, mais felizes do que nós, vão recordar atrasados ouvindo a Stoltz, que se esperava devia cantar no primeiro meado de agosto na Ópera de Paris. Também nós tivemos esta semana nossas recordações bem doces da Stoltz e da *Favorita* e lembramo-nos com saudade de *Arsace* na noite de concerto Malavazi, que esteve brilhante em todos os sentidos. Nada faltou, houve de tudo, e até desgostosos, que sentiam que ainda faltava alguma coisa; o que isto era não sei; é provável que fosse o chá do costume, que, a falar a verdade, não atino com o princípio higiênico por que foi banido dos concertos.

Além destas recordações, tivemos a nossa festa musical na segunda-feira, noite do benefício do Ferranti. O ator simpático cantou como nos seus bons dias, e desempenhou primorosamente a cena das *Prigioni di Edimburgo*, que, à custa de esforços seus, foi o mais bem ensaiado possível. Nesta noite as mãos pagaram os prazeres do ouvido, num e noutro sentido, e, depois de muitas salvas de aplausos, consta-nos que o nosso barítono brilhante saiu do teatro mais brilhante do que nunca entrara.

Tão feliz como Ferranti não foram dois inspetores de quarteirão lá das bandas de São Cristóvão, que faziam o seu *benefício* à nossa custa, sem nem ao menos terem a delicadeza de nos advertirem. A polícia, que nem sempre está ocupada em dar passaportes e prender negros fugidos, assentou que, sendo a semana de benefícios, devia também fazer o nosso, o do público, demitindo-os, isto é, dispensando aqueles honrados cidadãos do grande obséquio que nos faziam em servir-nos de graça.

O excesso em tudo, pórem, é prejudicial, e o benefício, quando não é pedido, é incômodo, como essa resolução dos números dos bilhetes de teatro que ontem foi posta em vigor. Tiram-nos os lenços e as marcas, que eram mais pitorescas e mostravam no público uma delicadeza louvável. Acharam que isto era mau; dessem-nos coisa melhor, e não pusessem um homem grave na dura necessidade de ir ao teatro lírico recordar a tabuada. Além de não se saber que número terão as travessas e mochos, se pertencerão aos inteiros, aos quebrados ou aos décimos, faço ideia em que apertos não se verá um pobre homem que não souber ler ou que for míope, a procurar o tal número constante de um pedacinho de papel microscópico, que precisamente no momento necessário, e como para fazer pirraça, some-se no labirinto de uma carteira ou nas profundezas de um desses bolsos à mineira, de vastas dimensões!

Quando vi pela primeira vez enfileirados pelos recostos das cadeiras aqueles batalhões de números brancos, que sem licença e com a maior sem-cerimônia do mundo se iam retratando a daguerreótipo nas costas das nossas pobres casacas, julguei que aquilo seria uma medida policial, por meio da qual os agentes ocultos poderiam seguir fora do teatro algum indiciado ou suspeito de importância, que fosse reconhecido no salão. Mas nunca pensei que, depois de numerarem os bancos as casacas dos *dilettanti*, quisessem ainda numerar os assentos, e obrigar um homem a comprar por dois mil-réis o direito de estar preso numa cadeira e adstrito a um número como um servo da gleba.

Também o que nos faltava era justamente uma nova questão de bancos, embora de espécie diferente, porque a outra, a das sociedades comanditárias, já vai ficando velha e está quase a ir fazer companhia à do Oriente, à dos seiscentos contos e outras, que provavelmente hão de reaparecer daqui a algum tempo, como está sucedendo na Câmara dos Deputados com a das presas da independência.

O crédito proposto pelo Ministério da Marinha tem sido combatido por falta de uma liquidação regular; mas tudo induz a crer que desta vez o negócio ficará decidido. E depois disto, neguem-me que o Brasil seja um gigante! Uma criancinha que só aos trinta anos lhe começam a sair as primeiras *presas*! A falar a verdade, já era mais que tempo de soltarem-se estas malditas *presas*, por causa das quais andam *presas* tantas algibeiras.

Falemos sério. – A Independência de um povo é a primeira página de sua história; é um fato sagrado, uma recordação que se deve conservar pura e sem mancha, porque é ela que nutre esse alto sentimento de nacionalidade, que faz o país grande e o povo nobre. Cumpre não marear essas reminiscências de glória com exprobrações pouco generosas. Cumpre não falar a linguagem do cálculo e do dinheiro, quando só deve ser ouvida a voz da consciência e da dignidade na nação.

Com essa questão importante, tem ocupado a atenção da câmara a discussão de um projeto do Sr. Wanderley sobre a proibição do transporte de escravos de uma para outra província. Este projeto, que encerra medidas muito previdentes a bem da nossa agricultura, e que tende a prevenir, ou pelo menos atenuar, uma crise iminente, é combatido pelo lado da inconstitucionalidade, por envolver uma restrição ao direito de propriedade. Entretanto, a própria Constituição autoriza a limitar o exercício da propriedade em favor da utilidade pública, que ninguém contestará achar-se empenhada no futuro da nossa agricultura e da nossa indústria, principal fim do projeto.

Por hoje basta. Vamos acabar a semana no baile da *Beneficência Francesa*, onde felizmente não há, como em Paris, a *quête* feita pelas lindas marquesinhas, e onde teremos o duplo prazer de beneficiar aos pobres e a nós mesmos divertindo-nos.

24 DE SETEMBRO
DE 1854

O Jockey Club e a sua primeira corrida. – Inauguração do Instituto dos Cegos. – O folhetim e os críticos, combates e batalhas no Oriente. – Pau e corda, e corda e pau. – Conversa divertida. – No antigo para o Código Penal. – Solução do teatro.

Domingo passado o caminho de São Cristóvão rivalizava com os aristocráticos passeios da Glória, do Botafogo e São Clemente, no luxo e na concorrência, na animação e até na poeira. O *Jockey Club* anunciara a sua primeira corrida; e, apesar dos bilhetes amarelos, dos erros tipográficos e do silêncio dos jornais, a sociedade elegante se esforçou em responder à amabilidade do convite.

Fazia uma bela manhã: – céu azul, sol brilhante, viração fresca, ar puro e sereno. O dia estava soberbo. Ao longe o campo corria entre a sombra das árvores e o verde dos montes; e as brisas de terra vinham impregnadas da deliciosa fragrância das relvas e das folhas, que predispõe o espírito para as emoções plácidas e serenas.

Desde sete horas da manhã começaram a passar as elegantes carruagens, e os grupos dos *gentlemen riders*, cavaleiros por gosto ou por economia. Após o cupê aristocrático tirado pela brilhante parelha de cavalos do Cabo, vinha a trote curto o cabriolé da praça puxado pelos dois burrinhos clássicos, os quais, apesar do nome, davam nesta ocasião a mais alta prova de sabedoria, mostrando que compreendiam toda a força daquele provérbio inventado por algum romano preguiçoso: *Festina lente.*

Tudo isso lutando de entusiasmo e ligeireza, turbilhonando entre nuvens de pó, animando-se com a excitação da carreira, formava uma confusão magnífica; e passava no meio dos estalos dos chicotes, dos gritos dos cocheiros, do rodar das carruagens, e do rir e vozear dos cavaleiros, como uma espécie de *sabat* de feiticeiras, a começar no Campo de Sant'Ana e a perder-se por baixo da sombra de meia dúzia de árvores do Prado e das tábuas sujas e carcomidas de uma barraca que por capricho chamam pavilhão, e que de velha já se está rindo das misérias do mundo.

Às 10 horas abriu-se a raia (*turf*), e começou a corrida com a irregularidade do costume. Os parelheiros pouco adestrados, sem o ensino conveniente, não partiam ao sinal e ao mesmo tempo, e disto resultou que muitas vezes o prêmio da vitória não coube ao jóquei que montava o melhor corredor, e sim àquele que tinha a felicidade de ser o primeiro a lançar-se na *raia*. A última corrida, que durou um minuto e dezenove segundos, teria sido brilhante se os dois cavalos não se tivessem lembrado de imitar as pombinhas de Vênus, que dizem, voavam presas por um laço de amor.

A diretoria, que envidou todos os seus esforços para tornar agradáveis as novas corridas, deve tomar as providências necessárias a fim de fazer cessar estes inconvenientes, formulando com o auxílio dos entendidos um regulamento severo do *turf*. Convém substituir o sinal da partida por outro mais forte e mais preciso, e só admitir à inscrição cavalos parelheiros já habituados à *raia*.

Seria também para desejar que se tratasse de melhorar a quadra (*sport*) com as inovações necessárias para comodidade dos espectadores; e que se desse alguma atenção à parte cômica do divertimento, instituido-se corridas de burrinhos e de pequiras. Nós ganhávamos com isto uma boa meia hora de rir franco e alegre, e estou certo que por esta maneira o gosto dos passatempos hípicos se iria popularizando.

A uma hora da tarde estava tudo acabado, e os sócios e convidados disseram adeus às verdes colinas do Engenho Novo, e voltaram à cidade para descansar e satisfazer a necessidade tão trivial e comum de jantar, insuportável costume, que, apesar de todas as revoluções do globo e todas as vicissitudes da moda, dura desde o princípio do mundo. À tarde, aqueles que tiveram a honra de um convite foram à Saúde assistir à inauguração do Instituto dos Cegos na casa que serviu de residência do primeiro Barão do Rio Bonito.

Há muito tempo que se esperava a realização desta bela instituição humanitária, destinada a dar às pobres criaturas privadas da luz dos olhos a luz do espírito e da inteligência. Devemos esperar do zelo das pessoas a quem foi confiada a sua administração que em pouco conseguiremos resultados tão profícuos como têm obtido a França e os Estados Unidos.

A inauguração fez-se em presença de SS. MM. e de um luzido e numeroso concurso de senhoras e de pessoas de distinção, que aí se achavam animados pelo mesmo sentimento, e como para realçarem aquele ato humanitário com a tríplice auréola da majestade, da virtude e da ilustração.

Depois de tudo isto, uma bela noite sem lua, fresca e estrelada; algumas partidas no Catete, um passeio agradável ao relento, ou o doce serão da família em redor da mesa do chá; e por fim cada um se recolheu a repassar lentamente na memória os prazeres do dia, e a lembrar-se de um sorriso que lhe deram ou de uns olhos que não viu.

Entretanto a mim não me sucedeu o mesmo. Tinha-me divertido, é verdade; mas aquele domingo cheio, que estreava a semana de uma maneira tão brilhante, fazia-me pressentir uma tal fecundidade de acontecimentos, que me inquietava seriamente. Já via surgir de repente uma série interminável de bailes e saraus, um catálogo enorme de revoluções e uma cópia de notícias capaz de produzir dois suplementos de qualquer jornal no mesmo dia. E eu, metido no meio de tudo isto, com uma pena, uma pouca de tinta e uma folha de papel, essa tripeça do gênero feminino, com a qual trabalham alguns escritores modernos, à moda do sapateiro remendão dos tempos de outrora.

É uma felicidade que não me tenha ainda dado ao trabalho de saber quem foi o inventor deste monstro de Horácio, deste novo Proteu, que chamam – folhetim; senão aproveitaria alguns momentos em que estivesse de candeias às avessas, e escrever-lhe-ia uma biografia, que, com as anotações de certos críticos que eu conheço, havia de fazer o tal sujeito ter um inferno no purgatório onde necessariamente deve estar o inventor de tão desastrada ideia.

Obrigar um homem a percorrer todos os acontecimentos, a passar do gracejo ao assunto sério, do riso e do prazer às misérias e às chagas da sociedade; e isto com a mesma graça e a mesma *nonchalance* com que uma senhora volta as páginas douradas do seu álbum, com toda a finura e delicadeza com que uma mocinha loureira dá sota e basto a três dúzias de adoradores! Fazerem do escritor uma espécie de colibri a esvoaçar em zigue-zague, e a sugar, como o mel das flores, a graça, o sal e o espírito que deve necessariamente descobrir no fato o mais comezinho!

Ainda isto não é tudo. Depois que o mísero folhetinista por força de vontade conseguiu atingir a este último esforço da volubilidade, quando à custa de magia e de encanto fez que a pena se lembrasse dos tempos em que voava, deixa finalmente o pensamento lançar-se sobre o papel, livre como o espaço. Cuida que é uma borboleta que quebrou a crisálida para ostentar o brilho fascinador das suas cores; mas engana-se: é apenas uma formiga que criou asas para perder-se.

De um lado crítico, aliás de boa fé, é de opinião que o folhetinista inventou em vez de contar, o que por conseguinte excedeu os limites da crônica. Outro afirma que a plagiou, e prova imediatamente que tal autor, se não disse a mesma coisa, teve intenção de dizer; porque enfim *nihil sub sole novun*. Se se trata de coisa séria, a amável leitora amarrota o jornal, e atira-o de lado com um momozinho displicente a que é impossível resistir. – Quando se fala de bailes, de uma mocinha bonita, de uns olhos brejeiros, o velho tira os óculos de maçado e diz entre dentes: "Ah! o sujeitinho está namorando à minha custa! Não fala contra as reformas! Hei de suspender a assinatura".

O namorado acha que o folhetim não presta porque não descreveu certo *toilette*, o caixeiro porque não defendeu o fechamento das lojas ao domingo, as velhas porque não falou na decadência das novenas, as moças porque não disse claramente qual era a mais bonita, o negociante porque não tratou das cotações da praça, e finalmente o literato porque o homem não achou a mesma ideia brilhante que ele ruminava no seu alto bestunto.

Nada, isto não tem jeito! É preciso acabar de uma vez com semelhante confusão, e estabelecer a ordem nestas coisas. Quando queremos jantar, vamos ao Hotel da Europa; se desejamos passar a noite, escolhemos entre o baile e o teatro. Compramos luvas no Wallerstein, perfumarias no Desmarais, e mandamos fazer roupa no Dagnam. O poeta glosa o mote, que lhe dão, o músico fantasia sobre um tema favorito, o escritor adota um título para seu livro ou o seu artigo. Somente o folhetim é que há de sair fora da regra geral, e ser uma espécie de panaceia, um tratado de *omni scibili et possibili*, um dicionário espanhol que contenha todas as coisas e algumas coisinhas mais? Enquanto o Instituto de França e a Academia de Lisboa não concordarem numa exata definição do folhetim, tenho para mim que a coisa é impossível.

Façam ideia, estando ainda dominado por estas impressões da véspera, como não fiquei desapontado no dia seguinte, quando me fui esbarrar com a nova da chegada do paquete de Southampton, o qual parece que mesmo de propósito trouxe quanta notícia nova e velha havia lá pela Europa.

Nicolau, vendo que nada arranjava com os seus primos da Áustria e da Prússia, assentou de aliar-se com *Judeu Errante*, um certo indivíduo inventado, no tempo em que ainda se inventava, e correto e aumentado no século XIX por Eugênio Sue. Entretanto saiu-lhe a coisa às avessas, porque os ingleses e franceses com o cólera ficaram verdadeiramente *coléricos* e então não há mais nada que lhes resista. Tomaram Bommarsund, e é de crer que esta hora já tenham empolgado Sebastópol.

Ao passo que eles lá no Oriente pelejam combates e batalhas para se distraírem durante a convalescença da moléstia, os egípcios deram ao mundo uma grande lição de política constitucional a seu modo em duas palavras – *pau e corda;* e mostraram claramente que toda a ciência de governar está na maneira de empregar aqueles dois termos.

Se Abbas-Paxá tivesse aprendido na escola de Napoleão pequenino, em vez de mandar meter o bastão nos mamelucos para estes o enforcarem, teria usado da outra forma simbólica de governar, *corda e pau*, isto é, teria-os mandado enforcar num pau qualquer, e estaria agora vivo e bem disposto para mandar enforcar uma nova porção.

Políticos do mundo inteiro! Jornalistas do orbe católico! Publicistas, que desde Hugo Grocio queimais as pestanas a resolver a grande questão das formas de governo! Podeis fazer cartucho dos vossos jornais, podeis vender os vossos enormes in-fólios para papel de embrulho, podeis dar aos vossos pequerruchos as memórias que elaborastes para que eles se divirtam a fazer chapéu armado! *Paula majora canamus!* Tudo quanto escrevestes, tudo quanto meditastes não vale aquela lição simples e grande dada por dois mamelucos!

Quereis ver como a coisa está agora clara e simples? Teoria do governo constitucional – *pau e corda*. Teoria do governo absoluto – *corda e pau*. Quanto à república, como é a forma de governo simples por excelência será simbolizada unicamente pela – *corda*. Os democratas estão livres do bastão, e contentam-se em enforcarem-se uns aos outros como na revolução inglesa, ou a guilhotinarem-se, como têm o bom gosto de fazer os nossos vizinhos do Sul.

Além destas notícias que vos tenho referido, todas as mais, trazidas pelo paquete, não valem uma ode que nos veio também por ele, e que foi publicada no *Portuense*. Não se riam, nem pensem que há nisto exageração! Leiam, e depois conversaremos. É um homem obscuro, lá de um recanto de Portugal, com o nome mais antipoético do mundo, que de repente sentiu na mente uma centelha de Victor Hugo, recebeu uma inspiração do céu, tomou uma folha de papel, e lavrou a sentença da Inglaterra com uma ironia esmagadora, com um metro enérgico e uma rima valente. Leiam, e digam-me se neste pensamento grande, nesta concepção vasta, nesta forma imponente, não há como um pressentimento, como a profecia de um acontecimento, que talvez não esteja muito longe?

Ia-me esquecendo de outra notícia, a da aposentadoria do Sr. Delavat Y Rincon, Ministro da Espanha, no caráter diplomático da missão que exercia no Brasil. Residindo entre nós há muitos anos, o Sr. D. José tem-se ligado intimamente ao Brasil, não só pelos laços de família que o prendem, como pelas atenções que sempre mostrou para com o nosso país.

Com tanta novidade curiosa chegada pelo paquete, e que oferece larga matéria à palestra e aos comentários, ainda assim não ficamos de todo livres de certas *conversas divertidas*, muito usadas nos nossos círculos.

Não sabeis talvez o que é uma *conversa divertida?* Pois reparai, quando estiverdes nalgum ponto de reunião, prestai atenção aos diversos grupos, e ouvireis um sem-número desta espécie de passatempo, que é na verdade de um encanto extraordinário.

Uma *conversa divertida* – é um pretendente que vos agarra no momento em que se vai dançar, para demonstrar a vantagem da reforma das secretarias. É um médico que aproveita a ocasião em que pode ser ouvido por todos, para proclamar a probabilidade da invasão do cólera no Brasil. É um sujeito que escolhe justamente o momento da ceia, para contar casos diversos de indigestão e congestões cerebrais. É um indivíduo qualquer que se vos posta diante dos olhos, como uma trave, e vos tira a vista da vossa namorada, para perguntar-vos com voz de meio-soprano: o que há de novo?

Na primeira revisão do Código Penal é preciso contemplar estes sujeitinhos nalgum artigo da polícia correcional. Uns furtam-nos o nosso tempo, que é um precioso capital – *time is money*, e, o que mais é, furtam com abuso de confiança, porque se intitulam amigos; por conseguinte incorrem na pena de estelionato. Os outros são envenenadores, porque, com as suas conversas de cólera e febre amarela, vão minando surdamente a nossa vida com os ataques de nervos e com as terríveis apreensões que fomentam.

Enquanto, porém, aquela reforma não tem lugar, chamo sobre eles a atenção do Sr. Dr. Cunha, assim como também sobre a desordem que reina no teatro nas noites de enchente.

A princípio, um homem sentava-se comodamente para ver o espetáculo. Entenderam que isto era sibaritismo, estreitaram o espaço entre os bancos, e tiraram-nos o direito de estender as pernas.

Ainda a coisa não ficou aí; pintaram os bancos e privaram-nos do espreguiçamento do recosto. Julguei que tinham chegado ao maior aperfeiçoamento do sistema, mas ainda faltava uma última demão. Agora aqueles que querem ver ficam de pé; e os que preferem ficar sentados têm o pequeno inconveniente de nada verem. Não cabem dois proveitos num saco, diz o provérbio: ou bem ver, ou bem sentar.

Isto pode ter muita graça para a diretoria; porém aquele que compra o direito de ver, sentado e recostado, não pode sofrer semelhante defraudação. É urgente proceder-se a uma rigorosa lotação das cadeiras do teatro, e proibir a introdução de mochos e travessas. Este expediente, acompanhado da severa inspeção na venda e recepção dos bilhetes, restituirá a ordem tão necessária num espetáculo onde a presença de Suas Majestades e de pessoas gradas exige toda a circunspeção e dignidade.

22 DE OUTUBRO
DE 1854

Um sermão de Monte Alverne. – Passamento da Baronesa do Rio Bonito. – O asseio da cidade.

O tempo serenou; as nuvens abriram-se, e deixam ver a espaços uma pequena nesga de céu azul, por onde passa algum raio de sol desmaiado, que, ainda como que entorpecido com o frio e com a umidade da chuva, vem espreguiçar-se indolentemente sobre as alvas pedras das calçadas.

Aproveitemos a estiada da manhã e vamos, como os outros, acompanhando a devota romaria, assistir à festividade de São Pedro de Âlcantara, que se celebra na Capela Imperial!

A igreja ressumbra a severa e imponente majestade dos templos católicos. Em face dessas grandes sombras que se projetam pelas naves, da luz fraca e vacilante dos círios lutando com a claridade do dia que penetra pelas altas abóbadas, do silêncio e das pompas solenes de uma religião verdadeira, sente-se o espiríto tomado de um grave recolhimento.

Perdido no esvão de uma nave escura, ignorado de todos e dos meus próprios amigos, que talvez condenavam sem remissão um indiferentismo imperdoável, assisti com o espírito do verdadeiro cristão a esta festa religiosa, que apresentava o que quer seja fora do comum.

Sob o aspecto contido e reservado daquele numeroso concurso, elevando-se gradualmente do mais humilde crente até às últimas sumidades da hierarquia social, transpareciam os assomos de uma curiosidade sôfrega e de uma ansiedade mal reprimida. Qual seria a causa poderosa que perturbava assim a gravidade da oração? Que pensamento podia assim distrair o espírito dos cismas e dos enlevos da religião?

Não era decerto um pensamento profano, nem uma causa estranha que animava aquele sentimento. Ao contrário: neste templo que a religião enchia com todo o vigor de suas imagens e toda a poesia de seus mitos, neste recinto em que as luzes, o silêncio e as sombras, as galas e a música representavam todas as expressões do sentimento, só faltava a palavra, mas a palavra do evangelho, a palavra de uma inspiração sublime e divina, a palavra que cai do céu sobre o coração como um eco da voz de Deus, e que refrange aos lábios para poder ser compreendida pela linguagem dos homens.

Era isto o que todos esperavam. Os olhos se voltavam para o púlpito onde havia pregado Sampaio, S. Carlos e Januário; e pareciam evocar dos seus túmulos aquelas sombras ilustres para virem contemplar um dia de sua vida, uma reminiscência de suas passadas glórias.

Deixai que emudeçam as orações, que se calem os sons da música religiosa, e que os últimos ecos dos cânticos sagrados se vão perder pelo fundo dos erguidos corredores, ou pelas frestas arrendadas das tribunas.

Cessaram de todo as orações. Recresce a expectação e a ansiedade; mas cada um se retrai na mudez da concentração. Os gestos se reprimem, contêm-se as respirações anelantes. O silêncio vai descendo frouxa e lentamente do alto das abóbadas ao longo das paredes, e sepulta de repente o vasto âmbito do templo.

Chegou o momento. Todos os olhos estão fixos, todos os espíritos atentos.

No vão escuro da estreita arcada do público assomou um vulto. É um velho cego, quebrado pelos anos, vergado pela idade. Nessa bela cabeça quase calva e encanecida pousa-lhe o espírito da religião sob a tríplice auréola da inteligência, da velhice e da desgraça.

O rosto pálido e emagrecido cobre-se desse vago, dessa oscilação do homem que caminha nas trevas. Entre as mangas do burel de seu hábito de franciscano cruzam-se os braços nus e descarnados.

Ajoelhou. Curvou a cabeça sobre a borda do púlpito, e, revolvendo as cinzas de um longo passado, murmurou uma oração, um mistério entre ele e Deus.

Que há em tudo isto que desse causa à tamanha expectação? Não se encontra a cada momento um velho, a quem o claustro sequestrou do mundo, a quem a cegueira privou da luz dos olhos? Não há aí tanta inteligência que um voto encerra numa célula, e que a desgraça sepulta nas trevas?

É verdade. Mas deixai que termine aquela rápida oração; esperai um momento... um segundo... ei-lo!

O velho ergueu a cabeça; alçou o porte; a sua fisionomia animou-se. O braço descarnado abriu um gesto incisivo; os lábios, quebrantando o silêncio de vinte anos, lançaram aquela palavra sonora, que encheu o recinto, e que foi acordar os ecos adormecidos de outros tempos.

Fr. Francisco de Monte Alverne pregava! Já não era um velho cego, que a desgraça e a religião mandava respeitar. Era o orador brilhante, o pregador sagrado, que impunha a admiração com a sua eloquência viva e animada, cheia de grandes pensamentos e de imagens soberbas.

Desde este momento o que foi aquele rasgo de eloquência, não é possível exprimi-lo, nem sei dizê-lo. A entonação grave de sua voz, a expressão nobre do gesto enérgico a copiar a sua frase eloquente, arrebatava; e, levado pela força e veemência daquela palavra vigorosa, o espírito, transpondo a distância e o tempo, julgava-se nos desertos de Said e da Tebaida, entre os rochedos alcantilados e as vastas sáfaras de areia, presenciando todas as austeridades da solidão.

De repente, em dois traços, com uma palavra, com um gesto, muda-se o quadro; e como que a alma se perde naquelas vastas e sombrias abóbadas do Mosteiro de São Justo, para ver com assombro Pedro de Alcântara em face de Carlos V, o santo em face da grandeza decaída.

Aqueles que em outros tempos ouviram Monte Alverne, e que podem comparar as duas épocas de sua vida cortada por uma longa reclusão, confessam que todas as suas reminiscências dos tempos passados, apesar do prestígio da memória, cederam a esse triunfo da eloquência.

Entre as quatro paredes de uma célula estreita, privado da luz, é natural que o pensamento se tenha acrisolado; e que a inteligência, cedendo por muito tempo a uma força poderosa de concentração, se preparasse para essas expansões brilhantes.

O digno professor de eloquência do Colégio de Pedro II, desejando dar aos seus discípulos uma lição prática de oratória, assistiu com eles, e acompanhado do respeitável diretor daquele estabelecimento, ao belo discurso de Monte Alverne.

Não me animo a dizer mais sobre um assunto magnífico, porém esgotado por uma dessas penas que com dois traços esboçam um quadro, como a palavra de Monte Alverne com um gesto e uma frase.

Contudo, se este descuido de escritor carece de desculpas, parece-me que tenho uma muito valiosa na importância do fato que preocupou os espíritos durante os últimos dias da semana, e deu tema a todas as conversações.

Parece, porém, que a chuva só quis dar tempo a que a cidade do Rio de Janeiro pudesse ouvir ilustre pregador, sem que o rumor das goteiras perturbasse o silêncio da igreja.

À tarde o tempo anuviou-se, e a água caía a jorros. Entretanto isto não impediu que a alta sociedade e todas as notabilidades políticas e comerciais, em trajes funerários, concorressem ao enterro de uma senhora virtuosa, estimada por quantos a tratavam, conhecida pelos pobres e pelas casas pias.

A Sra. Baronesa do Rio Bonito contava muitas afeições não só pelas suas virtudes, como pela estimação geral de que gozam seus filhos. O grande concurso de carros que acompanharam o seu préstito fúnebre em uma tarde desabrida é o mais solene testemunho desse fato.

Entre as pessoas que carregaram o seu caixão notaram-se o Sr. Presidente do Conselho, o Sr. Ministro do Império a alguns Diretores do Banco do Brasil. É o apanágio da virtude, e o único consolo da morte. Ante os despojos exânimes de uma alma bem formada se inclinam sem humilhar-se todas as grandezas da terra.

Esses dois fatos, causa de sentimentos opostos, enchem quase toda a semana. Desde pela manhã até a noite a chuva caía com poucas intermitências, e parecia ter destinado aqueles dias para as solenidades e os pensamentos religiosos.

Apesar da esterilidade e sensaboria que produz sempre esse tempo numa cidade de costumes como os nossos, apesar dos dissabores dos namorados privados dos devaneios da tarde, e dos ataques de nervos das moças delicadas, os homens previdentes não deixavam de estimar essas descargas de eletricidade, e essas pancadas d'água, que depuram e refrescam a atmosfera.

Na sua opinião (quanto a mim estou em dúvida), essas caretas que o tempo fazia aos prognosticadores de moléstias imaginárias valiam mil vezes mais do que todas as discussões de todas as academias médicas do mundo.

Quanto mais se soubessem que o Sr. Ministro do Império durante estes dias se preocupava seriamente das medidas necessárias ao asseio da cidade, mostrando assim todo zelo em proteger esta bela capital dos ataques do *diabo azul*. Sirvo-me deste nome, porque estou decidido a não falar mais em *cólera*, enquanto não resolverem definitivamente se é homem, se é mulher ou hermafrodita.

Para este fim o Sr. Pedreira consultou o presidente da Câmara Municipal, e incumbiu ao Sr. desembargador chefe de polícia a inspeção do serviço, cujo regulamento será publicado oportunamente.

Com as providências que se tomaram, e especialmente com a medida da divisão dos distritos e da combinação da ação policial com o elemento municipal, a fim de remover quaisquer obstáculos, creio que podemos esperar resultados úteis e eficazes.

29 DE OUTUBRO
DE 1854

O Passeio Público. – A *flânerie*. – A limpeza da cidade e a Câmara Municipal. – Desembarque na Crimeia. – Um fenômeno teatral.

Quando estiverdes de bom humor e numa excelente disposição de espírito, aproveitai uma dessas belas tardes de verão como tem feito nos últimos dias, e ide passar algumas horas no Passeio Público, onde ao menos gozareis a sombra das árvores e um ar puro e fresco, e estareis livres da poeira e do incômodo rodar dos ônibus e das carroças.

Talvez que, contemplando aquelas velhas e toscas alamedas com suas grades quebradas e suas árvores mirradas e carcomidas, e vendo o descuido e a negligência que reinam em tudo isto, vos acudam ao espírito as mesmas reflexões que me assaltaram a mim e a um amigo meu, que há cerca de um ano teve a habilidade de transformar em uma *semana* uma tarde no Passeio Público.

Talvez pensareis como nós que o estrangeiro que procurar nestes lugares, banhados pela viração da tarde, um refrigério à calma abrasadora do clima deve ficar fazendo bem alta ideia, não só do *passeio* como do *público* desta corte.

A nossa sociedade é ali dignamente representada por dois tipos curiosos e dignos de uma *fisiologia* no gênero de Balzac. O primeiro é o estudante de latim, que, ao sair da escola, ainda com os *Comentários* debaixo do braço e o caderno de significados no bolso, atira-se intrepidamente qual novo César à conquista do ninho dos pobres passarinhos. O segundo é o velho do século passado que, em companhia do indefectível compadre, recorda as tradições dos tempos coloniais, e conta anedotas sobre a Rua das Belas Noites e sobre o excelente governo do Sr. Vice-Rei D. Luís de Vasconcelos.

Assim, pois, não há razão de queixa. O passado e o futuro, a geração que finda e a mocidade esperançosa que desponta, fazem honra ao nosso *Passeio*, o qual fecha-se as oito horas muito razoavelmente, para dar tempo ao passado de ir cear, e ao futuro de ir cuidar nos seus significados.

Quando ao presente, não passeia, é verdade; porém, em compensação, vai ao Cassino, ao Teatro Lírico, toma sorvetes, e tem mil outros divertimentos agradáveis, como o de encher os olhos de poeira, fazer um exercício higiênico de costelas dentro de um carro nas ruas do Catete, e sobretudo o prazer incomparável de dançar, isto é, de andar no meio da sala, como um lápis vestido de casaca, a fazer oito nas contradanças, e a girar na valsa como um pião, ou como um corrupio.

Com tão belos passatempos, que se importa o presente com esse desleixo imperdoável e esse completo abandono de um bem nacional, que sobrecarrega de despesas os cofres do Estado, sem prestar nenhuma das grandes vantagens de que poderiam gozar os habitantes desta corte?

Quando por acaso se lembra de semelhante coisa, é unicamente para servir-lhe de pretexto a um estribilho de todos os tempos e de todos os países, para queixar-se da administração e lançar sobre ela toda a culpa. Ora, eu não pretendo defender o governo, não só porque, tendo tanta coisa a fazer, há de por força achar-se sempre em falta, como porque ele está para a opinião pública na mesma posição que o menino de escola para o mestre, e que o soldado para o sargento, isto é, tendo a presunção legal contra si.

Contudo parece-me que o estado vergonhoso do nosso Passeio Público não é unicamente devido à falta de zelo da parte do governo, mas também aos nossos usos e costumes, e especialmente a uns certos hábitos caseiros e preguiçosos, que têm a força de fechar-nos em casa dia e noite.

Nós que macaqueamos dos franceses tudo quanto eles têm de mau, de ridículo e de grotesco, nós que gastamos todo o nosso dinheiro brasileiro para transformarmo-nos em bonecos e bonecas parisienses, ainda não nos lembramos de imitar uma das melhores coisas que eles têm, uma coisa que eles inventaram, que lhes é peculiar; e que não existe em nenhum outro país a menos que não seja uma pálida imitação: a *flânerie*.

Sabeis o que é a *flânerie*? É o passeio ao ar livre, feito lenta e vagarosamente, conversando ou cismando, contemplando a beleza natural ou a beleza da arte; variando a cada momento de aspectos e de impressões. O companheiro inseparável do homem quando *flana* é o charuto; o da senhora é o seu buquê de flores.

O que há de mais encantador e de mais apreciável na *flânerie* é que ela não produz unicamente o movimento material, mas também o exercício moral. Tudo no homem passeia: o corpo e a alma, os olhos e a imaginação. Tudo se agita; porém é uma agitação doce e calma, que excita o espírito e a fantasia, e provoca deliciosas emoções.

A cidade do Rio de Janeiro, com seu belo céu de azul e sua natureza tão rica, com a beleza de seus panoramas e de seus graciosos arrabaldes, oferece muitos desses pontos de reunião, onde todas as tardes, quando quebrasse a força do sol, a boa sociedade poderia ir passar alguns instantes numa reunião agradável, num círculo de amigos e conhecidos, sem etiquetas e cerimônias com toda a liberdade do passeio, e ao mesmo tempo com todo o encanto de uma grande reunião.

Não falando já do Passeio Público, que me parece injustamente votado ao abandono, temos na Praia de Botafogo um magnífico *boulevard* como talvez não haja um em Paris, pelo que toca à natureza. Quanto à beleza da perspectiva, o adro da pequena igrejinha da Glória é para mim um dos mais lindos passeios do Rio de Janeiro. O lanço d'olhos é soberbo: vê-se toda a cidade *à vol d'oiseau*, embora não tenha asas para voar a algum cantinho onde nos leva sem querer o pensamento.

Mas entre nós ninguém dá apreço a isto. Contanto que se vá ao baile do tom, à ópera nova, que se pilhem duas ou três constipações por mês e uma tísica por ano, a boa sociedade se diverte; e do alto de seu cupê aristocrático lança um olhar de soberano desprezo para esses passeios pedestres, que os charlatães dizem ser uma condição da vida e de bem-estar, mas que enfim não têm a agradável emoção dos trancos, e não dão a um homem a figura de um boneco de engonço a fazer caretas e a deslocar os ombros entre as almofadas de uma carruagem.

A boa sociedade não precisa passear; tem à sua disposição muitos divertimentos, e não deve por conseguinte invejar esse mesquinho passatempo do caixeiro e do estudante. O passeio é a distração do pobre, que não tem saraus e reuniões.

Entretanto, se por acaso encontrardes o *Diabo Coxo* de Lesage, pedi-lhe que vos acompanhe em alguma nova excursão aérea, e que vos destampe os telhados das casas da cidade; e, se for noite em que a Charton esteja doente e o Cassino fechado, vereis que atmosfera de tédio e monotonia encontrareis nessas habitações, cujos moradores não passeiam nunca, porque se divertem de uma maneira extraordinária.

Felizmente creio que vamos ter breve uma salutar modificação nesta maneira de pensar. As obras para a iluminação a gás do Passeio Público e alguns outros reparos e melhoramentos necessários já começaram e brevemente estarão concluídos.

Autorizando-se então o administrador a admitir o exercício de todas essas pequenas indústrias que se encontram nos passeios de Paris para comodidade dos frequentadores, e havendo uma banda de música que toque a intervalos, talvez apareça a concorrência, e o Passeio comece a ser um passatempo agradável.

Já houve a ideia de entregar-se a administração a uma companhia, que, sem nenhuma subvenção do governo, se obrigaria a estabelecer os aformoseamentos necessários, obtendo como indenização um direito muito módico sobre a entrada, e a autorização de dar dois ou três bailes populares durante o ano. Não achamos inexequível semelhante ideia: e, se não há nela algum inconveniente que ignoramos, é natural que o Sr. Ministro do Império já tenha refletido nos meios de levá-la a efeito.

Entretanto o Sr. Ministro que se acautele, e pense maduramente nesses melhoramentos que está promovendo. São úteis, são vantajosos; nós sofremos com a sua falta, e esperamos ansiosamente a sua realização. Mas, se há nisto uma *incompetência* de jurisdição, nesse caso, perca-se tudo, contanto que salve-se o princípio: *Quod Dei Deo, quod Caesaris Caesari.*

A semana passada já o Sr. Pedreira deu motivo a graves censuras com o seu regulamento do asseio público. E eu que caí em dizer algumas palavras a favor! Não tinha ainda estudado a questão, e por isso julgava que, não dispondo a Câmara Municipal dos recursos necessários para tratar do asseio da cidade, o Sr. Ministro do Império fizera-lhe um favor isentando-a desta obrigação onerosa e impossível, e a nós um benefício, substituindo a realidade do fato à letra morta das posturas.

Engano completo! Segundo novos princípios modernamente descobertos em um jornal *velho*, a Câmara Municipal não tem obrigação de zelar a limpeza da cidade, tem sim um direito; e por conseguinte dispensá-la de cumprir aquela obrigação é esbulhá-la desse seu direito. Embora tenhamos as ruas cheias de lama e as praias imundas, embora a cidade às dez horas ou meia-noite esteja envolta numa atmosfera de miasmas pútridos, embora vejamos nossos irmãos, nossas famílias e nós mesmos vítimas de moléstias provenientes destes focos de infecção! Que importa! *La garde meurt, mais ne se rend pas*. Morramos, mas respeite-se o elemento municipal; salve-se a sagrada inviolabilidade das posturas!

Filipe III foi legalmente assassinado, em virtude do rigor das etiquetas da corte espanhola. Não é muito, pois, que nós, os habitantes desta cidade, sejamos legalmente pesteados, em virtude das prerrogativas de um novo regime municipal.

A pouco tempo eu diria que isto era mais do que um contrassenso, porém hoje, não; reconheço que o Ministro do Império não deve tocar no elemento municipal, embora o elemento municipal esteja na pasta do Ministro do Império, que aprova as posturas e conhece dos recursos de suas decisões.

Respeite-se, portanto, a independência da edilidade, e continuemos a admirar os belos frutos de tão importante instituição, como sejam reedificação das casas térreas da Rua do Ouvidor, a conservação das biqueiras, o melhoramento das calçadas das Ruas da Ajuda e da Lapa, e a irregularidade da construção das casas, que se regula pela vontade do proprietário e pelo preceito poético de Horácio – *Omnis variatio delectat*.

Ora, na verdade um elemento municipal, que tem feito tantos serviços, que além de tudo tem poetizado esta bela corte com a aplicação dos preceitos de Horácio, não pode de maneira alguma ser privado do legítimo direito que lhe deu a lei de servir de *valet de chambre* da cidade.

Pelo mesmo princípio, sendo o pai obrigado a alimentar o filho, sendo cada um obrigado a alimentar-se a si mesmo, qualquer esmola feita pela caridade, qualquer instituição humanitária, como o recolhimento de órfãos e de expostos, não pode ser admitido, porque constitui uma ofensa ao direito do terceiro.

E agora que temos chegado às últimas e absurdas consequências de um princípio arbitrário, desculpem-nos aqueles a quem contestamos o tom a que trouxemos discussão. Neste mundo, onde não faltam motivos de tristezas, é preciso rir ainda à custa das coisas as mais sérias.

A não ser isto, provaríamos que o Sr. Ministro do Império, tomando as medidas extraordinárias que reclama a situação, respeitou e considerou o elemento municipal, e deixou-lhe plena liberdade de obrar dentro dos limites de sua competência. Se me contestarem semelhante fato, então não terei remédio senão vestir o folhetim de casaca preta e gravata branca, e voltar à discussão com a lei numa mão e a lógica na outra.

Aposto, porém, que a esta hora já o meu respeitável leitor está torcendo a cabeça em forma de ponto de interrogação, para perguntar-me se pretendo escrever uma revista hebdomadária sem dar-lhe nem ao menos uma ou duas notícias curiosas.

Que quer que lhe faça? O paquete de Liverpool chegou domingo, mas a única notícia que nos trouxe foi a do desembarque na Crimeia. Ora, parece-me que não é preciso ter o dom profético para adivinhar os lances de semelhante expedição, que deve ser o segundo tomo da tomada de Bommarsund, já tão bem descrita, todos sabem por quem.

Há três ou quatro vapores soubemos que se preparava a expedição da Crimeia; depois disto, as notícias vieram, e continuaram a vir pouco mais ou menos desta maneira, – As forças aliadas embarcaram. – Estão em caminho. Devem chegar em tal tempo. – Chegaram. – Desembarcaram. – Estão a dez léguas da cidade. – Estabeleceu-se o sítio. – Reuniu-se o conselho general para resolver o ataque. – O ataque foi definitivamente decidido. – Começou o assalto. – Interrompeu-se o combate para que os pintores ingleses tirem a vista da cidade no meio do assalto. – Continuou o combate. – Fez-se uma brecha. – Nova interrupção para tirar-se a vista da brecha.

Isto, a dois paquetes por mês, dá-nos uma provisão de notícias que pode chegar até para meados do ano que vem. Provavelmente durante este tempo mudar-se-ão os generais, e os pintores da Europa terão objeto para uma nova galeria de retratos, os escritores, tema para novas brochuras, e os jornalistas, matéria vasta para publicações e artigos de fundo. E todo este movimento literário e artístico promovido por um bárbaro russo, o qual com a ponta do dedo abalou a Europa e tem todo o mundo *suspenso*!

É um fenômeno este tão admirável como o que se nota no Teatro Lírico nas noites em que canta a Casaloni. A sua voz extensa e volumosa, e os enormes ramos de flores enchem o salão de tal maneira, que não cabe senão um pequeno número de espectadores; o resto, não achando espaço e não podendo resistir à força de tal voz, é obrigado a retirar-se. Entretanto os desafetos da cantora dizem que ela não tem entusiastas e adoradores! Tudo porque ainda não compreenderam aquele fenômeno artístico e musical!

3 DE NOVEMBRO DE 1854

MÁQUINAS DE COSER

Meu caro colega. – Acho-me seriamente embaraçado da maneira por que descreverei a visita que fiz ontem à fábrica de coser de Mme. Besse, sobre a qual já os nossos leitores tiveram uma ligeira notícia neste mesmo jornal.

O que sobretudo me incomoda é o título que leva o meu artigo. Os literatos, apenas ao lerem, entenderão que o negócio respeita aos alfaiates e modistas. Os poetas acharão o assunto prosaico, e talvez indigno de preocupar os voos do pensamento. Os comerciantes, como não se trata de uma sociedade em comandita, é de crer bem pouca atenção deem a esse melhoramento da indústria.

Por outro lado, tenho contra mim o belo sexo, que não pode deixar de declarar-se contra esse maldito invento, que priva os seus dedinhos mimosos de uma prenda tão linda, e acaba para sempre com todas as graciosas tradições da galanteria antiga.

Aqueles lencinhos embainhados, penhor de um amante fiel, e aquelas camisinhas de cambraia destinadas a um primeiro filho, primores de arte e de paciência, primeiras delícias da maternidade, tudo isto vai desaparecer.

As mãozinhas delicadas da amante, ou da mãe extremosa, trêmulas de felicidade e emoção, não se ocuparão mais com aquele doce trabalho, fruto de longas vigílias, povoadas de sonhos e de imagens risonhas. Que coração sensível pode suportar friamente semelhante profanação do sentimento?

Declarando-se as senhoras contra nós, quase que podemos contar com uma conspiração geral, porque é coisa sabida que desde o princípio do mundo os homens gastam a metade de seu tempo a dizer mal das mulheres, e a outra metade a imitar o mal que elas fazem.

Por conseguinte, refletindo bem, só nos restam para leitores alguns homens graves e sisudos, e que não se deixam dominar pela influência dos belos olhos e dos sorrisos provocadores. Mas como é possível distrair estes espíritos preocupados com altas questões do Estado e fazê-los descer das sumidades da ciência e da política a uma simples questão de costura?

Parece-lhe isto talvez uma coisa muito difícil; entretanto tenho para mim que não há nada mais natural. A história, essa grande mestra de verdade, nos apresenta inúmeros exemplos do grande apreço que sempre mereceu do povos da antiguidade, não só a arte de coser, como as outras que lhe são acessórias.

Eu podia comemorar o fato de Hércules fiando aos pés de Ônfale, e mostrar o importante papel que representou na antiguidade, a teia de Penépole, que mereceu ser cantada por Homero. Quanto à *agulha* de Cleópatra, esse lindo obelisco de mármore, é a prova mais formal de que os egípcios votavam tanta admiração à arte da costura, que elevaram aquele monumento à sua rainha, naturalmente porque ela excedeu-se nos trabalhos desse gênero.

As tradições de todos os povos conservam ainda hoje o nome dos inventores da arte de vestir os homens. Entre os gregos foi Minerva, entre os lídios Aracne, no Egito Isis, e no Peru Manacela, mulher de Manco Capa.

Os chineses atribuem essa invenção ao Imperador Ias; e na Alemanha, conta a legenda que a fada Ave, tendo um amante muito friorento, compadeceu-se dele, e inventou o tecido para vesti-lo. Naquele tempo feliz ainda eram as amantes os gastos da moda; hoje, porém, este artigo tem sofrido uma modificação bem sensível. As fadas desapareceram, e por isso os homens vão cuidando em multiplicar as máquinas.

Só estes fatos bastariam para mostrar que importância tiveram em todos os tempos e entre todos os povos as artes que servem para preparar o traje do homem. Além disto, porém, a tradição religiosa conta que já no Paraíso, Eva criara com as folhas da figueira, diversas modas que infelizmente caíram em completo desuso.

Já não falo de muitas rainhas, como Berta, que foram mestras e professoras da arte de coser e fiar; e nem das sábias pragmáticas dos Reis de Portugal a respeito do vestuário, as quais mostram o cuidado que sempre mereceu daqueles monarcas, e especialmente do grande Ministro Marquês de Pombal, a importante questão dos trajes.

Hoje mesmo, apesar do rifão antigo, todo o mundo entende que o *hábito faz o monge*; e se não vista alguém uma calça velha e uma casaca de cotovelos roídos embora seja o homem mais relacionado do Rio de Janeiro, passará por toda a cidade incógnito e invisível, como se tivesse no dedo o anel de Giges.

Assim, pois, é justamente para os espíritos graves, dados aos estudos profundos e às questões de interesse público, que resolvi descrever a visita à fábrica de coser de Mme. Besse, certo de que não perderei o meu tempo e concorrerei quanto em mim estiver para que se favoreça este melhoramento da indústria, que pode prestar grandes benefícios, fornecendo não só à população desta corte, mas também a alguns estabelecimentos nacionais.

A fábrica está situada à Rua do Rosário nº 74. Não é uma posição tão aristocrática como a das modistas da Rua do Ouvidor; porém tem a vantagem de ser no centro da cidade, e, portanto, as senhoras do tom podem facilmente sem derrogar aos estilos da alta *fashion* fazer a sua visita a Mme. Besse, que as receberá com a graça e a amabilidade que a distingue.

Era na ocasião de uma dessas visitas que eu desejaria achar-me lá para observar o desapontamento das minhas amáveis leitoras (se é que as tenho, visto que estou escrevendo para os homens pensadores). Dizem que o espírito da indústria tem despoetizado todas as artes, e que as máquinas vão reduzindo o mais belo trabalho a um movimento monótono e regular, que destrói todas as emoções, e transforma o homem num autômato escravo de outro autômato.

Podem dizer o que quiserem; eu também pensava o mesmo antes de ver aquelas lindas maquinazinhas que trabalham com tanta rapidez, e até com tanta graça. Figurai-vos umas banquinhas de costura fingindo charão, ligeiras e cômodas, podendo colocar-se na posição que mais agradar, e sobre esta mesa uma pequena armação de aço, e podeis fazer uma ideia aproximada da vista da máquina. Um pezinho o mais mimoso do mundo, um pezinho de *Cendrillon*, como conheço alguns, basta para fazer mover sem esforço todo este delicado maquinismo.

E digam-me ainda que as máquinas despoetizam a arte! Até agora, se tínhamos a ventura de ser admitidos no santuário de algum gabinete de moça, e de passarmos algumas horas a conversar e a vê-la coser, só podíamos gozar dos graciosos movimentos das mãos; porém não se nos concedia o supremo prazer de entrever sob a orla do vestido um pezinho de mulher bonita, que é tudo quanto há de mais poético neste mundo.

Enquanto este pezinho travesso, que imaginareis, como eu, pertencer a quem melhor vos aprouver, faz mover rapidamente a máquina, as duas mãozinhas, não menos ligeiras, fazem passar pela agulha uma ourela de seda ou de cambraia, ao longo da qual vai-se estendendo com incrível velocidade uma linha de pontos, que acaba necessariamente por um ponto de admiração(!)

Está entendido que o ponto de admiração é feito pelos vossos olhos, e não pela máquina, que infelizmente não entende nada de gramática, senão podia-nos bem servir para elucidar as famosas questões do gênero do *cólera* e da ortografia da palavra *asseio*. Questões estas muito importantes, como todos sabem, porque, sem que elas se decidam, nem os médicos podem acertar no curativo da moléstia, nem o Sr. Ministro do Império pode publicar o seu regulamento da limpeza da cidade.

Voltando, porém, à nossa máquina, posso assegurar-lhes que a rapidez é tal, que nem o mais cábula dos estudantes de São Paulo ou de medicina, nem um poeta e romancista a fazer reticências, são capazes de ganhá-la a dar pontos. Se a deixarem ir à sua vontade, faz uma ninharia de trezentos por minuto; mas, se zangarem, vai aos seiscentos; e então, ao contrário do que desejava um nosso espirituoso folhetinista contemporâneo, o Sr. Zaluar, pode-se dizer que quando começa a fazer *ponto*, nunca faz *ponto*.

Mau! Já me andam os calembures às voltas! É preciso continuar; mas, antes de passar adiante, sempre aconselharei a certos oradores infatigáveis, a certos escritores cuja *verve* é inesgotável, que vão examinar aquelas máquinas a ver se aprendem delas a arte de fazer ponto. É uma coisa muito conveniente ao nosso bem-estar, e será mais um melhoramento que deveremos a Mme. Besse.

Aos Estados Unidos cabe a invenção das máquinas de coser, que hoje se têm mutiplicado naquele país de uma maneira prodigiosa, principalmente depois dos últimos aperfeiçoamentos que se lhe têm feito. Mme. Besse possui atualmente na sua fábrica seis destas máquinas, e tem ainda na alfândega doze, que pretende despachar logo que o seu estabelecimento tomar o incremento que é de esperar.

Mme. Besse corta perfeitamente qualquer obra de homem ou de senhora; e, logo que for honrada com a confiança das moças elegantes, é de crer que se torne a modista do tom, embora não tenha para isto a patente de *francesa*, e não more na Rua do Ouvidor.

Além disto, como ela possui máquinas de diversas qualidades, umas que fazem a costura a mais fina, outras próprias para coser fazenda grossa e ordinária, podem também muitos estabelecimentos desta corte lucrar com a sua fábrica um trabalho, não só mais rápido e mais bem-acabado como mais módico no preço.

Presentemente a fábrica já tem muito que fazer; mas, quando se possui seis máquinas, e por conseguinte se dá três mil e seiscentos pontos por minuto, é preciso que se tenha muito pano para mangas.

Sou, meu caro colega, etc.

12 DE NOVEMBRO DE 1854

A tomada do Rio Alma. – Novo partido teatral. – O *dilettante,* homem útil. – Asseio do teatro. – Limpeza da cidade. – A loja do Desmarais, Notre Dame de Paris e Galeria Geolas.

Desta vez não há razão de queixa. O paquete de Southampton trouxe-nos uma boa coleção de notícias a respeito da guerra do Oriente.

A curiosidade pública, suspensa há muito tempo, pôde finalmente saciar-se com alguns episódios interessantes, como o de uma batalha em campo raso, o da passagem de um rio, o da morte de um general e da fugida de um príncipe à unha de cavalo.

Passada a primeira impressão, cada um tratou de comentar as notícias a seu modo, de maneira que já ninguém se entende, e não há remédio senão apelar para o vapor seguinte a fim de sabermos a verdadeira solução do negócio.

A tomada do Rio Alma sobretudo abriu um campo vasto a essa guerra de ditos espirituosos e de epigramas, em que se acham seriamente empenhados os russos e turcos desta cidade.

Uns entendem que, à vista das notícias, é fora de dúvida que Messckintoff deixara tomarem-lhe *Alma*, embora a muito custo escapasse com o corpo salvo das mãos dos franceses e ingleses. Entretanto, as próprias notícias dadas pelos jornais, ninguém pode duvidar que quem perdeu *a alma* não foi o príncipe russo, mas sim o General Saint-Arnaud.

No dia da chegada do paquete, um espirituoso redator de uma das folhas diárias da corte dizia, ao ler a descrição da batalha, que o êxito da guerra estava conhecido, e que a Rússia nada podia fazer desde que Nicolau perdera *Alma*. Ao contrário – retrucou-lhe o seu colega – agora é que os ingleses e franceses estão em apuros, porque os russos, depois da batalha, ficaram *desalmados* e não há nada que lhes resista.

Muita gente, que sabe como os franceses são fortes nos trocadilhos e jogos de palavras, persuade-se que talvez todo este barulho da batalha de Alma não passe de algum calembur, que eles nos querem impingir. Não vou tão longe nas minhas suposições; porém, quando leio as duas participações de Lord Raglan e de Saint-Arnaud, não posso deixar de lembrar-me daquela antiga anedota dos dois compadres da aldeia, que descobriram o modo de se elogiar a si mesmos sem faltar à modéstia.

Em toda essa batalha só há sentir uma coisa; e é que os aliados fizessem poucos prisioneiros, e não pudessem ajuntar uma boa coleção de príncipes russos, que tivessem nomes de oito sílabas com a terminação em *off*, que é de rigor. Se isto acontecesse, seria uma felicidade para o gênero humano; porque os tais boiardos passariam à França, espalhar-se-iam pela Europa e talvez chegassem ao mercado do Brasil, onde imediatamente se havia de manifestar uma grande procura deles para noivos. Se viessem alguns da Hircânia, e uma meia dúzia de magias [*sic*] da Hungria, também não seria mau, para assim haver mais onde escolher conforme o gosto de cada um.

Enquanto, porém, não lhe é possível mandar-nos esse gênero de que tanto necessitamos, a Europa vai nos enviando algumas cantoras *exímias* (é o termo do rigor), para nos distrair as noites de uma maneira agradável. Chegou ultimamente uma, que, se a reputação corresponder ao nome, terá de apagar de todo no espírito público as recordações que deixou a Stoltz, senão como cantora, ao menos como excelente trágica.

Criar-se-á provavelmente um terceiro partido que se intitulará *Raquelista*, e então o teatro tornar-se-á interessantíssimo. Aplausos de um lado, pateada do outro, bravos, gritos, estalinhos, caixas de rapé a ranger, tudo isto formará uma orquestra magnífica, e realçará a voz das cantoras de uma maneira admirável. Isso pelo que toca ao ouvido; quanto à vista, tomando a diretoria o bom acordo de reduzir a iluminação *brilhante* do teatro, as nuvens de poeira, que se levantam da plateia, criarão o *demi-jour* necessário à ilusão óptica.

Que progresso! Possuiremos um Teatro Lírico, no qual não se ouvirá música e quase nada se enxergará! Só quem não tiver uso de frequentar teatros é que poderá negar as grandes vantagens que resultam de tão engenhosa invenção.

Enquanto os empresários europeus se matam e se esforçam por contratar boas cantoras, ensaiar as melhores óperas, e adquirir pintores cenógrafos para satisfazer o público e dar-lhe espetáculos que agradem, nós descobrimos o meio de poupar todo este trabalho inútil e dispendioso.

Para isto bastam duas ou três cantoras com os seus competentes partidos, e, se houver também uma dançarina como a Baderna, melhor será. Com estes elementos conseguir-se-á por noite umas quatro pateadas e algumas salvas de palmas; a noite tornar-se-á animada, e o gosto pela música italiana se irá *popularizando* cada vez mais.

Decerto, aquelas noites monótonas, em que levávamos a ouvir a Stoltz, comovidos e atentos aos seus menores movimentos, descobrindo um estudo da arte, uma inspiração do talento no seu gesto o mais simples, ou nas entonações graves de sua bela voz; essas noites frias e calmas, em que, depois de longas horas de êxtases, a alma afinal transbordava de emoções e arrancava no fim da representação aplausos espontâneos; essas noites não valem os espetáculos animados, como temos agora, cheios de fervor e entusiasmo, e em que nos possuímos tanto do encanto da música, que todo o corpo se agita para dar a mais solene manifestação de *amor à arte*.

Um *dilettante* é hoje no Rio de Janeiro o homem que se acha nas melhores condições higiênicas e que deve menos temer a invasão do cólera, porque ninguém o ganha em exercício. A cabeça bate o compasso mais regularmente do que a baqueta do Barbieri; as mãos dão-se reciprocamente uma sova de bolos, como não há exemplo que tenha dado o mais carrasco dos mestres de latim de todo o orbe católico. Dos pés não falemos; são capazes de macadamizar numa noite a rua mais larga da cidade.

Ajunte-se a isto os bravos, os foras, os espirros, os espreguiçamentos (novo gênero de pateada), e de vez em quando um passeio lírico de uma légua fora da cidade, e ver-se-á que dora em diante, quando os médicos quiserem curar alguma moléstia que exija exercício, em vez de mandarem o doente para a serra ou para os arrabaldes, lhe aconselharão que se aliste nalgum dos partidos, chartonista ou casalonista, e vá ao teatro.

Um espírito observador, recorrendo a certos dados estatísticos, conseguiu também descobrir que o homem mais útil desta corte é o *dilettante*. Cumpre-me, porém, notar que, quando falamos em *dilettante*, não compreendemos o homem apaixonado de música, que prefere ouvir uma cantora, sem por isso doestar a outra. *Dilettante* é um sujeito que não tem nenhuma destas condições, que vê a cantora, mas não ouve a música que ela canta; que grita bravo justamente quando a prima-dona desafina, e dá palmas quando todos estão atentos para ouvir uma bela nota.

São muito capazes de levantar alguma questão gramatical sobre a minha definição, tachando-a de parodoxo, ou demonstrando por meio da etimologia da palavra que estou em erro. Mas isto pouco abalo me dá; os gramáticos que discutam, fazem o seu ofício, contanto que não se arvorem em alfaiates e comecem a talhar carapuças.

Voltando, porém, a nossas observações, é fato provado que o *dilettante* é o homem que mais concorre para a utilidade pública. Em primeiro lugar, o extraordinário consumo que ele faz de flores não pode deixar de dar grande desenvolvimento à horticultura, e de auxiliar a fundação de um estabelecimento deste gênero, como já se tentou infrutiferamente nesta corte antes do diletantismo ter chegado ao seu apogeu.

Os sapateiros e luveiros ganham também com o teatro, porque não há calçado nem luvas que resistam ao entusiasmo das palmas e das pateadas. Na ocasião dos benefícios, as floristas e os joalheiros têm muito o que fazer; e os jornais enchem-se de artigos que para os leitores têm o título de *publicações a pedido*, e para o guarda-livros da casa o de *publicações a dinheiro*.

Além de tudo isto, além dos estalinhos, dos versos avulsos, das fitas para os buquês, é preciso não esquecer a carceragem que de vez em quando algum vai deixar na cadeia, onde se resigna a passar a noite, fazendo um sacrifício louvável pelo seu extremo amor à arte.

Isso sem falar nas outras vantagens que já apresentamos, como de fazer que não se ouça a música e não se veja coisa alguma. De maneira que, assim, toda ópera é boa e bem representada; e, estando o teatro escuro com a poeira, não há risco que as mocinhas troquem olhares malignos para as cadeiras. Só este último fato é de um alcance imenso; é uma garantia da moralidade pública!

Se a diretoria soubesse apreciar esses bons resultados, em vez de transferir constantemente o espetáculo por moléstias deste ou daquele, em vez de nos dar uma só representação por semana, regularizaria os espetáculos, e repetiria o *Trovador* cinquenta vezes, para que os moleques da rua aprendessem a assobiar de princípio a fim toda esta sublime composição de Verdi, a qual daqui a alguns meses aparecerá correta e aumentada numa porção de valsas, contradanças e modinhas.

Outra coisa, a que a diretoria não tem dado muita atenção, é ao estado do edifício e à decência deste salão, onde se reúne a flor da sociedade desta corte. Agora que se trata com tanta eficácia do asseio público, parece-nos que era ocasião que o asseio chegasse até o interior do teatro, e fizesse desaparecer essa pintura mesquinha, essas paredes sujas, e esse pó que cobre as cadeiras e que reduz as abas das nossas casacas à triste condição de espanador. A julgar pela poeira que se levanta quando aparece a Charton ou a Casaloni, creio que há no soalho do teatro terra para encher algumas carroças.

Se faltam à diretoria meios de remover essa terra, pode requisitá-los da administração da limpeza pública, que por certo não se recusará, à vista da atividade que tem mostrado ultimamente nos trabalhos que lhe foram incumbidos.

Com efeito, embora em começo, o serviço já tem conseguido apresentar bons resultados; e basta percorrer as ruas desta cidade, para reconhecer os sinais de uma vigilância ativa, que vai pouco a pouco substituindo o desleixo e a incúria que ali reinava entre a lama e os charcos.

O Sr. Ministro do Império tomou, nesta questão da limpeza, o verdadeiro partido de um bom administrador e o expediente de um homem de ação. Enquanto a discussão se ateava, tratou de realizar a sua ideia, e criar com os fatos argumentos irresistíveis, argumentos que calam imediatamente no espírito público. Os escrúpulos cessaram, apenas as nossas ruas começaram a mostrar o zelo da autoridade; e creio que, removendo a lama e o cisco das ruas, se removerá igualmente qualquer oposição extemporânea a uma medida de tanta utilidade.

Já podemos ter esperanças de ver nossa bela cidade reivindicar o seu nome poético de *princesa do vale*, e despertar de manhã com toda a louçania para aspirar as brisas do mar e sorrir ao sol que transmonta o cimo das serras. Talvez daqui a alguns meses seja possível gozar a desoras o prazer de passear *à la belle étoile,* durante uma dessas lindas noites de luar como só as há na nossa terra; ou percorrer sem os dissabores d'agora a rua aristocrática, a Rua do Ouvidor, admirando as novidades chegadas da Europa, e as mimosas galantarias francesas, que são o encanto dos olhos e o desencanto de certas algibeiras.

Esses passeios, que hoje já vão caindo um pouco em desuso, ainda se tornarão mais agradáveis com algumas novidades interessantes que se preparam naquela rua, e que lhe darão muito mais realce, excitando as senhoras elegantes e os *gentlemen* da moda a concorrer a esse *rendez-vous* da boa companhia.

O Desmarais está acabando de preparar a sua antiga casa com uma elegância e um apuro, que corresponde às antigas tradições que lhe ficaram dos tempos em que aí se reunia a boa roda dos moços desta corte, e os deputados que depois da sessão vinham decidir dos futuros destinos do país. Ali tinham eles ocasião de estudar os grandes progressos da agricultura, fumando o seu charuto *Regalia*, e de apreciar os melhoramentos da indústria pelo efeito dos cosméticos, pela preparação das diversas águas de tirar rugas, e pela perfeição das cabeleiras e chinós.

Como o Desmarais, a *Notre-Dame de Paris* abrirá brevemente as portas do seu novo salão, ornado com luxo e um bom gosto admirável. As *moirées*, os veludos e as casimiras, todos os estofos finos e luxuosos, e destinados aos corpinhos sedutores das nossas lindezas, terão uma moldura digna deles, entre magníficas armações de pau-cetim; e o pezinho *mignon* que transpuser os umbrais desse templo da moda pousará sobre macios tapetes, que não lhe deixarão nem sequer sentir que pisam sobre o chão.

Assim, pois, quando os pais e os maridos passarem de longe, e virem este belo salão com toda a sua elegância, resplandecendo com o reflexo dos espelhos, com o brilho das luzes, apressarão o passo, e, se tiverem lido o Dante, lembrar-se-ão imediatamente da célebre inscrição:

> *Lasciate ogni esperanza, voi che entrate;*
> *Ma guarda, e passa!*

De todos esses progressos da Rua do Ouvidor o mais interessante, porém, pelo lado da novidade, é a *Galeria Geolas*, que deve nos dar uma ideia das célebres passagens envidraçadas de Paris. A *Galeria Geolas* vai da Rua do Ouvidor à Rua dos Ourives; tem uma extensão suficiente; apesar de um pouco estreita, está bem arranjada.

Os repartimentos formam um pequeno quadrado envidraçado, e já estão quase todos tomados. Na locação desses armazéns seria muito conveniente, não só aos seus interesses, como aos do público, que o proprietário procurasse a maior variedade possível de indústrias, a fim de que a passagem oferecesse aos compradores toda a comodidade.

Os moços de boa companhia que se reúnem ordinariamente num ponto qualquer da Rua do Ouvidor deviam tomar um daqueles repartimentos e formar como que um pequeno salão, que se tornaria o *rendez-vous* habitual do círculo dos *flâneurs*. Enquanto não pudéssemos ter um Clube, a passagem iria satisfazendo esta necessidade tão geralmente sentida.

Se ainda não estais satisfeito, meu amável leitor, com todas estas novidades, vou dar-vos uma, que suponho vos causará tanto prazer como me causa a mim; e é que estou fatigado de escrever, e por conseguinte termino aqui.

19 DE NOVEMBRO
DE 1854

Mitologia folhetinística. – Dias de chuva e dias de sol, noites de inverno e noites de teatro. – Três deusas no Provisório. – João Caetano e a arte dramática. – Moedeiros falsos e falsificadores da mulher. – A polícia contra os cães.

Se a mitologia dos povos antigos tivesse dado formas de mulher, de fada ou ninfa, às semanas, como o fez com as horas, não me veria às vezes em tão sérios embaraços para escrever esta revista.

Em lugar de estar a cogitar ideias, a parafusar novidades, e a lembrar-me de fatos e coisas passadas, pediria emprestado a algum dos tipos da grande galeria feminina as feições e os traços para desenhar o meu original.

Assim, quando me viesse uma semana alegre e risonha, mas muito inconstante, com uns dias cheios de nuvens, e outros límpidos e brilhantes, iluminados pelos raios esplêndidos do sol, uma semana elegante de teatros e de bailes, imaginaria alguma fada de formas graciosas, de olhos grandes, com uma certa altivez misturada de uma dose sofrível de loureirismo.

Vestiria a minha fada de branco com algumas fitas cor-de-rosa, pedir-lhe-ia que me contasse com toda a graça e travessura do seu espírito os segredos de suas horas e de seus instantes.

Ao contrário, se fosse uma semana bem calma e bem tranquila, em que os dias corressem puros e serenos, em que fizesse umas belas noites de luar bem suaves e bem calmas, de céu azul e de estrelas cintilantes, lembrar-me-ia de alguma moreninha da minha terra, de faces cor de jambo, *ojos adormidillos*, como dizem os espanhóis.

Então escreveria uma poesia, um poema, um romance ou um idílio singelo, e livrava-me assim de meter-me em certas questões graves e importantes que ocupam a atualidade. Faria como o poeta; e limitar-me-ia às pequenas coisas que me tivessem interessado. *Nugae, quarum pars parva fui.*

É verdade que, quando me acertasse cair uma semana como esta passada, onde iria ou procurar um tipo, um modelo que a caracterizasse perfeitamente? Lembro-me de uma mulher, que descreveu Byron, a qual, com algumas modificações, talvez me pudesse bem servir para o caso.

Seu único aspecto (da mulher) valia um discurso acadêmico; cada um de seus olhos era um sermão; na sua fronte estava estampada uma dissertação gramatical. Enfim, era uma aritmética ambulante. Dir-se-ia uma correspondência ou alguma *velha* polêmica que se houvesse despegado do seu competente jornal, para andar pelo mundo a discutir e argumentar.

Com efeito, só este tipo imitado de D. Juan poderia dar uma ligeira ideia da semana passada, a qual num formulário de botica podia bem traduzir-se pela seguinte receita: uma dose de sol, duas de chuva e três de maçada. Admirável receita para curar a população desta corte da febre de novidades que tem produzido a guerra do Oriente.

Os antigos, porém, que fizeram tanta coisa boa, esqueceram-se dessa invenção de personificar a semana, e por conseguinte não há remédio senão deixar as comparações e voltar ao positivo da crônica, desfiando fato por fato, dia por dia.

Aposto que já estais a rir deste meu projeto, perguntando com os vossos botões que fatos são estes que descobri na semana passada, que acontecimentos se deram nestes dias, que valham a pena, não já escrever simplesmente, mas contar.

Ides ver. Em primeiro lugar, contar-vos-ei que a semana teve sete dias e sete noites, tal e qual como as outras. Destes sete dias muitos foram de chuva, e alguns estiveram tão belos, tão frescos, tão puros, que sentia-se a gente renascer com o sol que vivificava a natureza. As noites foram quase todas de inverno e de teatro.

No Provisório estreou a nova cantora, completando-se assim o número das três deusas que devem disputar o pomo de ouro, o qual também foi pomo da discórdia. O público *dilettante* está por conseguinte arvorado em Páris; e os poetas já se prepararam para cantar a nova Ilíada e as causas terríveis de tão funesta guerra. *Et teterrimas belli causas.*

Em São Pedro de Alcântara o aparecimento de João Caetano produziu uma noite de entusiasmo e um novo triunfo para o artista distinto, único representante da arte dramática no Brasil.

Infelizmente as circunstâncias precárias do nosso teatro, ou outras causas que ignoramos, não têm dado lugar a que João Caetano forme uma escola sua, e trate de elevar a sua arte, que no nosso país ainda se acha completamente na infância.

É a este fim que deve presentemente dedicar-se o ator brasileiro. Sua alma já deve estar saciada destes triunfos e dessas ovações pessoais, que são apenas a manifestação de um fato que todos reconhecem. Como ator, já fez muito para sua glória individual; é preciso que agora como artista e como brasileiro trabalhe para o futuro de sua arte e para o engrandecimento do seu país.

Se João Caetano compreender quanto é nobre e digna de seu talento esta grande missão, que outros, antes de mim, já lhe apontaram; se, corrigindo pelo estudo alguns pequenos defeitos, fundar uma escola dramática que conserve os exemplos e as boas lições do seu talento e a sua experiência, verá abrir-se para ele uma nova época.

O governo não se negará certamente a auxiliar uma obra tão útil para o nosso desenvolvimento moral; e, em vez de vãs ostentações, de coroas e de versos que se procuram engrandecer unicamente pelo assunto, terá o que lhe tem faltado até agora, o apoio e a animação da imprensa desta corte.

Uma das coisas que têm obstado a fundação de um teatro nacional é o receio da inutilidade a que será condenado este edifício, com o qual decerto se deve despender avultada soma. O governo não só conhece a falta de artistas, como sente a dificuldade de criá-los, não havendo elementos dispostos para esse fim.

Não temos uma companhia regular, nem esperanças de possuí-la brevemente. A única cena onde se representa em nossa língua ocupa-se com *vaudevilles* e comédias traduzidas do francês, nas quais nem o sentido nem a pronúncia é nacional.

Desde modo ficamos reduzidos unicamente ao teatro italiano, para onde somos obrigados, se não preferirmos ficar em casa, a dirigirmo-nos todas as noites de representação, quer *cante* a Casaloni, quer *encante* a Charton, quer *descantem* as coristas. Tudo é muito bom, visto que não há melhor.

Já algumas vezes temos censurado a diretoria do teatro de certas coisas que nos parece se podem melhorar sem grandes sacrifícios. Hoje cumpre-nos fazer-lhe uma justiça, e até um elogio, que ela merece sem dúvida alguma, pela resolução que nos consta ter tomado de reparar o edifício e iluminá-lo a gás.

A polícia também tem-se esmerado em fazer cessar as cenas tumultuárias e desagradáveis que se iam tornando tão frequentes naquele teatro, e que, se continuassem, acabariam por afugentar dele os apaixonados da música de batuque.

Não é, porém, unicamente no teatro que a polícia tem dado provas de atividade. Efetuou-se esta semana a prisão de um moedeiro falso, que se preparava a montar uma fábrica dessa indústria lucrativa.

O crime de moeda falsa é um dos mais severamente punidos em todos os países, porque ameaça a fortuna do Estado e a dos particulares. Entretanto não acho razão no legislador em ter punido unicamente o falsificador de moeda, deixando impunes muitos outros falsificadores bem perigosos para a nossa felicidade e bem-estar.

Todos os dias lemos nos jornais anúncios de dentistas, de cabelereiros e de modistas, que apregoam postiços de todas as qualidades, sem que a lei se inquiete com semelhantes coisas.

Entretanto imagine-se a posição desgraçada de um homem que, tendo-se casado, leva para casa uma mulher toda falsificada, e que de repente, em vez de um corpinho elegante e mimoso, e de um rostinho encantador, apresenta-lhe o desagradável aspecto de um cabide de vestidos, onde toda a casta de falsificadores pendurou um produto de sua indústria.

Quando chegar o momento da decomposição deste todo mecânico – quando a cabeleira, o olho de vidro, os dentes de porcelana, o peito de algodão, as anquinhas se forem arrumando sobre o *toilette* – quem poderá avaliar a tristíssima posição dessa infeliz vítima dos progressos da indústria humana!

Nem ao menos as leis lhe concedem o direito de intentar uma ação de falsidade contra aqueles que o lograram, abusando de sua confiança e boa-fé. É uma injustiça clamorosa que cumpre reparar.

Um homem qualquer que nos dá a descontar uma letra de uns miseráveis cem mil-réis, falsificada por ele, é condenado a uma porção de anos de cadeia. Entretanto aqueles que falsificam uma mulher, e que desgraçam uma existência, enriquecem e riem-se à nossa custa.

Deixemos esta importante questão aos espíritos pensadores, aos amigos da humanidade. Não temos tempo de tratá-la com a profundeza que exige; senão, resumiríamos o quadro de todas as desgraças que produzem não só aquelas falsificações do corpo, mas também muitas outras, como um olhar falso, um sorriso fingido, ou uma palavra mentida.

Demais, temos ainda de falar de uma medida do chefe de polícia a respeito dos cães, e que interessa extraordinariamente a segurança pública. O que cumpre é zelar a sua execução para que não se torne letra morta, e faça cessar o perigo que corremos todos os dias de encontrarmos a cada momento na rua ou no passeio a morte do hidrófobo.

Alphonse Karr levou dois anos a escrever para conseguir que a polícia de Paris adotasse esta útil medida de segurança pública, a que ordinariamente damos tão pouco cuidado, e muitas vezes mesmo nos revoltamos por um mal-entendido sentimento de humanidade.

Um dos maiores obstáculos que ele encontrou sempre foram certos prejuízos, certos erros consagrados e que todo o mundo repete, sem refletir, nem compreender o sentido das palavras que profere.

Assim, desde a antiguidade se diz que o cão é o amigo fiel do homem, o tipo e o modelo da amizade.

Este consentimento unânime, diz o escritor francês, é uma singular revelação do caráter do homem. O cão obedece sem reflexões, se submete a todos os caprichos e a todas as vontades sem distinção; quando o castigam, em vez de se defender, roja-se aos pés de seu senhor e caricia a mão que o castigou. E é isto o que o homem chama um amigo!

Já se vê que o sentimento não é tão nobre como o parece a princípio. Todas estas vãs declamações dos poetas sobre esse animal, que dizem representar o símbolo da fidelidade, dão uma bem mesquinha ideia do coração humano.

Não é, pois, o prazer de possuir um autômato, que se move à nossa vontade, que pode compensar um dos maiores riscos a que estamos sujeitos, e para o qual olhamos indiferentemente.

10 DE DEZEMBRO
DE 1854

Adeus à corte. – As *Feiticeiras* e o *Guarani*. – De Mauá a Petrópolis. – Salve, Petrópolis. – Visita aos Colégios Köpke e Calógeras. – Os gêneros alimentícios. – Do Chile até o Pará. – A Guerra do Oriente.

Farewell! Farewell!... Adeus à corte, aos bailes, aos teatros! Adeus às belas noites do Rio de Janeiro; aos seus magníficos salões, aos seus brilhantes saraus! Até a volta! Chegou a época das viagens; é preciso partir.

A cidade vai ficando tão monótona e tão insípida, que já não há prazer em andar por aí a arruar, vendo sempre as mesmas ruas e as mesmas casas, algumas tristes e abandonadas, entregues ao gênio protetor dos lares domésticos.

A caminho, pois, meu amável leitor. Tomai o vosso bordão de *touriste*, o vosso saco de viagem, o vosso álbum de recordações; esquecei por alguns dias os negócios, esquecei as obrigações, esquecei tudo e segui-me. Viajaremos de companhia, iremos juntos procurar além novas impressões, outros cuidados.

Onde iremos? A Cantagalo, à Santa Cruz, à Nova Friburbo, ao Morro Queimado, a esses lugares onde o clima é doce e saudável, onde as águas são puras e cristalinas? Nada; vamos a Petrópolis, a terra das flores, a terra dos *amores-perfeitos*, vamos percorrer a Alemanha como sobre uma carta geográfica; vamos ver os nevoeiros da serra, os despenhadeiros das montanhas, e finalmente aquelas graciosas casinhas tão alvas e com suas janelinhas verdes, que se destacam aqui e ali pela beira do caminho, ou pela margem dos canais.

A barquinha de vapor corta ao largo resvalando docemente pela flor-d'água, mas sem aquela excessiva velocidade que dá aos objetos um aspecto fantástico. A cidade do Rio de Janeiro vai fugindo à vista, e com o vago da distância começa a retratar-se no horizonte como um painel magnífico iluminado pela esplêndida claridade dos raios do sol.

Aqui e ali aponta sobre todo aquele confuso e variado panorama da cidade a torre de alguma igreja ou a cruz singela de um campanário, como para advertir ao viajante que do meio das saudades da pátria, da família, ou de algum ente que se idolatra, o pensamento deve erguer-se a Deus no momento da partida.

Ali, onde as vagas se desfazem em alvos frocos de espumas, estão as *Feiticeiras*, célebres na crônica do mundo elegante, pelo quase naufrágio do *Guarani*. Quantas *feiticeiras* não conheço eu mesmo em terra, que já produziram e são capazes de produzir ainda mais terríveis naufrágios! Há porém, entre estas e aquelas, duas pequenas diferenças. A primeira é que em umas morre-se pela água, nas outras pelo fogo. A segunda diferença é muito mais curiosa. Nas *feiticeiras* do mar o *Guarani* salvou-se por ser um barco novo; nas *feiticeiras* da terra são justamente os barcos novos os que correm maior perigo.

Perdoai-me esta observação humorística, meu amável leitor e companheiro de viagem; prometo-vos que será a última. Abandonemos de uma vez, com os olhos e com o pensamento, esta cidade que já não tem encantos para nós. Quereis o belo sob outras formas, quereis a natureza da nossa terra em outros quadros? Lançai os olhos por este vasto estendal das ondas alisadas ao sopro cariciador da brisa; vede aqueles grupos de pequenas ilhas verdes e graciosas, que com a carreira da barca parecem que vão fugindo umas atrás das outras; vede as alvas praias de areia onde a vaga se espreguiça e murmura, ao longe os claros e escuros das encostas, e o vulto das montanhas que se debuxam no azul do céu.

Mas eis a ponte de desembarque que se alonga pela proa da barca; chegamos a Mauá. Saltemos, e, como o lugar não tem nada que quer ver, como as construções da Companhia ainda estão em princípio e não oferecem nada de curioso, tratemos já de tomar os nossos lugares no *vagão*, e de prepararmo-nos para a nova viagem, tendo o nosso bilhete em mão segundo o regulamento.

Deu o sinal. Lá vamos levados pelo monstro de fogo que se lança, rugindo como uma fera, vomitando fumo, devorando o espaço. Alexandre Dumas já o disse; o prazer da velocidade tem um gozo, uma voluptuosidade inexprimível. A primeira vez, porém, a novidade, o vago do desconhecido, destroem em parte aquele prazer, e produzem uma espécie de embriaguez de espírito, que de alguma maneira paralisa o pensamento. Não há ideia fixa, não há preocupação, por mais forte que seja, que resista a esse choque súbito de tantas emoções, a esse tumulto confuso das impressões que se sucedem rapidamente, que se aglomeram, se repelem e se destroem.

Depois de dezenove minutos desse voo fantástico, desse sonho acordado, despertais repentinamente aos gritos do cocheiro e aos trancos de um dos incômodos carros da Companhia, que vos faz imediatamente lembrar dos passeios ao Catete. Resignai-vos como eu; e, se tendes alguma ideia favorita, alguma imagem suave, que vos ande a sorrir na mente, abri-lhe a vossa alma, e esquecei as misérias deste mundo. Quando mal pensardes, estareis no alto da serra.

Salve, louçã e faceira Petrópolis! Salve, lindos chalés, casinhas campestres, montanhas, cascatas, canais! Como tudo isto é gracioso e simples; como a existência é doce e tranquila nestes lugares aprazíveis e nesta convivência agradável da gente da terra! Que risonhas que são essas manhãs de cerração, que ao nascer do sol começam a desdobrar o seu véu branco, com toda a garridice e todo o disfarce de uma andaluza, quando entreabre a sua mantilha!

E contudo nunca Petrópolis esteve como agora, entregue ao abandono e ao desleixo. O estado das ruas é péssimo; não se cuida da limpeza dos canais, e de outros melhoramentos urgentes. Ao passo, porém, que isto sucede, consome-se dinheiro em edificar uma capelinha no antigo hospital, que há muito se trata de remover. Compra-se um terreno para servir de matadouro público, e consente-se que um particular continue a cortar num açougue, infectando assim a principal rua da colônia – a Rua do Imperador.

Pelo menos, é isto o que dizem todos os habitantes de Petrópolis, cujo clamor é geral. Foi preciso que chegasse o tempo da viagem costumada de SS. MM. para que se tratasse de melhorar os caminhos, e reparar algumas ruas que se acham em miserável estado e que oferecem pior trânsito do que a estrada da serra.

Enquanto o diretor da colônia não for obrigado a residir em Petrópolis, embora tenha boas intenções e grande atividade, não poderá prestar a devida atenção às necessidades do lugar, nem entregar-se completamente ao estudo dos objetos de sua competência. O governo devia tomar isto em consideração e regular melhor as obrigações da diretoria, ou então acabar com ela e substituí-la por outro qualquer meio de administração.

Entretanto, apesar do mau estado das ruas, meu leitor, se já não estais fatigado e não me abandonastes na viagem, vamos sair a passeio e dar uma vista de olhos àquilo que nos parecer mais interessante e mais digno de atenção.

Quereis ir ao Palacete, ver o jardim que se está concluindo? Quereis subir às colônias, e dar um giro a cavalo até a cascata de Itamarati? Ou preferis arruar sem destino, onde vos levar a fantasia?

Como quiserdes; mas, se estais disposto a seguir o meu conselho, não deixeis de fazer uma visita aos dois colégios Köpke e Calógeras. O primeiro tem a grande vantagem de ser uma casa construída de propósito para o fim a que foi destinada, e reúne por conseguinte todas as condições econômicas e higiênicas. Assim, o que se nota logo neste estabelecimento é o asseio, a limpeza, a claridade dos aposentos, a facilidade com que o ar se renova nos dormitórios, e finalmente as cores sadias, o vigor, a boa disposição que mostram os colegiais. A par disto, a regularidade dos trabalhos, a acertada divisão das classes e a vigilância ativa do diretor, tornam este colégio muito útil para a educação, não só dos meninos filhos da corte, como daqueles que vêm das províncias, e que por conseguinte ainda mais necessitam do clima saudável de Petrópolis.

No estudo das primeiras letras, o Sr. Köpke adotou o método do ensino repentino com algumas modificações, e tem tirado dele grandes vantagens. Nos outros ramos, os seus alunos apresentam igualmente muitos progressos; e quando observamos que, apesar do adiantamento geral dos alunos, eram justamente os meninos de menor idade os que respondiam com mais acerto e maior segurança, confirmando-nos na ideia de que isto era devido ao sistema de estudo seguido pelo diretor.

O Colégio Calógeras é um estabelecimento montado em grande escala, mas cujo edifício não foi construído com a ideia de adaptá-lo à instrução primária e secundária. Possui alguns professores muito hábeis, começando pelo seu diretor e proprietário. Sobre os seus trabalhos nada posso dizer, porque apenas corri o edifício, e em horas destinadas ao repouso dos alunos.

Já temos viajado muito; portanto montemos a cavalo, e desçamos a serra com as primeiras claridades do dia, quando o sol mal desponta entre os cabeços da montanha. Correi os olhos por essas quebradas da serrania, por essa névoa da manhã docemente esclarecida pela frouxa luz da aurora, e não tenhais receio que, como Horácio, os cuidados montem na garupa para servir-vos: *Post equitem sedit atra cura.*

Quatro horas de caminho – e eis-nos de novo no Rio de Janeiro, restituídos aos nossos penates e às obrigações esquecidas durante três dias. Recomecemos a vida interrompida, voltemos a falar de teatros, de jornais, a criticar, palestrar, estudar a questão das carnes verdes, e a preparar-nos para a fome que nos ameaça se não tomarmos prontas providências e se não cuidarmos seriamente deste objeto, procurando quanto antes os meios de evitar a escassez dos gêneros alimentícios.

Se bem me lembro, o Sr. Marquês de Abrantes iniciou a sessão passada do Senado um projeto a respeito de pescarias, que era em minha opinião um dos grandes recursos a lançar mão para o futuro. Cumpre que o governo e as câmaras tomem a peito aquele projeto, que vem satisfazer uma grande necessidade e produzir um benefício que de há muito se devia ter realizado.

Com estas medidas e outras tendentes a favorecer a criação dos gados, isentando-a dos direitos de passagem e de barreiras, é de esperar que o governo consiga prevenir essas faltas de gêneros alimentícios, que não se deviam dar num país novo, de grandes recursos, e extraordinariamente produtivo, como é o nosso.

Estes fatos, porém, servem de despertar ainda mais a nossa atenção para a colonização, para a navegação de grandes rios, principalmente do Amazonas, cujas várzeas imensas estão aí incultas, e encerram nas suas matas virgens um manancial de riqueza, que convém quanto antes ser explorado.

Ultimamente, um moço destemido, sem recursos, sem meios, que penetrou por estes ínvios sertões, e desceu o grande rio desde o Chile até o Pará, escreveu um itinerário de sua viagem, que provavelmente há de conter observações novas e de muito interesse. Este moço é o Sr. Dutra, 2º tenente da nossa armada, e que os leitores já devem conhecer pelo curioso artigo que publicou sexta-feira no *Jornal do Comércio* a respeito das origens da língua tupi.

É de crer que o Sr. Dutra publique oportunamente o relatório de sua viagem, e então o nosso governo não deixará sem remuneração os serviços prestados por ele, durante essa longa travessia cheia de tantos perigos e de tantos incômodos, que só um homem de gênio empreendedor se animaria a tentá-la com os mesquinhos recursos pecuniários que tinha à sua disposição. São serviços deste quilate, quase espontâneos, que é mister gratificar generosamente, para excitar em nossa mocidade esse espírito de louvável ambição, que é o móvel das grandes empresas.

Porém, quanto ainda convém estimular os nossos oficiais a empreender coisa desta ordem, de tanta utilidade para o país, visto que não temos, como têm a França e a Inglaterra no Oriente, um campo vasto onde se está ilustrando o seu exército e a sua marinha, batendo-se com toda a galharia contra o colosso inabalável do Império Russo.

Apesar, porém, de todos os seus esforços, Sebastópol, a sentinela avançada da Rússia, continua a resistir com firmeza. Os franceses e ingleses, que a princípio olhava com desdém para essas massas de granito, cuja bruta resistência contavam vencer pela perícia de suas armas, viram de repente surgir de dentro das muralhas soldados em vez de homens indisciplinados, e conheceram no momento preciso que a defesa era digna do ataque.

Com efeito, quando marinheiros franceses, ao ler a ordem do dia do Almirante Hamelin – *A França vos contempla* – se arrojaram às muralhas, e recuaram deixando mais de seiscentos mortos e feridos, é que a coisa era impossível, e que a Rússia, embora houvesse perdido a *alma*, defendia o seu corpo a todo transe.

Todas estas notícias, e muitos outros detalhes importantes a respeito das operações dos dois exércitos inimigos, vieram-nos pelo *Severn*, entrado quinta-feira. O Sr. Conselheiro Paulo Barbosa, que era esperado neste paquete, chegou dois dias depois num navio procedendo do Havre. Tendo ido à Europa incumbido de uma missão importante pelo nosso governo, demorou-se para restabelecer a sua saúde gravemente alterada.

Sempre que um cidadão como o Sr. Paulo Barbosa volta a sua pátria, não são unicamente os seus amigos que têm motivos de felicitar-se, mas sim todo o país, todos aqueles que conhecem a honradez do seu caráter e a distinção de seu trato e de suas maneiras.

Como deveis estar fatigado da viagem que fizemos, e por conseguinte com muito pouca disposição para conversar, faço-vos os meus cumprimentos, meu caro leitor, até o próximo domingo, em que voltarei a fazer-vos a minha visita habitual. *Good bye.*

17 DE DEZEMBRO DE 1854

O Teatro Lírico. – O Conservatório de Música. – Uma nova cidade. – Nova loja na Rua do Ouvidor. – Sessão magna no Instituto Histórico.

I

Por enquanto, em falta de melhor, falemos do Teatro Lírico, que está hoje na *ordem do dia*, justamente pela desordem em que tem andado todas estas noites, depois que o diabo lhe entrou no corpo.

Todos os jornais têm dito a sua opinião a respeito; todas as opiniões são muito acertadas, mas parece-me que ainda ninguém chegou à consequência necessária deste estado anormal em que se acha o nosso teatro italiano.

Nas circunstâncias atuais, só há um remédio, e é interromper os espetáculos, pelo menos durante um mês, para dar tempo a que a nossa companhia de cantores inválidos se restabeleça e possa novamente entrar em trabalhos.

Consta-nos que a maior parte dos embaraços e dificuldades que a diretoria tem ultimamente encontrado nasce dos seus próprios empregados. Ora, com o fechamento do teatro durante um mês, poderão os diretores restabelecer a ordem necessária e destruir essa *soberania do capricho*, que até agora era privilégio das *prima-donas*, mas que já se vai estendendo às comprimárias, e breve passará às coristas e às comparsas.

Temos um regulamento de teatro, que, se não é perfeito, contém ao menos um bom número de disposições acertadas, suficientes para impor o respeito a alguns cantores, que, por terem meia dúzia de panegiristas, entendem poder abusar da indulgência do público.

Faça a diretoria cumprir rigorosamente este regulamento, requisite nos casos necessários a ação da polícia, que se tem mostrado zelosa, e pode ficar certa que ninguém deixará de aplaudir essa boa resolução, cujos efeitos salutares em pouco tempo se começarão a fazer sentir.

Que importa que um cantor, punido por falta de suas obrigações, seja recebido com palmas a primeira vez que apareceu na cena, depois do seu ato de insubordinação? Há sempre nos homens um bom instinto que ilude, e os faz tomar o partido daqueles que julgam oprimidos como vítimas. Isto, porém, não é uma razão para que se deixe de manter o princípio da autoridade, sem o qual não há ordem nem tranquilidade possível.

Se todas as infrações do regulamento tivessem sido punidas como essa de que falamos, ninguém se lembraria de enxergar uma vítima no ator que caíra em falta, nem de protestar contra o ato dos diretores por uma semelhante manifestação de simpatia.

Tomando a diretoria a posição que lhe convém, e fechando o teatro pelo tempo necessário para preparar as óperas que tem de levar à cena, poderá em pouco tempo continuar os espetáculos sem interrupção, e com aquela regularidade que até hoje tem sido impossível conseguir.

Todos os anos por este tempo a imprensa lembra a ideia de fechar-se o Teatro Lírico por um ou dois meses, e, apesar disto, ainda não nos compenetramos bem desta necessidade; não queremos reconhecer que se na Europa a ópera italiana abre-se por uma estação, no nosso país, com o nosso clima, é quase impossível continuar os espetáculos sem dar aos artistas algum tempo de repouso e descanso.

Estou certo que este ano sucederá a mesma coisa; que a diretoria não julgará necessária uma medida sem a qual se passou muito bem os anos anteriores. Mas também este ano veremos acontecer o mesmo que o verão passado. O teatro continuará aberto por formalidade e por luxo unicamente, os cantores estarão constantemente doentes; passarão doze dias sem espetáculo; o calor e o receio das transferências afugentará os espectadores; e por fim, depois de dois ou três meses de vegetação, a companhia ficará extenuada e incompleta, e, como o ano passado, seremos obrigados a fechar o teatro justamente quando se acabar o verão, e quando os espetáculos começarem a ser agradáveis.

Talvez percamos o nosso tempo a falar destas coisas. O teatro lírico, que já tomou as proporções gigantescas de uma questão de gabinete, hoje apenas serve de tema cediço às palestras e correspondências de jornais. Entretanto isto não pode continuar assim; já não podemos passar sem ópera italiana, e por conseguinte mais cedo ou mais tarde se descobrirão os meios de possuirmos constantemente no nosso teatro uma companhia regular e composta de artistas de merecimento.

Para isso o governo pode achar um grande auxílio no nosso *Conservatório de Música*, dirigido pelo hábil professor Sr. Francisco Manuel da Silva. O gosto e a aptidão que têm geralmente as brasileiras para o canto pode concorrer para o futuro do nosso teatro, fornecendo as empresas de coristas e comprimárias, e facilitando-lhe assim os meios de contratar na Europa as primeiras partes, pelo preço que pagam os melhores teatros europeus.

Na visita que o Sr. Ministro do Império fez ultimamente a este estabelecimento, assistiu aos trabalhos da aula destinada ao sexo feminino. Estiveram presentes 34 jovens alunas, que executaram, entre outras três peças de música sacra, compostas pelo diretor, duas sobre poesias do Padre Caldas, e uma sobre a letra latina – *Oh salutaris hostia*.

O Sr. Ministro do Império conta visitar igualmente a aula dos meninos, e, depois que tiver assistido a todos os trabalhos do Conservatório, é de crer trate de completá-lo, anexando às aulas rudimentais, únicas que existem, aulas de aplicação, que poderão daqui a algum tempo dar-nos ótimos instrumentistas para as nossas orquestras.

A escassez dos recursos é a primeira causa do pouco desenvolvimento que tem tido o Conservatório. Os auxílios concedidos por meio de loterias estão hoje reconhecidos como pouco eficazes, principalmente correndo elas com longo espaço. Fora preferível que o corpo legislativo votasse uma dotação anual, com a qual o governo poderia contar para ir melhorando gradualmente esta instituição.

Hoje ninguém se lembra do *Conservatório de Música*. Entretanto quem sabe daqui a alguns anos quantas horas agradáveis não nos dará ele por ocasião dos seus concursos e dos seus exames anuais! Quem sabe se ainda não terei de contar aos meus leitores a história de alguma Rosina Stoltz, brasileira, educada neste Conservatório, e para quem algum Donizetti também brasileiro escreverá uma nova *Favorita*.

Talvez julguem que isto são voos de imaginação; é possível. Como não dar largas à imaginação, quando a realidade vai tomando proporções quase fantásticas, quando a civilização faz prodígios, quando no nosso próprio país a inteligência, o talento, as artes, o comércio, as grandes ideias, tudo pulula, tudo cresce e se desenvolve?

Na ordem dos melhoramentos materiais, sobretudo, cada dia fazemos um passo, e em cada passo realizamos uma coisa útil para o engrandecimento do país.

Não há muito tempo que S. M. teve a bela ideia de fundar em terras de uma fazenda sua uma colônia, que recebeu o nome de Petrópolis. O ano passado, à imitação da primeira, se começou a criar uma nova cidade, à qual se deu o nome de Teresina. Hoje sabemos que uma terceira colônia se vai formar na Serra dos Órgãos, na fazenda do March; já começou a divisão dos prazos, pelo mesmo sistema de Petrópolis.

A situação é a mais aprazível e a mais linda que se pode imaginar: é plana, cortada por um belo rio, e acha-se no alto da serra, num ponto de muita passagem, e por onde talvez tenha de seguir um dos ramais da estrada de ferro do Vale do Paraíba.

A viagem desta corte é a mais cômoda possível. Vai-se até Sampaio em barca de vapor; o resto é um agradável passeio de duas léguas e meia, que se pode fazer de carro, por uma excelente estrada. Reúne, portanto, todas as condições, a comodidade, a rapidez e a segurança.

Isto no estado atual; porque, logo que se começar a povoar o lugar, logo que os habitantes desta corte tiverem gozado aquele clima frio e seco, aquele céu sempre azul, aquelas águas frescas e puras, logo que se estabelecer a concorrência, não faltarão companhias regulares de ônibus e de carros, que ainda tornarão a ida mais breve, mais cômoda. Então não será uma viagem, mas um passeio; poder-se-á almoçar na corte e ir lá jantar-se, mais jantar-se à hora curial, e não às cinco, como sucede com Petrópolis, por causa da maré.

De maneira que daqui a uns dez ou vinte anos, se as coisas continuarem assim, em vez de se passar o domingo em Andaraí, Botafogo, ou no Jardim Botânico, iremos a Petrópolis, a Teresina, ou à cidade dos Órgãos; depois do almoço, se estivermos aborrecidos tomaremos a estrada de ferro e iremos por distração ver correr o Paraíba; de noite voltaremos para o teatro, ou para o baile, e nos recolheremos tendo andado de léguas o que hoje andamos de braças.

Talvez ainda me tachem isto de sonho e de utopia. Será sonho, não o nego; mas que melhor se pode fazer neste tempo de repouso e descanso, do que sonhar? O trabalho vai cessar, as festas aí vêm, cheias de prazeres e de folias para aqueles que estão alegres e dispostos a gozá-las.

As férias começam. Os colégios se fecham desde que concluem os seus exames, os quais este ano já têm mostrado mais zelo da parte dos diretores e mais aplicação nos discípulos. O que se nota apenas é que em cada colégio o menino ressente-se um pouco da influência de uma ou outra especialidade, conforme a educação dos diretores.

Com as férias, com os dias de festa, nem a exposição da Rua do Ouvidor, verdadeira *exposição*, porque deixa a bolsa dos passeantes *exposta* a um perigo terrível. Este ano apresenta-se à concorrência uma nova casa brasileira do Sr. C. Laje, que entrou pelos domínios estrangeiros, mas com um luxo e um brilhantismo que nada tem que invejar as casas francesas.

Se não preferis, pois, o sossego e a tranquilidade do campo, tereis durante esses dias algumas horas bem agradáveis, vendo passar diante daqueles salões, brilhantemente iluminados, tudo quanto há de elegante e distinto na nossa sociedade.

Tereis ainda o prazer de poder escolher, entre tantas galantarias, uma bem delicada, bem mimosa, como as mãozinhas a que a destinardes; e em paga recebereis algum olhar, alguma palavra de agradecimento, que vos fará andar por aí a roer as unhas e a sorrir às pedras das calçadas até o momento em que o cruel e positivo negociante vos traduzir aquele encantador olhar em linguagem de cifra, e lhe der um valor em moeda corrente.

Tudo isto, e os mais divertimentos que gozardes durante a festa, me referireis a primeira vez que nos encontrarmos no ano seguinte. Em troca vos contarei a festa do campo, os dias passados à sombra a conversar com algum amigo, a contemplar a natureza, e a evocar as lembranças adormecidas de outros dias já passados.

II

Voltemos uma folha ao livro da semana. Um grande pensamento, uma ideia brilhante foi nela escrita pelo amor da pátria, e pelo amor da ciência.

O Instituto Histórico do Brasil celebrou a sua sessão aniversária sexta-feira no Paço Imperial. SS. MM., o seu Conselho de Estado, alguns ministros, o corpo diplomático, e quase todas as ilustrações do país, assistiram a este ato solene, celebrado com formalidades do estilo.

Depois da breve alocução do Exmo. Visconde de Sapucaí, o Sr. Dr. Macedo, 1º Secretário, leu o seu relatório dos trabalhos do Instituto durante o ano. É um resumo completo, um pouco longo, como exigia o seu assunto, mas ao qual o seu autor soube, com rara habilidade, dar uma forma amena, e muitas vezes eloquente. Depois de mostrar a incansável solicitude com que S. M. continua a proteger o Instituto, o Sr. Macedo passou à enumeração dos trabalhos, e terminou por um belo trecho, notável não só pela boa dicção da frase, como por uma verdadeira apreciação da atualidade.

24 DE DEZEMBRO
DE 1854

A véspera do Natal. – Missa do galo. – O teatro no verão. – O Passeio Público à noite. – Um novo livro sobre o Amazonas. – Trinta e dois médicos novos.

*E*stamos na véspera do Natal.

À meia-noite começa esta festa campestre, a mais linda e a mais graciosa da religião cristã. Victor Hugo confessa que não há nada tão poético como esta legenda das *Mil e uma noites* escrita no Evangelho.

Com efeito, tudo é encantador nesta solenidade da Igreja, nesses símbolos que comemoram a poética tradição do nascimento de um menino sobre a palha de uma manjedoura. A missa do galo à meia-noite, os presepes de Belém, as cantigas singelas que dizem a história desse nascimento humilde e obscuro, tudo isto desperta no espírito uma ideia ao mesmo tempo risonha e grave.

Não é, porém, na cidade que se pode gozar deste idílio suave da nossa religião. Censurem-me embora de um lirismo exagerado; mas afinal de contas hão de confessar comigo que no meio do prosaismo clássico da cidade, entre essas ruas enlameadas, de envolta com o rumor das seges e das carroças, a festa perde todo o seu encanto, todo esse misterioso recolhimento que inspira a legenda bíblica.

É no campo, no silêncio das horas mortas, quando as auras apenas suspiram entre as folhas das árvores, quando a natureza respira o hálito perfumado das flores que o coração estremece docemente, ouvindo ao longe o tanger alegre de um sinozinho de aldeia, que vem quebrar a calada da noite.

Daí a pouco, luz das estrelas, no meio dessa sombra mal esclarecida, distinguem-se os ranchos de moças, que se encaminham para a igrejinha rindo, gracejando, cochichando, bisbilhotando, como um bando de passarinhos a chilrear em tarde de outono.

A porta da capelinha está aberta de par em par; e a luz avermelhada dos círios, os vapores perfumados do incenso, os sons plangentes do órgão, o murmúrio das preces recitadas a meia voz, enchem todo o corpo do templo. De vez em quando um rumor do campo, o esvoaçar de alguma andorinha despertada de sobressalto pela claridade, vêm interromper alegremente a calma e placidez da festa.

Se quereis tomar o meu conselho, minha amável leitora, não vades à missa do galo nas igrejas da cidade. Escolhei alguma capelinha dos arrabaldes, à beira do mar, como a de São Cristóvão, cercada de árvores, como a do Engenho Velho, ou colocada nalguma eminência, como a igrejinha de Nossa Senhora da Glória, tão linda com suas arcadas e o seu vasto terraço.

Ouvi a vossa missa devotamente, isto é, olhando apenas uma meia dúzia de vezes para os lados, e estou certo que voltareis com a alma cheia das mais suaves e mais risonhas inspirações. Sentireis que o culto da religião, quando verdadeiro e sincero, é uma fonte rica de emoções doces, e não traz os dissabores deste outro culto do amor, no qual vós sois algumas vezes o anjo, e muitas a serpente do paraíso.

Bem entendido, se vos dou este conselho, é persuadido que não aspirais aos foros da alta *fashion*, porque neste caso deveis ficar na cidade e ir ouvir missa nalguma igreja bem quente e bem abafada, para pilhardes uma boa constipação na saída.

A diretoria do Teatro Lírico, que tem o *bom gosto* de conservar o teatro aberto neste tempo, não devia deixar de dar algum espetáculo na noite de hoje, a fim de vos preparar por um banho russiano, para a visita das estufas nas igrejas.

É pena que não se lembrassem de repetir o *Roberto do Diabo* que acaba justamente às 2 horas, tempo em que cantam os galos degenerados da cidade, e em que os sacristãos da corte, dando desconto à antiguidade da tradição, começam a tanger os sinos.

Tudo neste mundo depende das ocasiões, disse-me um *dilettante* que vós conheceis: – Se a diretoria tivesse sabido aproveitar a noite de hoje, o *Roberto do Diabo* estaria apenas no purgatório, donde naturalmente o conseguiria tirar algum artigo hieroglífico, maçônico ou brâmine, escrito unicamente para os espíritos sublimes. Então não se veria na dura necessidade de conservar o teatro aberto, recordando atrasados e obrigando os acionistas e os assinantes a pagarem as diabruras, não do *Roberto*, mas de algum *São Bartolomeu* que não conhecemos.

Eu não concordo com esta opinião. Julguei a princípio que convinha interromper-se os espetáculos por um mês, ao menos; porém hoje estou convencido que o teatro presta uma tão grande utilidade a esta corte, que a polícia devia intervir para que houvesse representação todas as noites. Se duvidam, vou enumerar-lhes as enormes vantagens econômicas, higiênicas, políticas e morais que resultam do teatro.

Em primeiro lugar, cura constipações pelo sistema homeopático, alivia o reumatismo dos velhos, e dá às mocinhas do tom uma cor baça e amarela, do melhor efeito, a qual os poetas têm convencionado chamar – a *palidez romântica*. No fim de uma semana ou quinze dias, uma bela menina, viva e rosada, começa a definhar; desmaiam-lhe as cores, os olhos tornam-se febricitantes, o corpo toma um ar de lânguida morbidez.

Para o médico, homem positivo, isto é o sintoma funesto de alguma consunção; mas o poeta, espírito elevado, que tem a pretensão de viver de ar como os camaleões, extasia-se em face desse rosto macerado pelas vigílias, satisfeito por achar uma ocasião de aplicar a sublime comparação do *pálido lírio languidamente reclinado sobre a haste delicada*.

No fim de contas, o médico faz um diagnóstico importante; o poeta escreve algumas centenas de versos no estilo de Byron, ou de Alfredo de Musset. O boticário avia receitas sobre receitas; e o tipógrafo tira duas edições do volume de poesias. Faz-se uma consulta de médicos, enquanto os folhetins e as revistas críticas dissecam e fazem a autópsia dos versos novamente, dados à luz. Trava-se a discussão, e no momento justo em que os médicos enchem de cáusticos e cataplasmas a heroína do romance, o país atônito reconhece que surgiu alfim o seu Petrarca, seu Dante, o seu Tasso.

Eis aí, pois, o Teatro Provisório concorrendo para o desenvolvimento literário, e fazendo aprofundar o estudo da medicina. Isto, porém, não é tudo. A diretoria, que empreendeu a regeneração da nossa ópera lírica, visa também a outros resultados mais reais e positivos.

A Charton é a cantora predileta do público, é o rouxinol das belas noites pintadas por Bragaldi, é a rosa perfumada em cujo cálice bubul fez o seu ninho gracioso, e onde se reclina soltando nos ares as ricas melodias de suas notas. Pois bem, a Charton continuará a representar pelo verão, sem ter nem sequer um mês de descanso; bubul cantará todo o estio como uma cigarra importuna; a flor se fanará exposta ao tempo sem sombra e sem abrigo.

Um belo dia a Charton ficará com a voz cansada como a Zecchini; e este público caprichoso e exigente ficará ensinado, e aceitará aí qualquer comprimária que lhe queiram impingir na qualidade de cantora de cartelo.

Então, como a guerra do Oriente e a exposição de Paris não permitirão novos engajamentos na Europa, a empresa, livre de reclamações exageradas, poderá fazer importantes economias, contratando nesta corte algumas cantoras de modinhas para coristas, e promovendo por antiguidade as coristas a comprimárias e a prima-donas: teremos neste caso espetáculos baratos, a pataca e a quinhentos réis. O público tomará o seu banho de vapor pela quinta parte do que paga hoje.

Pouco tempo depois que a diretoria tiver obtido este grande resultado, o público se convencerá que se a música (do teatro lírico), como disse alguém, é o mais suportável dos barulhos, o teatro é o mais insuportável dos suadores.

Os espetáculos, pois serão abandonados, o *dilettante* começará a ser uma espécie de mastodonte *antirrobertiano*, objeto do estudo dos arqueólogos e antiquários, e o barracão terá um destino muito semelhante ao que tem hoje, e ficará sendo uma dependência do Museu.

Não se pode, portanto, deixar de tributar todos os elogios a quem empreendeu e trata de executar com tanta habilidade a útil empresa de desacreditar a ópera italiana e de nos fazer aborrecer o teatro lírico. Todo o público desta corte deve auxiliar este projeto, por todas as razões, até mesmo porque é de melhor gosto, é mais elegante, nestas noites de calma, ir suar no Provisório, do que tomar fresco no Passeio Público.

No teatro olha-se para um camarote, procura-se uma feição mimosa e acetinada, umas faces que são de suave cor-de-rosa, um colo alvo de jaspe, e tem-se o desprazer de ver um rosto açodado, vermelho, mudando de cores, um seio arfando dificilmente sem aquelas doces palpitações que lhe dão tanta graça e tanta sedução; vê-se enfim um belo quadro, uma tela amarrotada e cheia de dobras.

Ao contrário, no Passeio Público o quadro realça com a luz do gás, que, ao longe, entre as árvores, semelha um pouco a claridade da lua; todas as noites, mas especialmente nos domingos, a concorrência é numerosíssima. Às nove horas a multidão se retira, o passeio torna-se mais agradável, e começa-se a encontrar-se de espaço a espaço uma ou outra família conhecida, das que frequentam ordinariamente os nossos salões.

Não nos enganamos, pois, quando dizíamos há tempo que iluminação a gás concorreria muito para a concorrência do Passeio, e daria ao público desta corte um ponto agradável de reunião. Resta, porém, que se trate de outros melhoramentos, como de reparar ao menos as grades da rua principal, de ceder-se os dois pavilhões do terraço para neles se estabelecerem cafés decentes que possam servir às famílias, e de fazer-se com que haja música aos domingos, das oito até as dez horas.

Faça-se isto, faça-se alguma coisa mais que for conveniente; e todas as noites em que houver espetáculo lírico, durante a força do verão, eu terei o prazer de ver os mais entusiásticos *dilettanti* sentados nos bancos de pedra do círculo que forma a rua principal do Passeio, vendo, como eu, passarem os grupos das lindas passeadoras, enquanto apenas um ou outro melomaníaco, com os cabelos pregados na testa contemplará heroicamente o holocausto lírico da voz da Charton, do Bouché e do Gentili, condenados a rouquidão para assegurar o futuro da ópera italiana, que ficará comprometida nesta corte, se não se cantar nos meses de dezembro e janeiro.

O natal, o teatro, o passeio me iam fazendo esquecer das questões sérias que este ano se guardaram para o tempo das festas, justamente para não deixarem nem um dia de férias aos jornalistas. O livro do Sr. de Ângelis sobre o

Amazonas e ultimamente o decreto do governo sobre as sociedades comanditárias vieram agitar a imprensa da corte, e fazê-la sair da rotina editorial. Sobre a primeira questão deveis ter lido não só a obra do Sr. P. de Ângelis, como os artigos que publicou nesta folha um nosso patrício, conhecido pelo seu talento. Quanto à segunda, esperai mais alguns dias, e vereis sob que aspecto importante ela vai apresentar-se; não vos falo mais largamente a respeito, porque deveis saber que os advogados estão de férias, mais felizes nisso do que os folhetinistas, que não as têm.

Finalmente vou dar-vos uma boa nova. Como a festa é tempo de muita indigestão, podeis contar já com mais trinta e dois médicos, que no dia 18 deste mês receberam o seu grau na Academia Militar, em presença de SS. MM. e de um brilhante e numeroso concurso de pessoas gradas desta corte. O digno diretor da escola recitou um belo discurso e um dos doutorandos, designado pelos seus colegas, agradeceu em nome deles o grau que acabavam de receber, fazendo nesta ocasião acertadas considerações sobre o estudo da anatomia e da fisiologia.

Terminando a sua carreira, vão dar agora o primeiro passo no mundo, e trabalhar para o futuro que a esperança, companheira inseparável da mocidade, lhes aponta tão risonho e tão feliz. Deus os fade bem por interesse seu e da humanidade; e possam um dia, repassando na memória esta primeira página de sua vida, sentirem essas doces recordações do homem feliz que se revive no seu passado.

31 DE DEZEMBRO DE 1854

CONTO FANTÁSTICO

Antes de tudo, preciso contar-vos um caso singular que me sucedeu há dois dias.

Tinha acabado de ler os contos de Hoffmam, sentei-me à mesa, cortei as minhas tiras de papel, e ia principiar o meu artigo, quando chegou uma visita inesperada.

Se algum dia fordes jornalista, haveis de compreender como é importuno o homem que vem distrair-vos, justamente no momento em que a primeira ideia, ainda em estado de embrião, começa a formar-se no pensamento e quando a pena impaciente espera o primeiro sinal para lançar-se sobre o papel.

Haveis de ver que não há nada neste mundo que se lhe compare; nem mesmo o sujeito que vem interromper-vos precisamente na ocasião em que ides fazer uma declaração de amor, ou o maçante que vos agarra e vos faz perder a hora do ônibus ou da barca.

Por isso, podeis imaginar com que mau humor, e com que terrível disposição de espírito, me preparei para receber a tal visita, que escolhera uma hora tão imprópria, a menos que não fosse uma mulher bonita, para quem estou persuadido que não se inventaram os relógios.

A porta abriu-se; e entrou-me um homem já idoso, vestido em trajes de pretendente, de calça, casaca e colete preto. Havia naquele carão um não sei quê, um certo ar de ministro demitido, de deputado que não foi reeleito, ou de diplomata em disponibilidade.

Trazia debaixo do braço um maço enorme de jornais, de planos de estrada de ferro, de projetos de navegação fluvial e de regulamentos e leis brasileiras. Quando dei com aquela papelada, fiquei horrorizado com a ideia de que o sujeito se lembrasse de a desenrolar.

Enfim o homem chegou-se, fez as duas cortesias do estilo, temperou a garganta, e dirigiu-me a palavra.

– É ao Sr. Al. que tenho a honra de falar?
– Um seu criado.
– Pois, senhor, eu sou o Ano de 1854.
– O quê?
– Eu sou o Ano de 1854.

Desta vez não havia que duvidar; tinha ouvido bem. O tal homem dos papéis ou era um hóspede que se tinha escapado do Hospício de Pedro II, ou então queria caçoar comigo. Em qualquer dos casos, não ganhava nada com zangar-me; por conseguinte, tomei o bom partido de aceitar a minha visita por aquilo que ela se anunciava.

– Muito bem, senhor; respondi-lhe eu, queira ter a bondade de sentar-se, e dizer-me o que me dá a súbita honra de ser visitado pelo Ano de 1854.

– O senhor não ignora que estou breve a concluir a minha carreira política, e a retirar-me de uma vez dos negócios.

– Não, senhor, não ignoro: depois de amanhã, creio que é dia de São Silvestre, dia em que todos membros de sua família costumam abdicar.

– É verdade, replicou-me o sujeito com um suspiro; depois de amanhã terei cessado de reinar!

— Mas creio que não foi para me dar esta grande novidade que tomou o incômodo de procurar-me?

— Decerto: o que me trouxe aqui foi especialmente pedir-lhe a sua benevolência.

— Como; a minha benevolência?...

— Pois o senhor não é folhetinista?

— Tenho esta honra.

— Ora, os folhetinistas costumam sempre fazer a despedida ao ano que finda, e emitir o seu juízo a respeito dos seus atos.

— Não me lembrava dessa! Assim...

— Vinha suplicar-lhe toda a indulgência para comigo, visto a boa vontade que sempre manifestei de bem servir, não só a este país, como a toda a humanidade.

— Meu amigo, a boa vontade só não basta. Os homens estão hoje muito positivos; exigem fatos.

— Passo a apresentá-los.

— Então vamos a isso: espere, deixe-me preparar o papel para tomar meus apontamentos. Agora estou às suas ordens.

— Em primeiro lugar, senhor, mencionarei a estrada de Mauá, o primeiro caminho de ferro que se construiu no Brasil. Isto é uma glória que ninguém me pode roubar; um fato pelo qual a posteridade me abençoará.

— Concordo, sim, senhor; mas que contas me dá das promessas brilhantes da estrada de ferro do Vale do Paraíba, que já se devia estar construindo?

— A culpa não é minha; foi herança que recebi e negócio que já vinha um pouco transtornado. Entretanto, eu organizei a companhia do Juazeiro, e dei começo aos seus primeiros trabalhos.

— Bem, escrevo cá nos meus apontamentos as estradas de ferro; passemos ao mais.

— O senhor lembra-se que fui eu que primeiro empreguei toda a solicitude no asseio e limpeza da cidade...

— Basta, basta!... Por aí advirto-lhe que vai mal. A respeito de limpeza e de asseio da cidade, temos contas a ajustar; o senhor comprometeu-me horrivelmente.

— Eu, senhor! Não é possivel!

— Escute-me; quando o senhor começou com as suas azáfamas de asseio das ruas, de regulamentos, etc., eu julguei que o negócio era sério, fiz-lhe o meu elogio, e defendi-o contra aqueles que o atacaram; mas hoje vejo que tudo aquilo quase que não passou de palavras, e que as ruas continuam a ser charcos de lama.

— Mas, senhor...

— Tenha paciência, deixe-me acabar. Há aí uma pretendida rega, que o senhor pôs em voga, e que só serve de enlamear os passeios todas as tardes: ao meio-dia tudo está seco; quando ameaça chover, aí temos as carrocinhas a refrescarem as ruas, provavelmente para que a chuva não as constipe.

— Já vejo que neste ponto o senhor está prevenido contra mim.

— Prevenido, não. O senhor caçoou completamente conosco; não tem desculpas.

— Bem, não insisto mais sobre isso; mas creio que não me poderá negar a iluminação a gás.

— Ah! a iluminação a gás! Não estou bem certo, mas tenho uma lembrança vaga de que isto já é ideia do 53. Entretanto concedo que seja sua. Como se defende o senhor contra as acusações que se lhe têm feito de nos ter roubado o encanto dos belos luares, e de haver privado os namorados daquelas noites escuras tão favoráveis a uma conversinha de rótula, ou a um passeio de Rua do Ouvidor?

— Ora, senhor, esses homens não sabem o que dizem: todo o namorado, toda a mocinha – é coisa sabida – precisa de um pouco de *gás*. Quanto à lua, é já tão antiga que era bem tempo de acabar com ela. Entretanto esses ingratos, que falam de tudo, não se lembram que lhes fiz um grande benefício, livrando-os da lua.

— E esses eclipses não anunciados na folhinha, a má qualidade do gás, o preço exorbitante dos combustores, o cálculo excessivo da quantidade consumida! Como se defende desta e outras censuras graves que lhe têm feito os jornais?

— A falar a verdade, eu carreguei um pouco a mão; mas, além de outras razões, era preciso não desacreditar o gás, vendendo-o muito barato logo em começo.

— Bela teoria! Mas, como eu não possuo ações da companhia do gás, há de permitir que tome uma nota nos meus apontamentos: "iluminação a gás, ainda não satisfatória e muito cara".

— Porém...

— É negócio decidido; que mais temos?

— A Rua do Cano.

— Isto é, o projeto da Rua do Cano.

— Eu não tenho culpa que o tempo não me chegasse para levá-lo a efeito.

— Mas tem culpa de haver demorado perto de quatro meses a incorporação da companhia; durante este tempo, se o senhor não se andasse divertindo com questões de prerrogativas municipais, podia ter ao menos dado começo àquela obra importante.

— De maneira que o senhor não me concede nem a Rua do Cano?

— Concedo-lhe o projeto, e nada mais: a ideia creio que foi de 53.

— Pois bem, passemos agora a uma ordem de coisas. Fui eu que iniciei na Câmara dos Deputados diversos projetos importantes; que efetuei a reforma da instrução pública e reorganizei a Academia das Belas-Artes. Parece-me que estes fatos são títulos à estima pública.

— Certamente, sou o primeiro a confessar; é verdade que eu tenho minhas dúvidas sobre alguns desses melhoramentos; mas isto são coisas que eu tratarei de deslindar com o seu sucessor, que amanhã deve-nos mandar o seu bilhete de *faire part*.

– É preciso não esquecer as condecorações do dia dois...

– O quê? O senhor toma-me por algum oficial da secretaria do Império?

– Como! O senhor mesmo já não me elogiou por ter tido a ideia deste fato?

– Está enganado; elogiei-o por ter cumprido o legado dos cinco anos passados; e, demais, isto é uma coisa que pode dar glória a um dia como o 2 de dezembro, mas nunca a um ano como o senhor.

– Finalmente esta cidade não pode deixar de agradecer-me o não ter querido imitar aquele malvado 1850.

– *Parce sepultis*, meu caro.

– Perdão, senhor; não quero falar mal de ninguém; mas, à vista daquele ano, acho que se deve levar-me em conta a ausência da febre amarela e de outra qualquer epidemia.

– Ora, é boa! Nisso não fez o senhor mais do que cumprir o seu dever.

– Entretanto...

– Espere... espere... lembra-me agora; e aquele grande medo que o senhor nos meteu com o cólera!

– Ora, senhor! retorquiu-me o sujeito com um risozinho malicioso.

– Explique-se.

– Aqui em segredo; aquilo foi um negócio com os médicos.

– Ah! O senhor então protegeu os médicos?

– Não se zangue, senhor; lembre-se do que eu fiz pelos advogados com a questão das sociedades comanditárias; do que fiz pelos jornalistas a quem presenteei com uma boa quantidade de *pufs;* lembre-se, finalmente, que esse mesmo receio do cólera deu-lhe matéria para um folhetim em ocasião em que o senhor estava bem apertado.

– Bem; o dito por não dito. A respeito da salubridade pública pode ficar descansado.
– Agradeço infinitamente a V. Sa.
– Não se apresse tanto; talvez no fim não tenha muito que agradecer-me. Até aqui tem o senhor alegado os seus direitos; agora há de permitir-me que capitule as minhas queixas. Trate, portanto, de defender-se, e bem.
– Farei o que puder.

Havia já algum tempo que me parecia que o tal sujeito ia emagrecendo de uma maneira espantosa, e tornando-se delgado como um varapau; mas, como já era alta noite, atribuí isto à alucinação da vista, efeito talvez da fadiga e dos raios amortecidos da luz, que mal esclarecia o vasto aposento. Não fiz, portanto, muito caso disto, e tratei de continuar a minha singular conversação.

– Meu caro senhor, sinto dizer-lhe que o senhor, embora me desse alguns momentos de prazer, contudo fez-me muitos males, e um principalmente que eu não lhe posso por maneira alguma perdoar.
– Qual, senhor?
– O ter-me feito mais velho um ano.

O homem ficou fulminado. Eu continuei:
– Roubou-me uma boa parte daquelas doces ilusões dos primeiros anos da mocidade; desfolhou-me algumas dessas flores que nascem nos seios d'alma, orvalhadas com as primeiras lágrimas do coração, e que perfumam os sonhos mais belos desta vida.

Cada dia, cada hora, cada momento que passa, rouba-nos um pouco dessa poesia sublime, que embeleza os nossos prazeres e consola as nossas dores. Lá vem tempo em que a alma perde as suas asas de ouro, asas que Deus lhe deu para voar ao céu.

O que há neste mundo que valha os nossos sonhos cor-de-rosa, as nossas noites de plácida contemplação, os idílios suaves de nossa imaginação a conversar com alguma estrela solitária que brilha no céu, semelhante a essas amizades santas.

> *Qui se cachent parfois en nos heures d'azur,*
> *Et reviennent à nous en entendant nos plintes?*

 Quando todas essas flores murcham, que resta para encher o vácuo que fica em nossa alma? Nada: o tempo foge rapidamente e apenas deixa uma ruga na face, alguns cabelos brancos na cabeça, e um número de mais à soma dos nossos dias.
 – Não. Com os anos aí vêm os pensamentos sérios, as grandes coisas, a glória, a ambição, a política, as honras, os estudos graves. Confesse que isto vale mais do que todas estas frivolidades que preocupam o espírito da mocidade, e com as quais se gasta o tempo inutilmente.
 – Chama a isso frivolidade? O que é então que há neste mundo de sério e de real? A glória, porventura? É interessante; trata-se de bagatela o amor, as verdadeiras afeições, as mais belas expansões de nossa alma, zomba-se do homem que segue por toda parte um vestidinho de uma certa cor, que se mataria por um sorriso, e que guardaria preciosamente uma flor murcha que caísse de um buquê.
 Entretanto vós, homem sério e grave que calculais refletidamente, que do alto da vossa importância lançais um olhar de desprezo para essas futilidades do mundo, que fazeis vós?
 Sacrificais a vida, a preguiça, o prazer, como diz Alphonse Karr, para um dia atar à gola da casaca uma fita de uma certa cor. Enquanto nós suplicamos um sorriso de uma bela mulher, vós daríeis um dedo da mão pelo sorriso do ministro ou do conselheiro de Estado.
 Desprezais a moda; é uma coisa ridícula, mas sonhais noite e dia com a farda bordada. Se nós esquecemos tudo para, em um momento de expansão, colher numa linda

boquinha rosada duas palavras que nos abrem o céu, vós renegais os amigos, prostituís a consciência unicamente para ter o prazer de ouvir (que glória!) um passante dizer-vos – *Sr. Barão*.

Oh! Se tudo é ilusão e quimera neste mundo, meu Deus, deixai-me os lindos sonhos da mocidade, deixai-me as visões poéticas de meus vinte anos, as minhas horas de cismar, deixai-me todas estas futilidades, e reservai para outros as coisas sérias, calmas e refletidas. Mas isto é um vão desejo. Daqui mais a alguns anos tudo terá passado, e também entraremos, como os outros, na luta dos homens graves e sisudos, e, como eles, lançaremos um olhar de desdém para essas páginas douradas da nossa vida. Apenas, nas horas da solidão, nos virá encantar a doce recordação desses belos dias em que tínhamos, como diz Lamartine:

> *Un flot calme, un vent dans sa voile;*
> *Toujours sur sa tête une étoile,*
> *Une espérance devant lui.*

Não sei se dizia, ou se unicamente pensava todas estas coisas. Tinha-me esquecido do meu hóspede.

Deu meia-noite. Senti um estalar de juntas. Voltei os olhos para o sujeito. À última pancada do relógio, um outro homem se destacou do primeiro e desapareceu.

Obstupui, steteruntque comae, et vox faucibus hoesit. Fiquei pasmo. Decididamente passava-se naquele momento alguma coisa de fantástico e de sobrenatural.

Entretanto o sujeito, calmo, mas repentinamente emagrecido, olhava-me com um semblante tranquilo, um pouco melancólico. Compreendeu o meu espanto, e respondeu à pergunta muda que lhe fazia o meu olhar espantado:

– É o dia 29 que acabou, e que se foi embora. Só me restam agora dois dias de vida.

Esta resposta ainda mais me atordoou. Mas, afinal, como o meu companheiro esperava pacientemente a continuação da conversa, tomei uma resolução; acendi o meu charuto na vela que estava quase a apagar-se, e fui por diante, disposto a não me admirar de mais coisa alguma.

Palestramos muito tempo. Dissertamos sobre a guerra do Oriente, sobre a Europa, e mais largamente sobre os futuros destinos do Brasil. Contou-me algumas crônicas escandalosas, que presenciou, referiu-me muita anedota engraçada e muita história galante.

Viemos a falar do teatro; e ele confessou-me francamente que, a princípio, tentou deitá-lo abaixo com o negócio das tesouras e mesmo com algumas chuvas e com a grande ventania do mês passado. Que infelizmente não o conseguiu; e por isso assentou de torná-lo a coisa mais ruim e mais desenxabida, para ver se assim se resolvem cuidar da ópera lírica, e a construir um edifício digno desta corte.

Por fim, já pela madrugada, comecei a fechar os olhos insensivelmente, e não sei o que mais se passou.

*

Agora, meu leitor, se vos destes ao trabalho de ler o que aí ficou escrito, talvez desejeis saber a explicação disto. É muito simples. Tinha, como vos disse, acabado de ler alguns contos de Hoffman. Suponde que, como eu, folheais uma daquelas páginas, e segui a regra da antiga sabedoria – *Nihil admirari*.

8 DE JANEIRO DE 1855

A última noite de 1854. – O ano novo. – As festas do tempo antigo. – A Sociedade Campestre. – Uma notícia de festas: publicação de um jornal italiano. – Nova companhia lírica: consideração sobre a nova empresa.

Et une anneé entière a replié ses ailes
Dans l'ombre d'une seule nuit!
(Lamartine)

Ainda vos lembrais do ano passado? Ainda não esquecestes a última noite de 1854?

Era uma noite de luar, mas turva e carregada. O céu cobria-se de nuvens. A natureza estava calma e sossegada. As horas corriam silenciosamente.

Deu meia-noite. Um ano terminava, um ano começava. Mas nem um sinal, nem um vestígio atestava essa grande revolução do tempo que se acabava de consumar.

Tudo continuava tranquilo. A noite seguia o seu curso ordinário, e a lua deslizava solitária por entre as nuvens cinzentas e carregadas que alastravam o céu.

Que importava, com efeito, que essa hora que soava marcasse o termo de um ano? Que importava que a fraca inteligência do homem procure limitar a obra de Deus?

O tempo corre eternamente; os dias se sucedem como os meses, como os anos e os lustros. Um século que acaba, uma idade que finda, um mundo que desaparece, é sempre a rápida transição de um segundo, é apenas um instante que passa.

Todos nós sabemos isso; todos nós vemos correr o tempo com indiferença; e entretanto o coração nos palpita com emoção quando ouvimos soar esta hora fatídica da meia-noite, que marca o fim e o começo de um ano.

É quase impossível reprimir nesse instante solene um movimento involutário, que nos faz volver um olhar saudoso ao passado e procurar no fundo d'alma algum vago pressentimento, alguma promessa risonha, que nasce subitamente como o novo ano que começa.

Na vida de alguns homens esse rápido instante é o cântico de um belo poema. Recordações dos dias que passaram, saudades de uma quadra feliz, culto respeitoso a algumas reminiscências sagradas, aspirações de glória e de ambição, fé em Deus, esperança no futuro, todas estas grandes coisas lhes perpassam confusamente na fantasia, brilham rapidamente, e se extinguem como esses fogos brilhantes que sulcam as trevas nas noites calmas e serenas.

Para aqueles que ainda se deixam involuntariamente dominar pela poética e graciosa ficção do *ano-bom*, este dia é um oráculo cheio de presságios e de vaticínios. Quanto desejo querido, quanto voto ardente, não vem afagar no fundo desses corações aquela primeira aurora do ano! Neste dia pensa-se naquilo que mais se ama no mundo, junta-se no seio da família, visita-se os amigos, e troca-se mutuamente as boas entradas de ano, os presentes de amizade, as *étrennes*.

E assim no meio de tudo isto, no meio desses cuidados e desses prazeres, dos receios e das esperanças novamente criadas, esquecemos a verdadeira e talvez única realidade deste dia. Um ano que passa – um outro ano que vem, e com ele a idade e a velhice.

Bem entendido, não falo aqui de certa gente, que desejaria que um ano fosse um minuto, e que passasse como uma hora de tédio, ou um dia de convalescença. Parece incrível, porém não é menos verdadeiro.

Logo em primeiro lugar temos o pretendente à senatoria, que se acha na idade crítica dos trinta e nove anos. Vem depois o órfão que espera os vinte para requerer suplemento de idade, e empolgar a herança paterna. Finalmente a menina que desterra as malditas calças e o vestido curto, e entra no rol das moças em estado de casar; e o estudantinho de latim, que todos os dias procura no queixo as promessas de um buço rebelde, e que suspira pelo dia em que se emancipará do colégio e conquistará a santa liberdade da academia e o direito de fumar o seu charutinho.

É preciso não esquecer o sujeito que tem os seus cinquenta e nove anos, e que deseja os sessenta para ver-se livre da guarda nacional e do recrutamento; nem também o empregado público que suspira pelo último ano para a jubilação, e o juiz de direito que está a contemplar o tempo de ser promovido à primeira entrância.

Para esses o novo ano é sempre alegre e feliz; é o ano da salvação. Mas para nós, que não estamos nesse caso, que nos prometerá este ano, que nasceu no meio da chuva como um sapo, tendo por madrinha a lua cheia?

Será isto mau agouro, como entendem as velhas, ou será ao contrário um presságio de abundância e fertilidade, que nos livrará da carestia dos gêneros e não nos deixará mais à mercê das usuras de alguns marchantes?

Creio antes esta última versão. Já não me fascinam essas promessas brilhantes que nunca se realizam. Embora turvo e carrancudo, o ano novo para mim se anuncia cheio de futuro e de prosperidade para o meu país.

Ninguém sabe que encantadores mistérios, que risonhos segredos ocultas no teu seio. Ninguém sabe quanto primor, quanta graça, quanto mimo de beleza, tuas asas de ouro esparzirão sobre alguma cabecinha virgem que ainda brinca com os sonhos da infância!

Vem, novo ano! Vem como o hábil artista do tempo dar os últimos toques a alguma bela estátua moldada pela natureza, e arredondar a curva graciosa, as ondulações suaves de umas formas encantadoras!

Vem, como o sopro de Deus, como o fogo do céu, desabrochar uma rosa ainda em botão; perfumar a florzinha delicada que apenas começa abrir os seios às auras da vida, e tecer de fios de ouro os dias de uma existência pura e tranquila!

Vem igualmente dar um pouco de juízo a muita cabecinha louca que aí anda às voltas por este mundo, tirando o juízo a quem o tem! Vem fértil de maridos, de bailes, de teatros, de modas, de casamentos. Traze-nos da Europa algumas boas cantoras; e não te esqueças de substituir a anarquia que hoje reina no teatro por uma ópera digna de ti e da boa sociedade desta corte. Para isto já tens o projeto de uma nova companhia lírica no Teatro de S. Pedro de Alcântara, o qual podes realizar perfeitamente.

Quando tiveres feito todas estas coisas, meu caro, tem paciência, toma a vassoura e a carrocinha, e trata de varrer e de limpar as ruas da cidade, no que farás um grande serviço. Estimarei que removas ao menos a lama de algumas ruas, porque então ser-me-á possível especializar as outras, e defender-me assim da censura que me fizerem nesta folha e no *Jornal do Comércio* por ter falado geralmente; como se a culpa fosse minha, de não poder achar uma exceção à falta de asseio!

Acho escusado dizer-te que dispensamos o calor de oitenta graus, as febres de qualquer cor que sejam, as guerras por mais interessantes que te pareçam. Quando muito, para quebrares a monotonia do tempo, ficas com o direito salvo de elevares a temperatura até o ponto de desejar-se o sorvete e os gelados; e de produzir algumas intermitentes, para que os médicos não esqueçam de todo a ciência. Em vez de guerras do Oriente, podes fazer aparecer alguns processos monstros, daqueles que passam a quarta geração, e que os advogados ingleses dão de dote às suas filhas.

Se seguires este programa essencialmente conciliador podes contar comigo. Escrever-te-ei as mais pomposas efemérides de que haja notícia no mundo; e em dezembro far-te-ei um epitáfio, digo, um retrospecto que ocupará as colunas do *Correio Mercantil* durante oito dias consecutivos.

E para começar vou já cuidando em traçar a história desta primeira semana que começa pelas *étrennes* e acaba pelas cantilenas dos Reis. A chuva, as tardes de trovoadas, o tempo enfarruscado, entristeceram quase todos estes dias.

Na sexta-feira, porém, uma bela noite de luar, fresca e agradável, parecia convidar as alegres procissões que lembram a antiga tradição dos três reis magos, vindos do Oriente guiados por uma estrela para acordar o Menino Jesus.

Hoje, como todos os antigos costumes, esta festa vai caindo em desuso. Já quase não se veem nesta corte aquelas romarias folgazãs, aqueles grupos de pastorinhas, aquelas cantigas singelas que vinham quebrar o silêncio das horas mortas.

A noite de *Reis* atualmente é apenas a noite das ceias lautas, dos banquetes esplêndidos de maneira que, a julgar da tradição pelas festas de agora dir-se-ia que os reis magos eram três formidáveis comilões que vieram do Oriente unicamente para tomarem um fartão de peixe, de ostras, de maionese e de gelatinas.

Em todas as épocas o homem teve a balda de desfazer no presente e de encarecer o passado. "No nosso tempo era outra coisa", dizem os velhos desde o princípio do mundo. Entretanto, seja pelo que for, seja que aquilo que passou exerça sobre a nossa imaginação um prestígio poderoso, o que é verdade é que nossos pais sabiam divertir-se melhor do que nós.

Outrora todas as festas tinham o seu quê de original, o seu cunho particular que as distinguia uma da outra. O *Natal* era a festa do campo; tinha a sua missa do galo à meia-noite, as suas alegres noitadas ao relento, os seus presepes toscos, mas encantadores. Logo depois vinham os *Reis* com as suas cantigas, as suas romarias noturnas, as suas coletas para o jantar do dia seguinte. *São João* tinha as suas fogueiras, os seus horóscopos à meia-noite. Ao *Espírito Santo* armavam-se as barraquinhas, e faziam-se leilões de frutos e de aves.

Presentemente todas as festas se parecem. Um baile, uma ceia, e está tudo feito. Desde o princípio ao fim do ano vai-se ao baile ou ao teatro. Isto ainda seria suportável, se procurassem conformar esta espécie de divertimento à estação que reinasse.

Agora, por exemplo, que entramos na força do verão, como não seriam agradáveis alguns bailes campestres, onde se dançasse à fresca, entre as árvores, nalgum pavilhão elegante levantado no meio de jardins? As moças trajariam seus lisonjeiros vestidinhos brancos próprios da estação; os cavaleiros usariam de um *toilette* de verão. Nada de rigorismos diplomáticos e de penteados sobrecarregados de enormes jardineiras.

Há nesta corte *Sociedade Campestre* que se podia incumbir de realizar esta ideia; porém infelizmente parece que ela vai marchando rapidamente para sua completa extinção. De *campestre* só tem o título; no mais é uma sociedade como as outras com a diferença que dá as suas partidas num pavilhão muito sujo, muito velho e de muito mau gosto.

Houve a lembrança o ano passado de reabilitá-la, e para isso comprou-se um terreno para uma casa; distribuíram-se ações pelos sócios, e recebeu-se a primeira prestação. Planejou-se; calculou-se, e por fim não se fez nada, na forma do costume. O terreno está a vender e os sócios que esperem pelas calendas gregas para serem reembolsados do seu dinheiro.

Entretanto parece-me que a sociedade ainda tem muitos elementos que se podem aproveitar; e que, se alguém procurasse dar-lhe um salutar impulso, poderíamos vir a ter uma reunião bem agradável. Então a sociedade devia limitar as suas partidas campestres aos seis meses de verão, e deixar os outros seis meses para os bailes aristocráticos do Cassino e para os saraus brilhantes que costumam aparecer naquela quadra do ano.

Temos conversado tanto e sobre tantas coisas, que deixo ainda muita ideia bonita que aí fica com as outras no fundo do tinteiro, esperando a sua vez de se estenderem sobre o papel. Para as ideias é este um dia de baile; a pena faz-lhes o *toilette*, como uma criada grave; e, depois de bem-vestidinhas, e bem elegantes, largam-se pelo mundo a namorar, a torto e a direito, a fazer epigramas e a dizer graças, a bolir com este e com aquele, até que um dia ninguém faz mais caso delas.

Antes, porém, de deixar-vos, minha gentil leitora, quero dar-vos as minhas *étrennes*, embora não vos lembrásseis de mandar-me as festas. O meu *cadeau* é uma notícia, que creio haveis de apreciar tanto quanto ela merece. Com o novo ano vai continuar (ou já continuou) a ser publicado um lindo jornal italiano e português, do hábil professor Galleano Ravara. Já prevejo com que prazer acolhereis a Íride, que, como uma boa mensageira, irá falar-vos a doce e rica linguagem de Tasso, de Dante e de Petrarca, e recordar-vos aquelas mágicas palavras de Romeu e Julieta, quando ouviam cantar o rouxinol e a cotovia ao raiar da alvorada.

Por enquanto contentai-vos com estas doces recordações que vos avivarão saudades de Stoltz e das belas noites do nosso teatro italiano. Dizem, porém, que daqui a algum tempo tereis mais do que simples reminiscência: prometem-vos uma cena lírica, onde verdadeiros artistas executarão as obras-primas dos *maestros* antigos e modernos. Cumprir-se-ão tão belas promessas?

Como sabeis, formou-se nesta corte uma associação para montar no Teatro de S. Pedro de Ancântara uma companhia italiana de primeira força. Já foram publicadas nesta folha as bases da nova sociedade que intenta levar a efeito aquele projeto.

No estado em que se acha a nossa cena lírica, semelhante ideia é um grande benefício. A nova empresa vem promover uma salutar emulação entre os dois teatros, e destruir o monopólio que até agora tem existido, com grave prejuízo do público.

Além deste melhoramento, que resulta do simples fato da concorrência, a organização de uma sociedade deste gênero pode trazer muitas vantagens importantes. Os bons espetáculos, o exemplo e a lição de artistas de mérito, hão de necessariamente desenvolver entre nós o verdadeiro estudo da música italiana, e aproveitar muito aos talentos nacionais que aparecerem.

Se a nova sociedade realizar as suas ideias, se, em vez de amostras líricas, nos der verdadeiras óperas, ainda continuará a admitir-se a absoluta necessidade de uma subvenção do governo? Ainda haverá empresa desinteressada que receba 120 contos de réis do tesouro para carregar com um *deficit* enorme?

Estes exemplos de filantropia desaparecerão infelizmente; porém o governo economizará por ano uma centena de contos, que poderá destinar à construção de um teatro nacional ou de uma pequena ópera, feita pelo modelo dos melhores teatros da Itália e da Alemanha.

A nova empresa tem de lutar com imensas dificuldades; mas, se conseguir vencê-las, o Teatro de S. Pedro de Ancântara virá a ter as suas belas noites, e reunirá no seu pequeno salão a fina flor da sociedade desta corte.

Que importa que estas noites custem mais caro?

Todos conhecerão que este aumento de preço é puramente nominal. Uma noite em que, além de uma brilhante reunião se tem o prazer de ouvir a verdadeira música de Rossini, de Verdi e de Bellini, de Donizetti e de Meyerbeer, vale mais do que quatro ou cinco noites de ensaios no Provisório, onde algumas vezes se canta para os bancos e para os camarotes vazios.

Entretanto cumpre que a sociedade, desprezando os funestos precedentes do nosso teatro, guarde toda a lealdade nos seus empenhos com o público, e se esforce por manter aquela ordem e regularidade tão necessária à comodidade dos espectadores e aos próprios interesses da sociedade.

Assim, os espetáculos devem ter dias certos e determinados na semana, e começarem a horas precisas, nunca excedendo de meia-noite.

Seria muito útil que se estabelecesse também o costume de interromper os espetáculos durante os dois ou três meses da força do verão. Esta interrupção, cuja vantagem ainda não se compreendeu entre nós, facilita à empresa o estudo e preparo de novas óperas, e dá-lhe tempo de contratar novos artistas na Europa.

Realizando a nova sociedade estas condições, pode contar da nossa parte com um apoio fraco, mas leal. Ao contrário, se não corresponder às suas brilhantes promessas não se poderá livrar de uma grave censura; e os nomes que nela se acham empenhados terão de responder ao público e à imprensa pelos males que possam ocasionar ao nosso teatro.

21 DE JANEIRO
DE 1855

Ecos do passado. – Visões históricas. – O jogo da praça. – Empresas privilegiadas. – A Rua do Cano. – Colonização. – Imigrantes. – Giro ao Passeio Público. – Nacionalização da língua. – Nova empresa lírica. – Andrada e Machado e Garrett.

Sexta-feira, era tarde da noite. Pensava, não me lembra a que propósito.

Se há coisa que dê asas ao pensamento, que solte o voo à fantasia, é uma dessas mudas contemplações pelo silêncio da noite, quando num momento de tédio o espírito se revolta contra as misérias do presente, e procura além, no futuro, ou nos tempos que passaram, um novo elemento de força e de atividade.

A imaginação se lança no espaço, percorre mundos desconhecidos, atravessa o tempo e a distância, e vai muitas vezes acordar os ecos do passado, revolver as cinzas das gerações extintas, ou contemplar as ruínas de uma cidade opulenta, de um vasto império abatido.

A história se desenha então como um grande monumento. Ao volver-lhe as páginas, volvem-se os séculos. Os anos correm por minutos. As raças que desapareceram da face da terra se levantam do pó, e passam como sombras fugitivas. Cada folha do grande livro é o berço de um povo, ou o túmulo de uma religião, um episódio na vida da humanidade.

Era tarde da noite.

Ao redor tudo estava tranquilo. A cidade dormia; o silêncio parava nos ares. Apenas algumas luzes suspensas na frente de uma ou outra casa, e perdidas no clarão do gás, faziam reviver do esquecimento uma grande recordação da nossa história.

Havia apenas vinte dias que começara o novo ano; e esses dias, que agora corriam tão calmos e tranquilos, há mais de três séculos passavam e repassavam sobre esta cidade adormecida, deixando-lhe sempre uma data memorável, escrevendo-lhe o período mais brilhante dos seus anais.

O tempo, por uma coincidência notável, parece ter confiado ao mês de janeiro os maiores acontecimentos, os destinos mesmos desta grande cidade que dele recebeu o seu nome, que com ele surgiu do seio dos mares aos olhos dos navegantes portugueses, e neles recebeu o primeiro influxo da civilização e ergueu-se das entranhas da terra para um dia talvez vir a ser a rainha da América.

E todas essas recordações se traçavam no meu espírito vivas e brilhantes. As sombras se animavam, os mortos se erguiam, o passado renascia.

Aquela massa negra da cidade que se destacava no meio da escuridão da noite levantava-se aos meus olhos como um pedestal gigantesco, onde de momento a momento vinha colocar-se uma grande figura de nossa história, que se desenhava no fundo luminoso de um quadro fantástico.

Era uma visão como o sonho de Byron, como a cena da gruta no *Macbeth* de Shakespeare.

Vi ao longe os mares que se alisavam, as montanhas que se erguiam, as florestas virgens que se balouçavam ao sopro da aragem, sob um céu límpido e sereno.

Tudo estava deserto. A obra de Deus não tinha ainda sido tocada pela mão dos homens. Apenas a piroga do índio cortava as ondas, e a cabana selvagem suspendia-se na escarpa da montanha.

A bela virgem da Guanabara dormia ainda no seio desta natureza rica e majestosa, como uma fada encantada por algum condão das lendas de nossos pais.

A aurora de um novo ano de 1531 – surgia dentre as águas, e começava a iluminar esta terra inculta. Algumas velas brancas singravam ao longe sobre o vasto estendal dos mares.

Passou um momento. A figura de *Martim Afonso* destacou-se em relevo no fundo desta cena brilhante, e tudo desapareceu como um sonho que era.

Mas um novo quadro se desenhou no meu espírito.

No meio de povo em lágrima, ergue-se o vulto imponente de um fidalgo português. Sua vida lia-se no dístico gravado sob o pedestal em letras de ouro:

Arte regit populos, bello proecepta ministral;
Mavortem cernit milite, pace Numam.

Ergueu-se. Era o *Conde de Bobadela*. Contemplou um instante esta cidade que havia governado vinte e nove anos e cinco meses, esta cidade que tinha aformoseado e engrandecido. Depois deitou-se no seu túmulo e passou. Um grande préstito fúnebre o seguiu.

Novo quadro ainda se desenhou no meu espírito.

Vi um combate naval. Vi o assalto de uma fortaleza – de Villegagnon. A fumaça envolve os combatentes; ronca a artilharia; a de flecha voa com o pelouro; a piroga do selvagem lança-se no ataque.

Um cavalheiro desconhecido atira-se ao mais forte da peleja e anima os combatentes portugueses. Seu corpo é invulnerável, suas palavras excitam o entusiasmo e a coragem. Dir-se-ia que uma auréola cinge a sua bela cabeça.

Mais longe o general português expira, e seus soldados redobram de esforço e de valor para vingar a sua morte, e para ganhar enfim uma vitória tão valentemente disputada pelos franceses.

Terminou o combate. Aquele soldado, que com a ponta de sua espada, ainda tinta do sangue do inimigo, traça sobre o campo da batalha a planta de uma nova cidade – é *Estácio de Sá*, o fundador do Rio de Janeiro.

A pequena colônia começou a estender-se pelas ribeiras da baía, e cresceu no meio desta terra cheia de força e de vigor. De simples governo passou a vice-reinado; depois a capital de um reino unido; e por fim tornou-se a corte de um grande Império.

Mas que vulto é este que assoma no meio do entusiasmo e da exaltação patriótica do povo agradecido? Não tem ainda a coroa, nem o manto; mas há nele o tipo de um grande imperador, de um herói.

É *D. Pedro I*, que, em resposta à representação do Senado, da Câmara e do povo da cidade, profere essa palavra memorável, que decidiu do futuro do Brasil, e que, firmando as primeiras bases da nossa independência política, concorreu igualmente para elevar o Rio de Janeiro a capital do novo Império.

Contemplei por muito tempo, tomado de santo respeito, esse tipo simpático de um monarca cavalheiro, que deixou na nossa história os mais brilhantes traços da sua vida.

Lançando os olhos sobre esta cidade, que ele tanto amara, seu rosto expandiu-se. Viu o comércio e a indústria florescerem, criando esses grandes capitais que alimentam as empresas úteis para o país. Viu o amor e a dedicação nos degraus daquele trono em que se sentara. Viu por toda a parte a paz e a prosperidade.

Volveu ainda um último olhar, e sumiu-se de novo nas sombras do passado.

O que acabais de ler é uma página perdida, é uma folha arrancada a um livro desconhecido, que talvez daqui a algum tempo vos passará pelos olhos, se não tiver o destino de tantos outros, que, antes de nascidos, vão morrer entre as chamas.

A história do Rio de Janeiro tem algumas páginas, como essa, tão belas, tão poéticas que às vezes dá tentações de arrancá-las das velhas crônicas, onde jazem esquecidas, para orná-las com algumas flores deste tempo.

Hoje não aparecem mais desses fatos brilhantes de coragem e heroísmo. A época mudou: aos feitos de armas sucederam as conquistas da civilização e da indústria. O comércio se desenvolve; o espírito de empresa, servindo-se dos grandes capitais e das pequenas fortunas, promove o engrandecimento do país, e prepara um futuro cheio de riqueza e de prosperidade.

Ide à Praça. Vereis que agitação, que atividade espantosa preside às transações mercantis, às operações de crédito, e sobretudo às negociações sobre os fundos de diversas empresas. Todo o mundo quer ações de companhias; quem as tem vende-as, quem não as tem compra-as. As cotações variam a cada momento, e sempre apresentando uma nova alta no preço.

Não se conversa sobre outra coisa. Os agiotas farejam a criação de uma companhia; os especuladores estudam profundamente a ideia de alguma empresa gigantesca. Enfim, hoje já não se pensa em casamento rico, nem em sinecuras; assinam-se ações, vendem-se antes das prestações e ganha-se dinheiro por ter tido o trabalho de escrever o seu nome.

Este espírito da empresa e esta atividade comercial prometem sem dúvida alguma grandes resultados para o país; porém é necessário que o governo saiba dirigi-lo e aplicá-lo convenientemente; do contrário, em vez de benefícios, teremos de sofrer males incalculáveis.

É preciso não conceder autorização para incorporação de companhias que não revertam em bem do país, que não tenham todas as condições de bom êxito. Não procedendo desta maneira, se falseará o espírito da lei e a natureza das sociedades anônimas, e se perderá indubitavelmente o concurso deste poderoso elemento de riqueza e de engrandecimento.

Companhias que, como algumas que já existem, não forem criadas no pensamento de uma necessidade pública, ou de uma grande vantagem do país, não só esgotarão os capitais que podem servir para outras obras de maior alcance, como desacreditarão o espírito de empresa, desde que, como é natural, os seus lucros não corresponderem às esperanças do comércio.

Cumpre também – já que falamos em companhias – que o governo trate de examinar se algumas empresas privilegiadas que existem nesta corte, principalmente navegação do costeio, têm satisfeito as condições de sua incorporação. Fala-se em tantos abusos, em tantas negligências, que é provável haver um fundo de verdade nas exagerações que costumam envolver certas censuras.

E sobre isto me parece que é tempo de quebrar-se esse círculo de ferro do exclusivismo e do monopólio que tanto mal começa a fazer a nossa navegação de costeio. O privilégio é um agente aproveitável nos países novos; mas convém que seja empregado com muita reserva, e unicamente no período em que a indústria que se quer proteger ainda não tem o desenvolvimento necessário.

Atualmente que nos nossos estaleiros na *Ponta da Areia*, já se constroem tantos vapores próprios para as navegações do interior, qual é a vantagem que resulta das empresas privilegiadas? Não é isto matar a concorrência, e impedir que a indústria útil se desenvolva e se aperfeiçoe.

Repetimos. O governo deve examinar escrupulosamente este objeto; e não só abster-se de conceder incorporações de companhias privilegiadas desta natureza, como desautorizar, da forma do Código Comercial, a existência daquelas que não tiverem cumprido as condições de sua organização.

É porque desejamos unicamente o bem do país que tememos esses desvios no espírito de empresa que se está desenvolvendo tão poderosamente no Império, e sobretudo na praça do Rio de Janeiro.

Entretanto há algumas companhias, como por exemplo a da Rua do Cano, que se incorporou ultimamente com o nome de *Reformadora*, a qual deve merecer do governo toda a proteção, por isso que para o futuro ela pode vir a realizar grandes melhoramentos urbanos, e criar um sistema de arquitetura de casa muito necessário ao aformoseamento da cidade e à higiene pública.

É inconveniente, porém, a demora que tem havido no regulamento da companhia, principalmente aparecendo na praça algumas apreensões (que julgo infundadas) a respeito de condições rigorosas que se supõe seriam impostas à sociedade. O objeto me parece maduramente estudado, esclarecido por uma luminosa discussão nas câmaras e pelos planos e dados estatísticos coligidos na municipalidade pelo Dr. Haddock Lobo. Não enxergamos, pois, uma razão plausível para essa tardança do regulamento, aliás tão prejudicial ao público e aos proprietários da Rua do Cano.

Depois da empresa *Reformadora*, organizou-se a companhia de colonização agrícola do *Rio Novo*, com um capital de quinhentos contos de réis representado por 2.500 ações. Foi o Major Caetano Dias da Silva, fazendeiro na Província do Espírito Santo, Município de Itapemirim, quem teve a ideia da criação desta sociedade.

A importância do seu objeto, a inteligência e a longa prática do seu diretor, junta à fertilidade, a um clima salubre e à facilidade de comunicações com as grandes praças de comércio, asseguram a esta companhia grandes vantagens, que reverterão todas em proveito do país, e particularmente da Província do Espírito Santo.

A colonização para um povo novo e de vasto território, como o nosso, é a primeira condição de riqueza e de engrandecimento. O estrangeiro que procura o nosso país não nos traz unicamente braços e forças para o trabalho material; não é somente um número de mais que se aumenta ao recenseamento da população.

É uma inteligência prática que melhora a indústria do país e um grande elemento de atividade que desenvolve as forças produtivas da terra; é finalmente uma nova seiva que vigora, uma nova raça que vem identificar-se com a raça antiga aperfeiçoando-se uma pela outra. O nosso governo tem compreendido o grande alcance da colonização, e, o que é mais, tem-se empenhado em promovê-la eficazmente.

Depois que o Sr. Conselheiro Eusébio de Queirós travou a última luta contra o tráfico, e conseguiu esmagar essa hidra de *Lerna*, cujas cabeças renasciam do seu próprio sangue, o nosso governo tratou de aproveitar o favorável ensejo que lhe oferecia a crise proveniente da deficiência dos braços para a agricultura.

Começou-se então a olhar com mais atenção para as nossas pequenas colônias do Sul; e animou-se a *Sociedade Hamburgo*, à qual devemos neste ponto grandes serviços pela exatidão com que tem cumprido as suas obrigações e pelo zelo com que constantemente na Alemanha defende a nossa causa, contra os ridículos inventos de alguns detratores.

Consta-nos agora que o nosso governo acaba de tomar suas medidas, que são da maior importância, para o futuro da colonização.

A 1ª é a autorização mandada ao nosso ministro em Londres a fim de promover a imigração de chineses para o Brasil segundo as bases e instruções que já lhe foram remetidas. Os bons resultados que se têm conseguido desta emigração nas colônias inglesas nalguns lugares da América Meridional nos devem dar boas esperanças para a nossa cultura do chá e do café.

A outra deliberação do governo que nos consta, que se deduz de alguns atos ultimamente praticados – é a da subvenção de 30$000 concedida por cada colono maior de dez anos e menor de 45, honesto e lavrador, sendo estabelecidos em colônias ou fazendas pertencentes a empresas agrícolas. O governo reservou-se muito prudentemente de julgar destas condições e de apreciar por si as circunstâncias em que convém conceder o favor.

Esta medida inquestionavelmente é um poderoso auxílio para as companhias agrícolas, ao mesmo tempo que corta certas empresas mercantis muito prejudiciais, e que previne, de alguma maneira, a introdução de colonos que não tenham boa moral e uma vida honesta.

Depois destas rápidas observações, creio que se pode dizer com toda a franqueza de uma opinião sincera que o governo cumpriu o seu dever e faz mais do que se podia exigir dos poucos recursos de que dispõe.

Estamos, porém, em tempo de tratar, não de pequenas colônias, mas de uma colonização em vasta escala, de uma emigração regular que todos os anos venha aumentar a nossa população.

O governo, pois, que chame a atenção do corpo legislativo sobre este assunto e que inicie um projeto de lei, no qual se adotem as medidas tomadas pelos Estados Unidos para promover a emigração. Eu lembraria neste caso a conveniência de limitar os favores concedidos unicamente àquelas nações cuja população desejaríamos chamar ao nosso país.

Não temos nada a invejar à América Inglesa em recursos naturais, em fertilidade do solo, em elementos de riqueza. O nosso clima é mais salubre; desde o sul ao norte temos no alto das nossas serras uma temperatura quase europeia. Como país ainda inculto, oferecemos muito maior interesse ao colono agrícola que quiser explorar a terra.

Por que razão, pois, não havemos de ter a mesma emigração?

Porque temos ciúme do estrangeiro, porque guardamos como um avaro este título de cidadão brasileiro, e o consideramos como uma espécie de quinhão hereditário que se amesquinha à proporção que se divide. É por isso que vemos no estrangeiro um intruso, um herdeiro bastardo, que nos quer disputar a herança paterna, isto é, os empregos, os cargos eleitorais e as sinecuras.

Sacrifiquemos esses prejuízos ao interesse público, e pensemos, ao contrário, que é, levando por toda parte este título de cidadão brasileiro, que é recebendo na nossa comunhão todos os irmãos que nos estendem a mão, que um dia faremos aquele nome grande e poderoso, respeitado da Europa e do mundo.

Voltai! Voltai depressa esta folha, minha mimosa leitora! São coisas sérias que não vos interessam. Não lestes?... Ah! fizestes bem!

Com efeito, que vos importam a vós estas espécies de companhias, se tendes as vossas à noite, junto do piano, a ensaiar com alguma amiga um belo trecho da música, a cantar alguma ária, algum dueto do *Trovador?* Que vos importa nestes momentos saber o que vai algures, se as ações baixam, ou se uma pobre cabeça atordoada de pensar já não pode de tanto que lhe *corre a pena?*

Era melhor que tivesse tomado a boa resolução de ir fazer um giro pelo Passeio Público.

A aceitação dessa e de outras ideias que temos lembrado nos anima ainda a dizer alguma coisa sobre os melhoramentos do Passeio Público, principalmente quando o Sr. Ministro do Império, como homem de bom gosto que é, se tem mostrado tão desejoso de embelezar este lugar e torná-lo um agradável ponto de reunião.

Para isso a primeira coisa a fazer é o asseio e a limpeza. As árvores ainda estão muito maltratadas; os dois tanques naturais sobre os quais se elevam as duas agulhas de pedra estão tão bem fingidos que são naturais demais; pelo menos, têm lodo e limo como qualquer charneca de pântano. A arte deve imitar a natureza, mas nem tanto. Há também uma palhoça a um dos lados do passeio, que, a não estar ali como coisa exótica, não lhe compreendo a utilidade. Não digo que a deitem abaixo como uma parasita; mas é bom cuidar em fazê-la seguir o destino das coisas velhas e feias.

Outro dia me disseram que o Sr. Conselheiro Pedreira tencionava renovar as grades das alamedas, e substituir o muro exterior por gradeados de ferro, para o que já se havia feito o orçamento.

A primeira ideia é muito acertada; todos sentem a necessidade, e nós mesmos já a lembramos. Quanto à segunda, não acreditamos. É impossível que o Sr. Ministro do Império tenha tido esta lembrança. Para que servem nos jardins as grades exteriores? Para descobrir a beleza das alamedas e abrir um lanço de vista agradável.

No Passeio Público, porém, servirão para mostrar árvores velhas, ruas estragadas, e finalmente o tal Nestor das casinhas velhas de que já falamos. Tratemos, pois, primeiro do interior.

Assim parece-nos que seria muito agradável e muito fácil fazer correr veios de água límpida ao longo das alamedas, e construir-se nos quadros alguns repuxos e *jets d'eau...*

Ai! lá me caiu a palavra do bico da pena. Nada; vamos tratar de nacionalizar a língua; um correspondente do *Correio Mercantil* de segunda-feira reclama de nós este importante serviço.

Mas que quer dizer nacionalizar a língua portuguesa? Será misturá-la com a tupi? Ou será dizer em português aquilo que é intraduzível, e que tem um cunho particular nas línguas estrangeiras?

Há de ser isso. Mãos à obra. Daqui em diante, em vez de se dizer passeei num *coupé*, se dirá andei num *cortado*. Um homem incumbirá a algum sujeito que lhe compre *entradas*, e ele lhe trará bilhetes de teatro em vez de *étrennes*. E assim tudo o mais.

Quanto a termos de teatro, fica proibido o uso das palavrinhas italianas, porque enfim é preciso nacionalizar a língua.

E é bom que os *dilettanti* (perdão – amantes de música) fiquem desde já prevenidos disto, porque breve parece que vamos ter uma excelente companhia.

A nova empresa de que vos falei há quinze dias organizou-se e nomeou a sua diretoria. Pelo *Maria 2ª*, partem para a Europa duas pessoas encarregadas de contratar os artistas necessários, entre os quais virão quatro primeiras partes escolhidas no que houver de mais notável na Europa. Levam ordem de oferecer honorários dignos das melhores reputações europeias.

A empresa pode já contar com 2:500$000 por noite, de assinaturas tomadas até hoje; e espera aumentar esta soma. A primeira estação de quarenta récitas começará a 12 de julho deste ano e terminará a 12 de dezembro de 1856.

Basta. Vamos agora desfolhar algumas flores, e derramar uma lágrima de saudade sobre a lousa de um grande poeta.

Enquanto seus irmãos na inspiração e na poesia vão acordar os ecos da morte com um cântico sentido, seja-me permitido a mim, humilde prosador, misturar um goivo às flores perfumadas da saudade, e derramar uma lágrima sobre o fogo sagrado.

À beira desse túmulo, onde repousa o poeta dos grandes amores das paixões ardentes, o poeta do coração, talvez que venha pender uma cabeça pálida, e que os ecos da tarde murmurem às brisas que passarem, aquela endecha repassada de tanta mágoa:

Correi sobre estas flores desbotadas,
Lágrimas tristes minhas orvalhai-as,
Que a aridez do sepulcro as tem queimado.

Mas erguei os olhos! Nesses versos que aí vedes é um irmão que fala. Silêncio, pois! Deixemos ao poeta dizer as saudades da poesia. Lede a bela poesia do Sr. Andrada Machado sobre a morte de Garrett.

AL.

A MORTE DO INSIGNE POETA PORTUGUÊS VISCONDE DE ALMEIDA GARRETT

Morrer! Porqu'extinguir-se assim tão rápida
A centelha vivaz que alumiava
Por entre os véus da noite a turba vária?
Morrer! e além perder-se fenecida
A fronte poderosa que abrigava
A vontade de Deus! – Nem mais seus olhos
Lerão nos astros a marcada rota
    Que o mundo há de seguir.

De Lísia a musa – joelho em terra – para
Junto da campa que entre a noite alveja!
Treme-lhe o corpo, como sacudido
Por ventania rija, e os olhos turvos
Em vão se esforçam por verter um pranto –
Consolo que lhe adoce a dor cruenta.
E as lágrimas enxutas se derramam
Por sobre a face em convulsivos traços
Do sangue coagulado que nas veias
    De súbito estancou.

Que maldição, Senhor, açoita o século!
A morte hedionda, entrechocando os ossos,
Tripudia de júbilo, espreitando
A vítima infeliz. Seu peito cavo
Anseia de alegria. Os que mais alto
Erguem a fronte refulgindo glórias.
– Decrépita manceba – ela os escolhe;
E tenta remoçar o amor adusto,
Chupando o sangue que mais puro gira
    Em coração de homem.

E assim de um só ímpeto se apaga
Uma vida que rútila brilhara,
Seus raios desferindo a acalentarem
Com seu almo calor as mós do povo!
E assim resvala na solidão perdida
A voz que descantara em lira d'oiro,
Com coração pungido de amarguras,
A cruenta desgraça do poeta
      Que morreu com a pátria.

Oh! Que sina tão negra a do poeta!
Escolhido da dor, perlustra a vida,
Rasgando o seio que a desgraça oprime,
A derramar nos cantos inspirados
Essa de vida seiva tão possante
Que pródigo oferece às multidões.
E por troco o sofrer angustiado
Do maldito de Deus que vaga incerto
      No caminhar contínuo.

Nenhum consolo sobre a terra ao pobre!
E quando era sentado sobre o marco,
Pendida a frente a descantar às auras
A dulia inefável de seu seio,
A morte lhe interrompe o canto suave,
Que ele vai terminar na eternidade
      Junto ao trono de Deus.

Que plácido repouse nas alturas –
No remanso da paz – entre os arcanjos,
Que em seus braços o acolhem pressuroso!
E unindo sua lira em nota mena
As harpas divinas, ufano entoe
      Os hinos do Senhor.

Feliz despiu a túnica poenta;
E, se prostrado jaz na loisa frígida
Estanguido seu corpo pela morte,
Eternos viverão seus divos cantos,
Que não há esquecer obras que o gênio
      Com seu sopro inspirou.

                ANTÔNIO CARLOS RIBEIRO DE ANDRADE MACHADO

25 DE FEVEREIRO
DE 1855

*F*oi-se o carnaval. Passou como um turbilhão, como sabá de feiticeiras, ou como um galope infernal.

Nesses três dias de frenesi e delírio a razão fugiu espavorida, e a loucura, qual novo *Masaniello*, empunhou o cetro da realeza.

Ninguém escapou ao prestígio fascinador desse demônio irresistível: cabeças louras, grisalhas, encanecidas, tudo cedeu à tentação.

Entre as amplas dobras do dominó se disfarçava tanto o corpinho gentil de uma moça travessa como o porte grave de algum velho titular, que o espírito remoçava.

Dizem até que a polícia – essa dama sisuda e pretensiosa – se envolveu um momento nas intrigas do carnaval, e descreveu no salão uma *parábola* que ninguém talvez percebeu.

Deixemos, porém, dormir no fundo do nosso tinteiro esses altos mistérios que se escapam à pena do folhetinista. Já não estamos no carnaval, tempo de livre pensamento – tempo em que se pode tudo dizer – em que é de bom gosto intrigar os amigos e as pessoas que se estimam.

Agora que as máscaras caíram, que desapareceu o disfarce, os amigos se encontram, trocam um afetuoso aperto de mão e riem-se dos dissabores que causaram mutuamente uns aos outros.

O nosso colega do *Jornal do Comércio*, que se disfarçou com três iniciais que lhe não pertenciam compreende bem essas imunidades do carnaval.

Hoje, que o reconhecemos, não é preciso explicações: ele tem razões de sobra para acreditar que sinceramente estimamos o seu valioso auxílio na realização de uma ideia de grande utilidade para o país.

Nunca desejamos o monopólio; ao contrário, teríamos motivos de nos felicitar, se víssemos geralmente adotada pela imprensa do nosso país uma tentativa, um ensaio de publicação, cuja falta era por todos sentida.

Quando deixamos cair do bico da pena um ligeiro remoque à publicação do colega, não era que temêssemos uma imitação; não era porque receássemos uma emulação proveitosa entre os dois mais importantes órgãos da imprensa da corte.

Esta luta, mantida com toda a lisura e toda lealdade, nós a desejamos em bem do país, embora nos faltem os recursos para sustentá-la com vantagens. É dela, é do calor da discussão, do choque das ideias, que têm nascido e que hão de nascer todos os progressos do jornalismo brasileiro.

O que nós receávamos era a reprodução de uma dessas lutas mesquinhas, indignas de nós ambos, e das quais a história da nossa imprensa apresenta tão tristes exemplos. Era um desses manejos impróprios de jornalistas, e aos quais o mecanismo complicado da nossa administração tanto favorece. Era enfim uma representação dessa ridícula farsa de *publicidade* tão em voga nas nossas secretarias, nas quais se dão por *favor* as cópias dos atos oficiais ao jornal que quer fazer um favor publicando-as.

Temíamos uma luta desta natureza, porque não estamos ainda afeitos à chicana; porque, do momento em que ela se tornasse necessária, seríamos forçados a abandonar uma ideia pela qual trabalhamos com todo o amor que nos inspira a nossa profissão.

É tempo, porém, de voltarmos ao carnaval, que preocupou os espíritos durante toda a semana, e deu matéria larga às conversas dos últimos dias.

Entre todos os festejos que tiveram lugar este ano cabe o primeiro lugar à sociedade *Congresso das Sumidades Carnavalescas*, que desempenhou perfeitamente o seu programa, e excedeu mesmo a expectativa geral.

No domingo fez esta sociedade o seu projetado passeio pelas ruas da cidade com a melhor ordem; foi geralmente recebida, nos lugares por onde passou, com flores e buquês lançados pelas mãozinhas mimosas das nossas patrícias, que se debruçavam graciosamente nas janelas para descobrirem entre a máscara um rosto conhecido, ou para ouvirem algum dito espirituoso atirado de passagem.

Todos os máscaras trajavam com riqueza e elegância. Alguns excitavam a atenção pela originalidade do *costume;* outros pela graça e pelo bom gosto do vestuário.

Nostradamus – uma das mais felizes ideias deste carnaval – com o seu longo telescópio examinava as estrelas, mas eram estrelas da terra. Um *Merveilleux* dandinava-se na sua carruagem, repetindo a cada momento o seu *c'est admirable!* quando a coisa mais incrível deste mundo é a existência de um semelhante tipo da Revolução Francesa.

Luiz XIII, livre do Cardeal de Richelieu, tinha ao lado uma *Bayadère*, e parecia não dar fé do seu rival *Lord Buckingham*, que o seguia a cavalo do meio de um bando de cavaleiros ricamente vestidos.

Esquecia-me dizer que ao lado do *Merveilleux* ia um *Titi* de marinha, que atirava *consetti* em vez de *confetti*. Era o mais fácil de conhecer, porque a máscara dizia o que ele seria se as moças que o olhavam fossem cordeirinhos.

Em uma das carruagens iam de companhia, *Temístocles, Soulouque, Benevenuto Cellini, Gonzalo González,* quatro personagens que nunca pensaram se encontrar neste mundo, e fazerem tão boa amizade.

Se fosse possível que Temistócles e Benevenuto Cellini passassem esta tarde por uma das ruas por onde seguiu o préstito, estou persuadido que o artista florentino criaria uma nova Hebe mais linda que a da Canova; e que o general antigo rasgaria da história a página brilhante da batalha de Salamina por um só desses sorrisos fugitivos que brincam um momento numa boquinha mimosa que eu vi, e que apenas roçam os lábios como um sopro d'aragem quando afaga o seio de uma rosa que se desfolha.

Quanto a *Van Dick* – que seguia-se logo após – este quebraria o seu pincel de mestre, desesperado por não achar na sua paleta essas cores suaves e acetinadas, essas linhas puras, esses toques sublimes que o gênio compreende, mas que não pode imitar.

Eram tantos os máscaras e os trajes ricos que se apresentaram, que me é impossível lembrar de todos; talvez que aqueles que agora esqueço sejam os mais geralmente lembrados; e, portanto, está feita a compensação.

Como foi este o primeiro ensaio da sociedade, de propósito evitamos fazer antes algumas observações a respeito do seu programa, com receio de ocasionar, ainda que involuntariamente, dificuldades e embaraços à realização de suas ideias. Hoje, porém, essas reflexões são necessárias a fim de que não se deem para o futuro os inconvenientes que houve este ano.

O entrudo está completamente extinto; e o gosto pelos passeios de máscaras tomou este ano um grande desenvolvimento. Além do *Congresso*, muitos outros grupos interessantes percorreram diversas ruas, e reuniram-se no Passeio Público, que durante os três dias esteve literalmente apinhado.

Entretanto, como os grupos seguiam diversas direções, não foi possível gozar-se bem do divertimento; não se sabia mesmo qual seria o lugar, as ruas, donde melhor se poderia apreciá-lo.

A fim de evitar esse dissabor, a polícia deve no ano seguinte designar com antecipação o círculo que podem percorrer os máscaras, escolhendo de preferência as ruas mais largas e espaçosas, e fazendo-as preparar convenientemente para facilidade do trânsito.

Desta maneira toda a população concorrerá para aqueles pontos determinados: as famílias procurarão as casas do seu conhecimento; os leões arruarão pelos passeios; e o divertimento, concentrando-se, tomará mais calor e animação.

Tomem-se estas medidas, preparem-se as ruas com todo o esmero, e não me admirarei nada se no carnaval seguinte aparecerem pelas janelas e sacadas grupos de moças disfarçadas, intrigando também por sua vez os máscaras que passarem, e que ficarão desapontados, não podendo conhecer através de um *loup* preto o rostinho que os obrigou a todas estas loucuras.

Se o Sr. desembargador chefe de polícia entender que deve tomar essas providências, achamos conveniente que trate quanto antes de publicar um regulamento neste sentido, designando as ruas por onde podem circular os máscaras, e estabelecendo as medidas necessárias para a boa ordem e para a manutenção da tranquilidade pública.

Estas últimas medidas são fáceis de prescrever, quando se tem um povo sossegado e pacífico, respeitador das leis e da autoridade, como é o desta corte. Nestes três dias que passaram, o divertimento e a animação foi geral; e entretanto numa população de mais de trezentas mil almas não tivemos um só desastre a lamentar. Exemplos como estes são bem raros, e fazem honra à população desta cidade.

Na terça-feira sobretudo houve no Passeio Público uma concorrência extraordinária. Grande parte das *Sumidades Carnavalescas* aí se achava; e a curiosidade pública não se cansava de vê-los, a eles e a muitos outros máscaras que também tinham concorrido ao *rendez-vous* geral deste dia.

Às oito horas da noite o Teatro de São Pedro abriu os seus salões, nos quais por volta de meia-noite passeavam, saltavam, gritavam ou conversavam perto de cinco mil pessoas; era um pandemônio, uma coisa sobrenatural, uma alucinação fantástica, no meio da qual se viam passar figuras de todas as cores de todos os feitios e de todos os tamanhos.

Muitas vezes julgaríeis estar nos jardins do profeta, vendo brilhar entre a máscara os olhos negros de uma huri, ou sentindo o perfume delicioso que se exalava de um corpinho de *lutin* que fugia ligeiramente.

Foi numa dessas vezes que, ao voltar-me, esbarrei face a face com *Lorde Raglan*, que acabava de chegar da Crimeia e que deu-me algumas balas, não das que costuma dar aos russos; eram de estalo. Conversamos muito tempo; e o nobre lorde deixou-me para voltar de novo à Crimeia, onde naturalmente não deram pela sua escapula.

À meia-noite em ponto serviu-se no salão da quarta ordem uma bela ceia, que o *Congresso* ofereceu aos seus convidados e sócios. A mesa estava brilhantemente preparada; e no meio das luzes, das flores, das moças que a cercavam, e dos elegantes trajes de fantasia dos sócios, apresentava um aspecto magnífico, um quadro fascinador.

Bem queria vos dizer todas as loucuras deste último baile até as derradeiras arcadas do galope infernal; mas na quarta-feira de cinzas esqueci tudo, como manda a religião. Por isso ficais privados de muita crônica interessante, de muito segredo que soube naquela noite, mas que já não me lembro.

4 DE MARÇO
DE 1855

A notícia da tomada de Sebastópol, a abertura das academias, a representação da *Linda de Chamounix*, duas procissões de quaresma, e a chuvinha aborrecida de todas as tardes, são os fatos mais importantes da semana.

Resta saber, entre tanta coisa interessante, por qual delas começaremos.

Pela notícia da Crimeia, ou antes da Bahia – não. Estou pouco disposto hoje a fazer conjeturas e suposições sobre a probabilidade deste fato.

Pelas procissões – ainda menos. A chuva declarou-lhes guerra este ano; e os anjinhos, com receio do tempo, encolheram as asas, e não desceram do céu onde habitam.

Ora, para mim, procissões sem *anjinhos* é coisa que se não pode ver. Os outros pensarão o contrário; estão no seu direito; cada um é livre de ter mau gosto.

Deixando, pois, de parte as procissões, não há remédio senão irmo-nos sentar nalguma das cadeiras do Teatro Lírico, e passar três ou quatro horas bem agradáveis a ver *Linda de Chamounix*, ou qualquer outra *linda* mesmo aqui de nossa bela terra.

O primeiro ato é uma música simples e encantadora, que traduz as impressões da vida tranquila da aldeia, e que termina com o belo dueto do baixo e do barítono, e com a despedida de Linda.

Esperemos, porém, pelo segundo ato; deixemos passar algumas cenas cômicas; cheguemos ao momento terrível em que a palavra de maldição expira nos lábios paternais. Linda, a pobrezinha inocente, a menina iludida, que se ajoelhara para implorar o perdão, ergue-se louca.

Vede como lutam naquele espírito desvairado as recordações alegres de um belo tempo, com a lembrança tremenda da maldição paterna, e com a ameaça terrível da cólera celeste.

De repente esta voz suave e harmoniosa, cuja doçura todos nós conhecemos, estala num grito de dor, numa agonia atroz; mas no fundo da alma brilha um raio de luz, uma ideia risonha, uma reminiscência de gozos passados; e, quando pensais que aquela angústia chega ao seu último paroxismo, lá se desprende dos lábios, de envolta com um sorriso, uma melodia graciosa, umas notas feiticeiras, que vêm brincar docemente com o vosso ouvido arrebatado.

Vem afinal o terceiro ato, o desenlace feliz desta história simples da vida de uma moça.

A filha torna ao lar paterno; e a *graça de Deus* faz voltar a alegria, a paz e o sossego ao coração de toda esta pobre gente, que experimentara por algum tempo todas as provanças da fortuna. O final é magnífico, como vos dirá com toda a sua graça costumada o folhetim lírico de terça-feira.

Eis o que é para mim a representação da *Linda de Chamounix;* uma noite de emoções deliciosas, e mais positivamente, uma ou duas páginas de revista em uma semana, sobre a qual sou obrigado a confessar que não há muito de tratar.

Além de ser tempo de quaresma tempo de provações, de jejum, de expiação de pecados, ainda em cima aí vêm todos os dias uma chuvinha miúda, umas nuvens cinzentas e carregadas tirar-nos o belo azul do céu, os raios do sol, e as lindas noites de luar que a folhinha nos tinha prometido.

Quem não está disposto a ser regado pelas águas do céu como as ruas desta heroica cidade, ou como as flores dos jardins, passa o dia inteiro a resolver a importante questão, se deve sair ou ficar em casa. Afinal vem uma estiada, decide-se, veste-se, e chega-se à porta, justamente quando começa de novo a chover. Não há remédio senão despir-se e resignar-se a desfiar as horas e os momentos sozinho, e a conversar com os seus botões.

Ora, se há tempo em que a solidão seja insuportável, é este de agora em que não se fala, não se trata, nem se pensa senão em *companhia*. Janta-se em *companhia* dos amigos, passa-se a noite em boa *companhia*, e ganha-se dinheiro em *companhia*.

Nada hoje se faz senão por *companhia*. A iluminação a gás, as estradas, os açougues, o asseio público, a construção de ruas, tudo é promovido por este poderoso espírito de associação que agita atualmente a praça do Rio de Janeiro.

Se encontrardes por aí algum sujeitinho de chapéu rafado, de laço de gravata à bandida, roendo as unhas, ou coçando a ponta da orelha, não penseis que é um poeta ou um romancista à cata de uma rima ou de um desfecho para seu último romance. Nada! O tempo destas bagatelas já passou. Podeis apostar que o tal sujeitinho rumina o projeto de uma empresa gigantesca, e calcula na ponta dos dedos o ganho provável de uma companhia qualquer.

E assim tudo o mais. Vê se hoje pelos salões, pelas ruas a cada canto, certos indivíduos a segredarem, a trocarem palavras ininteligíveis e a falar à *mezza voce* uma linguagem incompreensível cabalística. Um homem pouco experiente tomá-los-ia por carbonários ou membros de alguma sociedade invisível de alguma confraria secreta. Qual! são finórios que farejam a criação de uma companhia, e que tratam de se arranjarem para não ficarem *sós*, isto é, sem dinheiro.

Até a nova empresa lírica, que se criou nesta corte há coisa de dois meses, assentou de organizar uma companhia para a construção de um novo teatro apropriado à cantoria, e consta-nos que já pediu ao governo a competente autorização.

Com a facilidade que há atualmente em conceder-se semelhante favor, parece-nos que o governo não deixará de autorizar a incorporação de uma companhia para fim tão útil e tão vantajoso para esta corte.

Somente lembraríamos a necessidade de exigirem-se para a construção do edifício condições de grandeza e capacidade proporcional à população desta corte. O Teatro Lírico que possuímos presentemente não pode durar muito; e, se outro não o substituir, breve teremos de nos ver reduzidos ao acanhado salão de São Pedro de Alcântara.

Assim como neste, podia o governo aproveitar em muitos outros objetos de serviço público o espírito de empresa e associação que tão rapidamente se desenvolveu no nosso comércio.

Por que, em vez de esperar que os interesses individuais especulem sobre a utilidade pública, não promove ele mesmo a criação das companhias que entender convenientes para o país?

A limpeza pública as postas ou correios urbanos, e muitos outros objetos de interesse vital, exigem essa solicitude da administração.

Uma coisa, por exemplo, de que ainda não vimos o governo se ocupar seriamente é da carestia progressiva dos gêneros alimentícios, tanto nacionais como estrangeiros. O trigo está por um preço exorbitante, segundo dizem. O pão diminui, e diminui no século de progresso em que tudo vai em aumento, em que as menores coisas tomam proporções gigantescas. Quanto ao *pão de rala*, célebre em outros tempos, este desapareceu do mercado; pertence hoje à história.

Os ministros, os grandes, os ricos, não sabem disto; mas o pobre o sente, o pobre que, no meio de toda essa agitação monetária, de todo esse jogo de capitais avultados, vê as grandes fortunas crescerem e formarem-se, absorvendo os seus pequenos recursos, e elevando o preço dos gêneros de primeira necessidade a uma taxa quase fabulosa.

Se os capitais são para o país um poderoso agente de progresso e desenvolvimento, cumpre não esquecer que em todos os países é na classe pobre que se encontram as grandes inteligências, as grandes almas e os grandes espíritos.

A Providência parece tê-los lançado no mundo sem recursos para prová-los e fortalecê-los com essa luta constante da fortuna, na qual, ou morrem sacrificados como mártires, ou se elevam às sumidades da hierarquia social para comunicarem ao país a atividade do seu espírito e as forças de sua inteligência.

Tão desprezível, tão digna de compaixão, como parece esta classe aos ricos enfatuados que rodam no seu cupê, a ela pertence o futuro; nela está a alma, a força, a inteligência, a esperança do país.

Quereis saber o que são e o que valem esse cresos modernos, ou esses capitais amontoados, essas somas de dinheiro de que o rico tanto blasona e tanto se desvanece? Uma matéria brutal, uma alavanca inerte a que um dia algum homem sem fortuna, mas cheio de ambição e de talento vem dar o impulso de sua atividade, e fazer trabalhar para um grande fim.

Esta classe, pois, merece do governo alguma atenção; o que hoje é apenas carestia e vexame, se tornará em alguns anos miséria e penúria. É preciso, ao passo que o país engrandece, prevenirmos a formação dessa classe de proletários, dessa pobreza, que é a chaga e ao mesmo tempo a vergonha das sociedades europeias. Apliquem-se os nossos espíritos econômicos a este estudo digno de uma grande inteligência e de um grande povo.

Porque a Europa ainda não conseguiu chegar à solução deste grande problema social, não é razão para desanimarmos. Somos um país novo; o progresso espantoso da atualidade deve ter reservado alguma coisa para nós; o mundo velho eleva a indústria a um desenvolvimento admirável; talvez que os segredos da ciência tenham de nos ser revelados na marcha da nossa própria sociedade.

O que é verdade é que não devemos deixar de concorrer com as nossas forças para essa obra filantrópica da extinção da pobreza proletária. É isto, não porque receemos tão cedo a existência deste cancro social, mas porque semelhante estudo deve-se guiar nos meios de prevenir os vexames e misérias por que pode passar a classe pobre no nosso país.

Agora é que percebo que este folhetim vai muito grave demais; porém lembro-me também que não devo distrair as minhas leitoras do seu exame de consciência para a próxima confissão da quaresma.

Que interessante coisa não deve ser o exame de consciência de uma menina pura e inocente, quando à noite, entre as alvas cortinas de seu leito, com olhos fitos numa imagem, perscruta os refolhos mais profundos de sua alma à cata de um pecadinho que lhe faz enrubescer as faces cor de...

Arrependi-me! Não digo a cor. Reflitam e advinhem se quiserem. Tenham ao menos algum trabalho em ler, assim como eu tenho em escrever.

Mas, voltando ao nosso exame de consciência, estou certo que, se algum dos anjos que cercam o trono de Nossa Senhora pudesse descer do céu nesse momento, viria beijar aquele rostinho adormecido, e dizer-lhe em sonho que os anjos não pecam.

15 DE ABRIL
DE 1855

O tipo *larmoyeur*. – A arte de chorar. – Na praia de Botafogo. – Ginásio Dramático. – Notícias do Paraguai. – Candidato à senatoria.

*N*estor Roqueplan, o espirituoso escritor que tão exatamente descreveu o tipo do *larmoyeur*, esqueceu-se de classificar uma das espécies mais interessantes deste gênero de bípede implume: o *larmoyeur* jornalista.

É verdade que importante descoberta estava reservada para nossos dias. Conheciam-se diversas classes de *larmoyeur*, como os políticos, os parlamentares, os pretendentes, os conquistadores; mas o *larmoyeur* jornalista só apareceu pela primeira vez no sábado da aleluia, no dia de Judas.

Apareceu declarando que estava triste, muito triste, e queixando-se, e pedindo que o consolassem! Que *pena!* Que *pena!*...

Lastimavam-se por causa do dia? Não creio; é mais natural que se ressentisse de alguma injustiça grave, que estivesse possuído de algum despeito violento.

Que pena! Consolai-o, leitores, porque do contrário ficareis privados do vosso divertimento das quintas, da graça e do espírito de tão belos artigos. Napoleão quer abdicar;

César recusa o império; Talma retira-se do teatro! Oh! desgraça!

Acho escusado dizer-vos a folha a que devemos essa tão curiosa invenção do *larmoyeur*, assim como o nome do seu abençoado autor.

Qual o jornal desta corte que se distingue pela brilhante iniciativa que tem tomado nos melhoramentos da imprensa?

O *Jornal do Comércio*.

O que é que exprimem as lágrimas com a sua eloquência sublime, com a sua expressão irresistível? *Tudo e nada*.

Só vos peço, por bem de todos, que não deixeis de consolar o nosso *larmoyeur*, pelas razões que já vos disse. Escrevei algumas correspondências elogiando o seu estilo, o chiste dos seus artigos, e sobretudo que não vos esqueçam os lindos *pós-escritos*, dignos de rivalizar com as cenas de uma comédia espanhola!

É preciso também chamá-lo algumas vezes, a propósito, de sábio, de gênio, de portento. *Gato ruivo do que usa, disso cuida*, diz um provérbio nosso.

Demais, o homem é amigo de todo o mundo. Conselheiros de Estado, marqueses, viscondes, ministros, pertencem ao círculo dos íntimos. "Meu amigo Bellegarde, meu amigo Pedreira, meus amigos marqueses", são frases que lhe vêm a todo o momento ao bico da pena.

E não cuidem que é por vangloriar-se; não, é simples força de amizade, é o poder da simpatia. O nosso escritor é o *Pollux* de todos os Castores, é o *fidus Achates* da humanidade ministerial.

Ora, um homem que se acha nesta posição, e que não é justamente apreciado, tem direito a ficar triste, a mostrar-se despeitado e a esmagar os outros com a sua ironia tranchante chamando-os de sábios e de gênios; isto é: atirando-se em corpo e alma, em palavras e obras, sobre a cabeça daqueles que ainda o não reconheceram como tal!

E, a falar a verdade, o público tem sido injusto e o *Jornal do Comércio*, ingrato. Já lá vão não sei quantos artigos, e nem sequer ainda fizeram sair a mais pequena *publicação a pedido* elogiando o luzeiro da imprensa, que *tudo* sabe e *nada* ignora, o amigo de todo o mundo.

Voltando, porém, ao meu autor, a aparição do *larmoyeur* jornalista faz-me lembrar uma página sua que li há tempos, e que recomendo aos meus leitores.

Na opinião do espirituoso escritor, a arte de chorar a propósito é a primeira das artes, assim como as lágrimas são a única língua universal que existe na terra, e que provavelmente foi falada antes da Torre de Babel.

Quereis a prova?

Abri a boca... e chorai... todo o mundo entenderá que tendes fome.

Chorai, bebei as lágrimas; e logo se conhecerá que estais morrendo à sede.

Levai a mão ao coração e chorai olhando uma mulher; e ela compreenderá que a amais.

Erguei ao céu os olhos rasos de prantos, juntai as mãos; e ninguém deixará de entender a prece muda de uma alma infeliz.

Voltai as algibeiras e deixai correr algumas lágrimas; e logo se verá que não tendes dinheiro nem crédito.

Uma lágrima isolada, que pende da pálpebra, e corre lentamente por um rosto pálido e triste, exprime uma dor silenciosa e concentrada; é como uma gota de fel que verte o coração.

Duas lágrimas límpidas que empanam às vezes o brilho dos olhos, e se desfilam docemente pelas faces, dizem uma saudade, uma suave recordação.

O pranto e os soluços são a expressão do desespero, assim como uns olhos rasos de lágrimas e um sorriso revelam o momento da suprema felicidade deste mundo.

E entretanto, apesar do poder irresistível desta linguagem universal, todo o mundo trata de rir, e ninguém sabe chorar. As lágrimas vão caindo em desuso; e apenas nas despedidas e nos enterros ainda se usa, bem que raras vezes, deste meio persuasivo.

O Sr. Ministro do Império na sua reforma da instrução pública esqueceu-se de criar uma aula especial desta arte, ou desta língua, como quiserem. Num tempo em que o ensino se multiplica, em que há escolas para tudo, é imperdoável que não exista uma escola onde se aprenda a chorar a propósito.

O choro, segundo o nosso autor, é um *flux à deux robinets*; é um jorro que vos inunda num instante, penetra pelos poros da vossa sensibilidade, e vos faz transbordar o coração.

É preciso, portanto, que cada homem tenha a sua disposição uma fonte lacrimal abundante, e sempre pronta a soltar o repuxo. É preciso também que saiba usar dela conforme as regras d'arte.

Assim, às vezes é mais conveniente uma dessas lágrimas silenciosas de que já vos falei; outras é preferível uma chuvinha, uma garoa; e alguns casos haverá que seja necessária uma inundação, um verdadeiro dilúvio lacrimal, do qual nem o mesmo Noé escaparia.

Só os mestres podem ensinar esses segredos d'arte, e adestrar os seus discípulos nestes rasgos, nestes tropos, nestas figuras da eloquência lacrimal; por conseguinte, uma escola do choro é indispensável.

Aberta a aula, os primeiros que se matriculam são os namorados de ambos os sexos; em segundo lugar os pretendentes, os candidatos à eleição; depois os oradores, os ministros e os jornalistas que aspiram à popularidade.

Finalmente se formará uma sociedade importante, uma ordem notável, uma corporação distinta, cujos membros terão o título de – *chevaliers de la larme à l'oeil*.

Não esqueçam, porém, uma coisa, e é que não sou eu que digo essas coisas; se não lhes agradam, queixem-se de *Nestor Roqueplan*, que foi quem as inventou. Eu o que fiz, apenas como bom tradutor, foi presumir alguns pensamentos que decerto lhe escaparam, e que ele naturalmente teria, se escrevesse nesta cidade, e não em Paris.

Isto posto, estou às vossas disposições; podemos conversar sobre o que nos parecer, sobre o *D. Pascoal* no Teatro Lírico, sobre as notícias do *Paraguai,* sobre o frio e sobre os divertimentos da semana.

Fostes sexta-feira à noite a Botafogo?

Vistes como estava brilhante a linda praia, com a sua bela iluminação, com as suas alegres serenatas, e com os bandos de passeadores que circulavam em frente do palácio?

Havia uma expansão de contentamento e de júbilo em todas estas demonstrações com que era acolhida e festejada a vida de Suas Majestades. O arrabalde aristocrático se desvanecia por ser durante algum tempo a residência da corte.

Uma banda de música desfilava ao longo da praia, soltando às brisas da noite e aos ecos harmoniosos daquela baía alguns temas favoritos do *Trovador*. Os grupos de mocinhas travessas e risonhas se encontravam e se confundiam um momento numa nuvem de beijos e abraços.

Aquelas areias felizes eram pisadas por muito pezinho mimoso, habituado a roçar com o seu sapatinho de cetim os macios tapetes e o lustroso soalho dos ricos salões; e por isso, se observásseis bem, havíeis de ver entre os passeadores perdidos na multidão muito Romeu, muito Ossian, muito Goethe improvisado.

As auras da noite, que agitavam aqueles cabelos aveludados, que roçavam por aqueles lábios maliciosos, que passavam carregados de ruídos, de músicas, de perfumes, trouxeram-me no meio dos rumores da festa ao lugar onde estavam umas palavras soltas que pareciam a continuação de uma conversa interrompida.

A primeira voz que me chegou ao ouvido era doce e melodiosa; era de moça, e pelo timbre devia ser de uma boquinha bonita.

— Está tudo muito lindo, dizia a voz; mas acho que falta uma coisa.

— O quê? perguntou o cavalheiro, que naturalmente dava o braço, não à voz mas à dona da voz.

— Devia haver um *fogo de artifício*.

— E o há com efeito.

— Mas onde? Não vejo.

— Nem o pode ver, porque está nos seus olhos.

— Engraçado!...

A brisa escasseou neste momento, e não me trouxe o fim da conversa; mas eu fiquei compreendendo a razão por que hoje não se usam, como antigamente em todas as festas, as girândolas, as rodas de fogo etc. Foram substituídas por outra espécie de *fogo de artifício*.

O que se usava outrora tinha o inconveniente de queimar a gente; mas esta queimadura curava-se aí com qualquer remédio de botica. O que está em moda presentemente é pior, porque em vez de queimar, abrasa, e dizem que por muito tempo.

O que eu sei é que é esta uma arte capaz de fazer concorrência a do *larmoyeur*, e digna de sério estudo, não só para se poder bem usar dela, como para se evitarem os enganos e as ciladas em que pode cair quem não tiver perfeito conhecimento desses segredos da *coquetterie*.

Os homens que falam de *tudo* e nada dizem, têm aí um belo tema para dissertarem; podem mostrar a influência útil que deve ter aquele estudo sobre o desenvolvimento da nossa arte dramática, tão desprezada e tão desmerecida entre nós.

E isto vem a propósito, agora que a nova empresa do Ginásio Dramático se organizou, e promete fazer alguma coisa a bem do nosso teatro.

Assistimos quinta-feira à primeira representação da nova companhia no Teatro de São Francisco; foi à cena um pequeno drama de Scribe, e a comédia do Dr. Macedo.

Embora fosse um primeiro ensaio, contudo deu-nos as melhores esperanças; a representação correu bem em geral, e em algumas ocasiões excelente.

O que resta, pois, é que os esforços do Sr. Emílio Doux sejam animados, que a sua empresa alcance a proteção de que carece para poder prestar no futuro alguns serviços.

Cumpre que as pessoas que se acham em uma posição elevada deem o exemplo de uma proteção generosa à nossa arte dramática. Se elas a encorajarem com a sua presença, se a guiarem com os seus conselhos, estou certo que em pouco tempo a pequena empresa que hoje estreia se tornará um teatro interessante no qual se poderão ouvir alguns dramas originais e passar-se uma noite bem agradável.

Que vale entre tantas despesas de luxo a mesquinha assinatura de um pequeno teatro? Que importa que se sacrifique uma ou duas noites para dar um impulso a nossa arte dramática, e ganhar para o futuro um passatempo útil e agradável?

No momento em que se soubesse que algumas das nossas notabilidades, citadas pelo seu bom gosto e pelo seu amor à arte, eram assinantes do Ginásio, que as senhoras distintas estavam prontas a aplaudir um belo lance dramático, não haveria mais pena que julgasse se desmerecia escrevendo para o teatro.

Assim, pois, a essas pessoas compete dar o exemplo; quanto aos autores, estes estão prontos, e um dos mais distintos já tomou a iniciativa dando uma composição sua para a abertura do teatro.

Não é este o lugar próprio para uma crítica literária, e por isso nos abstemos de falar da espirituosa comédia do Dr. Macedo, a qual foi muito bem acolhida.

Tivemos esta semana boas notícias do Paraguai. A perspectiva de guerra desapareceu; e assim era de esperar, visto que aquela República não era de força para lutar conosco. Tem, é verdade, as suas *Três-bocas*, mas cada um dos nossos vapores tem muito maior número de bocas; e não são bocas d'água, ou de rio, são bocas de fogo.

Nas altas regiões da política trata-se da vaga de senador pela província da Bahia.

Não faltam candidatos; mas há um que é recomendado pelo seu merecimento e pelos seus serviços, lembrado pelos homens mais ilustrados, e que será muito bem aceito pela sua província; falamos do Sr. Wanderley.

22 DE ABRIL
DE 1855

A estação das flores. – Haverá oposição? – Gabinete, câmara e salão. – Uma cena de luto: Lisboa Serra. – A oração da manhã. – O ginásio.

O Botafogo continua a ser o *rendez-vous* da sociedade elegante desta corte.

As tardes não têm sido tão lindas como deviam; mas felizmente aí vem o mês de maio, o mês das flores, da poesia, a verdadeira primavera da nossa terra.

Começa a estação dos bailes e dos saraus. O Campestre dá a sua primeira partida por estes dias; o Cassino nos promete uma bela noite antes do fim do mês.

Teremos naturalmente, como nos anos passados, uma febre dançante. Ninguém escapará à epidemia; e até alguns malévolos espalham que o próprio ministério fará uma *contradança*.

Venha, pois, o mês gentil, a estação das flores, com as suas belas tardes, com as suas lindas manhãs de cerração, com os seus dias puros e frescos!

Quanta coisa bonita que se prepara este tempo! Que belas noites, que alegres divertimentos nos promete ainda o arrabalde de Botafogo!

Uma regata, um baile popular, e um fogo de artifício suspenso sobre as águas límpidas da baía! Que magnífico espetáculo!

A minha pena, coitadinha, já está tremendo de susto, só com a ideia de que há de ser obrigada a descrever todas essas maravilhas! Que se arranje como puder: é coisa que bem pouco me embaraça.

Além destes encantadores divertimentos, ainda teremos outros que por ora estão em segredo, e que se revelarão a seu tempo; assim como muita novidade política que se está guardando para a abertura das câmaras.

Que novidades são estas? Não sei; correm tantas versões, que é impossível acertar com a verdadeira. Cada um descreve a situação a sua maneira, forma conjeturas, e acaba fazendo uma pergunta que está no pensamento de todos:

– Haverá oposição?

Entretanto, na minha fraca opinião, a situação é a mais bela e a mais esperançosa que é possível. Navegamos num mar de rosas ao sopro das brisas bonançosas; faz um tempo soberbo; tudo sorri, tudo brilha.

E, se não, lancem os olhos sobre a atualidade e estudem com atenção os prognósticos favoráveis que vão aparecendo.

Com a entrada da boa estação, as *folhas* de uma árvore que diziam carunchosa, as folhas da *Constituição,* reverdecem. Hércules reveste-se da túnica de Nesso, e dispõe-se a recomeçar os sete grandes trabalhos. A nossa marinha se enriquece consideravelmente com uma *nau de pedra*, invento que não possuem os países mais civilizados da Europa. Finalmente, o exército teve uma promoção!

Não há, pois, que duvidar. A época é toda de esperanças; e, se por aí se veem esvoaçar alguns *urubus*, não é porque o ministério esteja doente. Qual! É porque estamos tratando agora da *limpeza das praias*.

Há também uns sujeitinhos que espalham que o ministério já não *regula*. Que contrassenso! O ministério dos *regulamentos!* Bem se vê que são coisas a que não se deve dar o menor crédito.

Assim, pois, creio que se pode responder negativamente à pergunta que fazem todos os políticos. Não teremos oposição. Tratar-se-á de uma ou outra questão jurídica e administrativa; far-se-ão algumas interpelações, e nada mais.

Quatro meses depressa se passam; e os ministros, que gostam tanto do *gabinete*, mas que têm uma ojeriza particular às *câmaras*, tomarão um meio-termo e decidirão nos *salões* com os deputados as questões mais importantes da administração.

O *salão* é um terreno neutro entre a câmara e o gabinete. No *gabinete* só entram os íntimos, aqueles que estão no segredo do dono da casa e que gozam da sua familiaridade. A *câmara* é o aposento onde ordinariamente têm lugar os arrufos e as zanguinhas do marido com a mulher, onde se ralha e se passam algumas horas de mau humor.

No salão, porém, recebem-se todas as visitas de cerimônia ou de intimidade; dão-se bailes, reuniões dançantes e concertos. Conversa-se ao som da música; conferencia-se a dois no meio de muita gente, de maneira que nem se fala em segredo, nem em público.

Se a palestra vai bem, procura-se alguma *chaise-longue* num canto da sala, e, a pretexto de tomar sorvete ou gelados, faz-se uma transação, efetua-se um tratado de aliança.

Se a conversa toma mau caminho, aí aparece uma quadrilha que se tem de dançar, uma senhora a que se devem fazer as honras, um terceiro que chega a propósito; e acaba-se a conferência, e livra-se o ministro do dilema em que se achava, do comprometimento de responder sim ou não.

Um ministério prudente deve por conseguinte procurar sempre o *salão* antes de entrar na *câmara*, e isto até mesmo por uma analogia com o que se passa nas relações domésticas e na vida familiar.

Um namorado imprudente que, prescindindo das etiquetas, quisesse logo no primeiro dia penetrar na *câmara* de alguma beleza fácil que requestasse, corria seu perigo de ver-se obrigado a saltar pela janela, a quebrar uma perna, e talvez a ser agarrado pela polícia.

Ao contrário, um conquistador de tática, que primeiro se faz apresentar no *salão*, que concilia as boas graças da mamãe, e se inicia nos negócios do papai, que se faz necessário, daí a pouco passa à varanda, ao *gabinete*, e por fim conquista a *câmara*.

Bem entendido, conquista a *câmara* com o auxílio da igreja; assim como o ministério deve conquistá-la com o auxílio da justiça.

Está, pois, definido o programa da nossa situação política. O ministério deve abrir os seus salões, dar um baile todas as noites, e tratar de fazer com que haja bons espetáculos líricos, a fim de os teatros serem concorridos.

Realizando este programa, não deve ter medo dos deputados, porque ninguém deixará as belas salas iluminadas e as elegantes rainhas da moda com todas as fascinações, para se ir meter numa *câmara* velha e escura, que até já foi *cadeia!*

Além do sossego de espírito, ganharão os ministros uma popularidade espantosa entre as moças, entre os leões da cidade, e até entre os músicos e os sorveteiros, que abençoarão este diário consumo de *notas* e de sorvetes.

Nenhum folhetinista poderá deixar de fazer o seu elogio quando no domingo passar em resenha os magníficos saraus que tiverem lugar durante a semana, e acharem nas suas recordações as mais belas ideias e as mais bonitas inspirações para um artigo poético.

As moças com este trato contínuo fascinarão de todo os seus adoradores; e o número dos casamentos se multiplicará consideravelmente, trazendo um sensível aumento de população, devido unicamente à política do ministério.

Deixemos por um momento esta perspectiva brilhante para olhar um quadro triste da semana, uma cena de luto em que devemos tomar parte.

Faleceu na noite de segunda-feira o Sr. Conselheiro João Duarte Lisboa Serra. Ainda na flor da idade, sucumbiu a uma enfermidade cruel, depois de um longo sofrimento de cerca de três meses.

Reunia às virtudes cívicas e à inteligência e integridade da vida pública os mais nobres sentimentos do homem; era um zeloso empregado, um cidadão honesto, um amigo leal, e um excelente pai de família.

Não há muito tempo, numa carta que nos dirigiu, ofereceu-nos uma poesia feita nas suas noites de insônia e de padecimento. Mal sabíamos nós, ao ler estes versos tão simples e tão repassados de mágoa e de sentimento, que ouvíamos o *canto do cisne*.

Aqui os copio com o trecho da carta. Os seus amigos, aqueles que o estimavam, ouvirão ainda uma vez as suas palavras.

Adeus!

Bem quisera terminar mandando-lhe alguma flor mimosa colhida como por encanto no meio das vastas e monótonas campinas deste meu prosaico retiro. Mas apenas deparo com os ramos fúnebres do cipreste.

....

Leia, pois, no meio das esperanças que lhe sorriem, esses tristes versos do desengano; e receba no grito do moribundo uma lembrança indelével do amigo.

É a minha oração da manhã

Domine, exaudi orationem meam!

Morrer tão moço ainda! quando apenas
Começava a pagar à pátria amada
Um escasso tributo, que devia
    A seus doces extremos!

Morrer tendo no peito tanta vida,
Tanta ideia na mente, tanto sonho,
Tanto afã de servi-la, caminhando
    Ao futuro com ela...

Se ao menos de meus filhos eu pudesse,
Educados por mim, legar-lhe o esforço...
Mas ah! que os deixo tenras florezinhas
    À mercê dos tufões.

Vencerão das paixões o insano embate?
Sucumbirão na luta do egoísmo?
As crenças, a virtude, o sentimento,
    Quem lhes há de inspirar?

Não te peço, meu Deus, mesquinhos gozos
Deste mundo ilusório; mas suplico
Tempo de vida, quanto baste apenas
    Para educar meus filhos.

É curto o prazo; dai-me embora o fel
Dos sofrimentos; sorverei contente
Lúcida a mente, macerai-me as carnes,
    Estortegai meu corpo.

E após, tranquilo, volverei ao seio
Da eternidade. A fímbria do teu manto,
Face em terra, beijando, o meu destino
    Ouvirei de teus lábios.

Andaraí 1855.

    Voltemos a página, e passemos dos dramas verdadeiros e reais aos dramas escritos, às cenas do teatro.
    O *Ginásio* deu a sua terceira representação, na qual estreou uma espirituosa menina, que tem um belo talento

e as melhores disposições para a cena. Em algumas ocasiões especialmente representou com tanta inteligência, com tanta graça, que arrancou aplausos gerais.

A companhia vai perfeitamente, tanto quanto é possível aos modestos recursos de que dispõe. É conhecida geralmente a falta que temos de bons atores; e por isso não há remédio senão ir criando novos. O *Ginásio* por ora é apenas uma escola; mas uma escola que promete bons artistas.

A sala é pequena; entretanto a circunspeção que reina sempre nos espectadores, a lotação exata das cadeiras e gerais, a regularidade da representação, fazem que se passe uma noite agradável, e muito mais divertida do que no Teatro de São Pedro de Alcântara.

Se as minhas amáveis leitoras duvidam, vão examinar com os seus próprios olhos se falto à verdade. Vão assistir a uma noite de espetáculo, e ver brincar na cena com toda a naturalidade aquela interessante e maliciosa menina de que lhes falei.

As minhas leitoras se recusariam por acaso a fazer este benefício à arte, dando tom a este pequeno teatrinho, que tanto precisa de auxílio e proteção?

Estou certo que não; e está me parecendo que esta noite enxergarei pelos camarotes muito rostinho gentil, muito olhar curioso procurando ver se eu os enganei e faltei à verdade.

6 DE MAIO
DE 1855

    Uma visita ao estabelecimento óptico do Reis. – Os olhos, janelas d'alma. – Luneta mágica. – Ao correr dos olhos. – Dois deputados oposicionistas. – O monólogo de um filósofo. – Um deputado e seu Agenda.

Ontem, por volta de nove horas do dia, saí de casa com tenção de visitar o novo estabelecimento óptico do Reis, à Rua do Hospício nº 71.

Tinham-me feito tantos elogios deste armazém, do seu arranjo e elegância, que assentei de julgá-lo pelos meus próprios olhos.

Não foi, porém, esta a única razão que excitou a minha curiosidade. O que principalmente me levava àquela casa era um sentimento egoísta, um desejo de míope.

Les yeux sont les fenêtres de l'âme, diz Alphonse Karr num livrinho espirituoso que dedicou às mulheres.

Ora, há muitas almas que têm a felicidade de poderem de manhã cedo abrir as suas janelas, de par em par, e se debruçarem nelas para espreitarem o que se passa adiante do nariz.

Outras mais modestas, como as almas das mocinhas tímidas, abrem a meio as suas janelas, mas se escondem por detrás das *gelosias* que formam seus longos cílios de seda; e assim veem tudo sem serem vistas.

Algumas, porém, são tão felizes, que, quando abrem as suas janelas veem-se obrigadas a descer imediatamente as *empanadas*.

Estas são as almas dos míopes que usam de óculos fixos.

Estou, portanto, convencido que as *janelas d'alma* são em tudo e por tudo semelhantes às janelas das casas, com a única diferença do arquiteto.

Assim, há olhos de sacada, de peitoril, de persianas, de empanadas, de cortinas, da mesma maneira que janelas azuis, pretas, verdes, de forma chinesa ou de estilo gótico.

Essas *janelas d'alma* são de todo o tamanho.

Umas excedem a medida da Câmara Municipal, e deviam ser multadas porque afetam a ordem e o sossego público; são os olhos grandes de mulher bonita.

Outras não passam de pequenas frestas ou seteiras, como certos olhos pequeninos e buliçosos que, quando olham, fazem cócegas dentro do coração.

O que, porém, dava matéria a um estudo muito interessante é o modo por que a alma costuma chegar à janela.

A alma é mulher, e como tal padece do mal de Eva, da curiosidade; por isso, apenas há o menor barulho nas ruas, faz o mesmo que qualquer menina janeleira, atira a costura ao lado e corre à varanda.

Entretanto cada um tem o seu sistema diferente.

As almas francas e leais debruçam-se inteiramente na sacada, sorriem ao amigo que passa, cumprimentam os conhecidos, e às vezes oferecem a casa a algum dos seus íntimos.

Outras, ao contrário, nunca se reclinam à janela, ficam sempre por detrás da cortina, e olham o que se passa por uma pequena fresta. Deste número são as almas dos diplomatas, dos jesuítas e dos ministros de Estado.

Em compensação, há também algumas almas que, quando pilham um espírito descuidado, saltam pela janela como um estudante vadio, e vão *flanar* pelas estrelas, abandonando por um instante o corpo, seu hóspede e companheiro.

> *Animula vagula, blandula,*
> *Hospes comesque corporis.*

As almas das andaluzitas, e de algumas mulheres *coquettes* que eu conheço, têm um costume mui lindo de chegar à janela.

Escondem-se e começam a brincar com as cortinas, a fazer tantos requebros graciosos, tantos meneios encantadores, que seduzem e martirizam um homem.

Para exprimir esta travessura d'alma na janela, os espanhóis inventaram uma palavra mui doce, o verbo *ojear*, que não tem tradução nas outras línguas.

Ia eu meu caminho, pensando em todas estas coisas, e formando um plano de estudo sobre as janelas d'alma, quando encontrei um amigo que se prestou a me acompanhar.

Chegamos juntos ao armazém óptico da Rua do Hospício nº 71. O seu proprietário nos recebeu com toda a amabilidade e cortesia, e nos mostrou o seu estabelecimento.

Com efeito, não eram exagerados os elogios que me tinham feito dessa casa, onde se encontra um sortimento completo de instrumentos e objetos de óptica, tudo perfeito e bem-acabado.

Vi um telescópio que me asseguraram ser o melhor que existe no Rio de Janeiro atualmente, e com o auxílio do qual pode um homem uma bela noite ir fazer uma visita aos planetas e examinar de perto os anéis de Saturno.

Vi muitos outros instrumentos para medir as distâncias, tomar as alturas das montanhas, estudar as variações da atmosfera, muita coisa enfim que os nossos avós teriam decerto classificado como *bruxaria*.

Chegamos finalmente aos óculos, e entre todos aqueles primores d'arte, no meio de tantos trabalhos delicados e de tantas invenções admiráveis, causou-me reparo uma velha luneta de grossos aros de tartaruga, de feitio tão grosseiro que me pareceu ser uma das primeiras obras do inventor dos óculos.

Estava metida numa caixa de marroquim roxo, sobre o qual se destacavam uns traços apagados, que me pareciam de letras desconhecidas de alguma língua antiga.

Disse-me o proprietário que esta luneta lhe viera por acaso entre uma coleção de elegantes *pince-nez* que lhe chegara ultimamente da Europa; excedia o número da fatura, o que fazia supor que naturalmente tinha-se confundido com as outras, quando o fabricante as arrumara na caixa.

Embora não me dê a estudos de antiquário, contudo aprecio esses objetos de outros tempos, que muitas vezes podem ter um caráter histórico.

Continuei a examinar a luneta, levei-a aos olhos, e por acaso fitei o amigo que me acompanhava.

Horresco referens!

Li na boca do meu companheiro, em letras *encarnadas* estas formais palavras:

– Forte maçante! Está me fazendo perder o tempo!

Agarrei mais que depressa a minha alma que ia lançar-se à *janela*; e, disfarçando a minha surpresa, voltei-me para o proprietário.

Através do seu ar amável e cortês, li ainda o seguinte:

– Que extravagância! Com tantos óculos bonitos, ocupar-se com uma luneta velha que não vale nada!

Enfim, olhei para o caixeiro da casa, e vi imediatamente a tradução de um sorriso complacente que lhe assomava nos lábios:

— Ah! Se o homem me livra deste alcaide! dizia o sorriso do caixeiro.

Não havia que duvidar. Tinha em meu poder a célebre luneta mágica de que falam os sábios antigos. Comprei-a por uma bagatela, apesar da insistência do proprietário que não queria abrir preço a um traste velho e sem valia.

Despedi-me do meu amigo, pedindo que desculpasse a maçada, guardei com todo o cuidado a minha luneta, e segui o meu caminho.

Precisava refletir.

Como é que aquele vidro mágico que se perdera na antiguidade, e que depois Frederico Soulié achou nas *Memórias do Diabo*, o emprestou um instante a Luigi, se achava nesse momento na minha algibeira?

Por que fatalidade o *lorgnon* de Delfina Gay viera parar ao Rio de Janeiro, e se achava naquela casa, desconhecido, ignorado de todos, podendo cair nas mãos do chefe de polícia, que então se veria obrigado a prender nove décimos da cidade?

Pensem que turbilhão de ideias, que torvelinho de pensamentos me agitava a mente exaltada por este fato. Visões fantásticas surgiam de repente e começam a dançar um *sabbat* vertiginoso no meu cérebro escandecido.

Via cenas do *Roberto do Diabo,* de *Macbeth*, do *Paraíso perdido* e da *Divina comédia*, mais bem pintadas do que as de Bragaldi, de Dante, de Milton, e de todos os pintores e poetas do mundo.

Enfim, decidi-me e fui almoçar.

O almoço – e especialmente o almoço diplomático e parlamentar – é um dos mais poderosos calmantes que eu conheço. Atua sobre o espírito pelo sistema homeopático.

Se este ano pudesse haver a mais pequena sombra de oposição, aconselharia aos ministros que pusessem em voga nesta estação os almoços parlamentares.

Depois de almoçar, senti-me mais senhor de mim, e pude refletir friamente sobre a posse da minha luneta.

Lembrei me que era escritor, e avaliei o alcance imenso que tinha para mim aquele vidro mágico.

Bastavam-me três ou quatro *coups de lorgnon*, para escrever uma revista que antes me roubava bem boas horas de descanso e sossego.

Não precisava mais estar preso a uma banca, a escrever, a riscar, a contar as tábuas do teto em busca de uma ideia a esgrimir contra a musa rebelde.

O meu folhetim tornava-se um agradável passeio, um doce espaciar, olhando à direita e à esquerda, medindo a calçada a passos lentos, e rindo-me das coisas engraçadas que me revelaria a minha luneta.

Assim, pois, não é um artigo *ao correr da pena* que ides hoje ler, mas um simples passeio, uma revista *ao correr dos olhos*.

*

São duas horas.

É a hora da *flânerie* parlamentar.

Lá vêm braço a braço dois deputados *oposicionistas*.

Oposicionistas?... Quero dizer queixosos. Oposicionista é uma palavra antediluviana, cujo sentido se perdeu na confusão das línguas da Torre de Babel, e que naturalmente existiu no tempo que havia governo.

Oposicionistas ou queixosos eram dois belos tipos a estudar. Isto é, eu pensava que eram dois: mas fitando-lhes a minha luneta, vi com pasmo que ambos pensavam não só da mesma maneira, mas com as mesmas palavras.

– A falar a verdade, diziam os olhos de ambos, é uma asneira comprometer-me com o ministério, que parece estar seguro a duas amarras. O melhor é esperar!... Entretanto, vamos a ver se este sujeitinho, que aqui vai, toma a coisa ao sério, e mete-se na corriola!...

Quase ao mesmo tempo em que terminavam esta ideia luminosa, um deles virou-se para o outro:
– Então sempre está decidido?
– De pedra e cal.
– Pois conta comigo.

Um sorriso, um aperto de mão, e separaram-se na mais estreita *entente cordiale*.

Um tomou a direção do *Caminho Novo de Botafogo*; o outro entrou no *Jornal do Comércio*.

*

Estava ainda moralizando o fato, em pé na porta do Walerstein, quando descobri um moço político, esperanças da pátria, que vinha mordendo os beiços de uma maneira desesperada.

– Que lhe terá acontecido? disse eu comigo.

E assestei-lhe a luneta.

Um interessante monólogo, que tinha lugar no seu espírito, acompanhava as furiosas mordeduras de beiços.

"Que época! Que época! pensava o homem. *Le monde va de mal en pire*. Tudo se profana! Tudo se desmoraliza!

"Não há mais *crédito* senão no comércio. Em política é vender a dinheiro e não fiar de ninguém!

"Esses oradores, que prometiam esmagar o ministério, nem se atrevem a tocar na casa dos marimbondos; antes de começarem os discursos, já adoçaram a boca; já beberam o copo *d'água com açúcar*.

"No tempo de *Cícero* e *Demóstenes* não se usava o copo d'água com açúcar; por isso nota-se que o estilo daqueles famosos oradores é forte e vigoroso.

"Os de hoje, ao contrário, levam *mel pelos beiços*, e por isso têm sempre palavrinhas doces e açucaradas.

"E tenha um homem princípios numa quadra como esta! Tudo é mentira! Tudo é falsidade!

"*Fronti nulla fides!* Não há homem hoje em dia no qual se possa acreditar.

"Até o reverendo consta-nos do *Jornal do Comércio* já não é uma verdade oficial, uma confidência de ministros, uma página da pasta...

"Esse *pigeon* ministerial, mensageiro fiel dos segredos de Estado, tornou-se velho, mudou de *penas*, e hoje não passa de um *canard*, que por aí anda mariscando à beira da praia os *poissons* de primeiro de abril!

"Há dias fez o Sr. José Ricardo tomar posse da presidência duas vezes; ontem nomeou um Chefe de Polícia que infelizmente o Ministro da Justiça não quis confirmar."

Neste ponto do diálogo o nosso filósofo dobrou a esquina de modo que não pude mais acompanhar o seu monólogo.

*

Voltando-me, dei com um representante de província que caiu sob o raio do meu *lorgnon*.

Estava ocupado a guardar um livrinho verde; o seu *Agenda*.

Veio-me a curiosidade de ler uma página desse livro; e com o auxílio da luneta o consegui.

A primeira folha rezava assim:

Lembranças

1º – Encomendar um fraque de cor no *Dagnan*, e visitar os ministros.

2º – Projeto para que se trate seriamente de providenciar a respeito do papel existente no mercado, a fim de que não se sinta falta com o consumo feito em regulamentos.

3º – Proposta para que se autorize o governo a confeccionar um regimento de custas para a Câmara dos Deputados, com o fim de estimular o trabalho e fazer com que se abra a assembleia no dia marcado.

*

Pouco depois do representante, passou um folhetinista dando o braço a um personagem importante.

— Então como é isso? dizia o personagem; desvaneceu-se a nuvem negra? Não há mais oposição?

— Não; tudo isto acabou.

— Ora, senhor...

— De que se admira, meu amigo?

— Pois esses homens que gritavam tanto...

— Ouviram a missa do *Espírito Santo*, meu caro.

— E então?...

— Ficaram *inspirados*.

— Ah! *Intento*, como diz o Gentili.

— Por falar nisto, retrucou o folhetinista, lembra-me que na ocasião da abertura da assembleia, a música tocava a ária de tenor do 4º ato do *Trovador: Madre infelice, corro à salvarti!*...

— Seria uma alusão?

— Não sei, meu amigo; mas a época é de calembures e trocadilhos.

Aí vem um capitão de artilharia.

Enganei-me: é um correio de ministro vestido em grande uniforme.

Depois que os estafetas de correio adotaram a jaqueta de pano com vivos, é justo que o estafeta do ministro, que constitui a aristocracia da classe, recorra à sobrecasaca militar. *À tout seigneur tout honneur.*

Tinha já visto tanta coisa, faltava-me ver o que existe dentro de uma pasta de ministro.

Em primeiro lugar, havia o rascunho de um projeto para estabelecer o emprego de escritor público, à guisa do promotor, do professor e do advogado público.

Necessidade de marcar-se um bom ordenado ao escritor público, o qual deve ser examinado como o professor, e marchar de acordo com a polícia como o promotor.

Vi também os papéis relativos à nomeação do novo inspetor da instrução pública, lugar que exerce interinamente o ilustrado e infatigável Dr. Pacheco da Silva.

Entre os nomes li o do Sr. Visconde de Sapucaí, do Sr. Marquês de Abrantes, e de muitas outras pessoas habilitadas; mas num cantinho descobri escrito de um modo especial o nome do Sr. Herculano Pena.

Deixei estes papéis, convencido que a dignidade e energia com que o Sr. Visconde de Itaboraí exerceu este cargo, exige que o governo medite bem antes de decidir-se na escolha do seu sucessor.

Vi também uma porção de pedidos de demissões de presidentes, de nomeações de outros, de lembranças a respeito que me deram a entender ia haver uma contradança geral nas altas posições administrativas.

Tudo isto, porém ainda é segredo, e vos conto em confidência.

Parece que os Srs. Pena e Zacarias renunciaram as suas presidências, e que irá para o Alto Amazonas o atual Presidente do Maranhão, um dos mais dignos caracteres e dos mais notáveis administradores que temos.

Os presidentes da Bahia e Rio Grande do Sul vêm assistir a esta sessão com a ideia firme de não reassumirem os seus cargos.

Ia-me esquecendo dizer que estava na tal pasta um voto de agradecimento da Província do Rio de Janeiro, por se acharem na vice-presidência e no cargo de chefe de polícia dois dignos fluminenses.

Vinha de envolta uma pequena queixa por ser tudo isto apenas uma interinidade; mas também, para uma província cuja deputação não tem em seu seio quem a possa reger, é ser muito exigente.

*

Passou o tal capitão improvisado e eu limpei os vidros de minha luneta, guardei-a cuidadosamente para me servir em melhores ocasiões, e fui tratar de escrever alguma coisa, para que os meus leitores não me tomem por negligente.

Li hoje um belo folhetim lírico, em que se acha mau tudo quanto o *Mercantil* caiu na asneira de achar bom. Li-o com muito prazer, e sem surpresa.

Quem julga que *Zecchini* encantou na Luísa Miller devia lógica e necessariamente achar que a *Charton* cantou como uma fúria nos *Puritanos*.

O *Campestre* deu sua partida no dia 28 de abril. O baile vai em decadência quanto à dança; mas, em compensação, o serviço é excelente e de uma profusão inesgotável. O Francioni conseguiu vencer a sorvete e a empada a carga cerrada dos *cossacos* e *zuavos* de vinte polegadas de altura.

A nova empresa lírica fez a eleição da sua diretoria, e da notícia que publicaram os jornais haveis de ver o acerto da escolha. O Sr. Visconde de Jequitinhonha aceitou a presidência.

No horizonte poético da bela sociedade já se lobriga um baile do Cassino, uma regata em Botafogo, e algumas partidas familiares e encantadoras.

Venham essas flores do mês de maio, flores perfumadas dos salões, que apenas vivem uma noite, mas que deixam na alma tantas reminiscências.

13 DE MAIO
DE 1855

    A arte de conversar. – O ministério recorrendo à conversa. – Três classes de oposicionistas. – As câmaras dissolvem os ministérios. – Tirada política. – Tudo passa. – *Semíramis*. – O progresso do Ginásio Dramático.

Estou hoje com bem pouca disposição para escrever. Conversemos.

A conversa é uma das coisas mais agradáveis e mais úteis que existe no mundo.

A princípio conversava-se para distrair e passar o tempo mas atualmente a conversa deixou de ser um simples devaneio do espírito.

Dizia Esopo que a palavra é a melhor, e também a pior coisa que Deus deu ao homem.

Ora, para fazer valer este dom, é preciso saber conversar, é preciso estudar profundamente todos os recursos da palavra.

A conversa, portanto, pode ser uma arte, uma ciência, uma profissão mesmo.

Há, porém, diversas maneiras de conversar. Conversa-se a dois, *en tête-à-tête*; e palestra-se com muitas pessoas, *en causerie*.

A *causerie* é uma verdadeira arte como a pintura, como a música, como a escultura. A palavra é um instrumento, um cinzel, um *crayon* que traça mil arabescos, que desenha baixos-relevos e tece mil harmonias de sons e de formas.

Na *causerie* o espírito é uma borboleta de asas douradas que adeja sobre as ideias e sobre os pensamentos que suga-lhes o mel e o perfume, que esvoaça em zigue-zague até que adormece na sua crisálida.

A imaginação é um prisma brilhante, que reflete todas as cores, que decompõe os menores átomos de luz, que faz cintilar um raio do pensamento por cada uma de suas facetas diáfanas.

A conversa a dois, ao contrário, é fria e calculada como uma ciência: tem alguma coisa das matemáticas, e muito da estratégica militar.

Por isso, quando ela não é um cálculo de álgebra ou a resolução de um problema, torna-se ordinariamente um duelo e um combate.

Assim, quando virdes dois amigos, dois velhos camaradas, que conversam intimamente e a sós, ficai certo que estão calculando algebricamente o proveito que podem tirar um do outro, e resolvendo praticamente o grande problema da amizade clássica dos tempos antigos.

Se forem dois namorados *en tête-à-tête*, que estiverem a desfazer-se em ternuras e meiguices, requebrando os olhos e afinando o mais doce sorriso, podeis ter a certeza que ou zombam um do outro ou buscam uma incógnita que não existe neste mundo – a fidelidade.

Em outras ocasiões, a conversa a dois torna-se, como dissemos, uma perfeita estratégia militar, um combate.

A palavra transforma-se então numa espécie de *zuavo* pronto ao ataque. Os olhos são duas sentinelas, dois ajudantes de campo postos de observação n'alguma eminência próxima.

O olhar faz as vezes de espião que se quer introduzir na praça inimiga. A confidência é uma fala sortida; o sorriso é uma verdadeira cilada.

Isto sucede frequentemente em política e em diplomacia.

Um ministério, aliás bem-conceituado no país, e que se sente cheio de força e prestígio vê-se incomodado por uma pequena oposição nas câmaras, e recorre à *conversa*.

Como faziam os exércitos antigos, como fez Roma e Alba, em vez de uma batalha campal, acha mais prudente e mais *humano* apelar para o juízo de Deus, e decidir a vitória pelo combate dos Horácios e dos Curiácios.

Novo Horácio, separa os inimigos por uma *ruse de guerre* e combate, isto é, conversa com cada um dos inimigos.

Ora, todos nós sabemos, desde o tempo em que traduzimos Tito Lívio, que um Curiácio não é para se medir com um Horácio; por conseguinte, o resultado da conversa é sabido com antecedência.

Instâncias de uma parte, confidências da outra, protestos, acusações, queixas e promessas, tudo de mistura, eis em resumo os elementos de uma conversa ministerial e parlamentar.

De ordinário, esta conversa começa friamente. Caminham lado a lado, mas guardando uma certa distância. Nota-se na fisionomia alguma reserva, uma indecisão mesmo. As palavras trocam-se lentamente, e como que medidas e pesadas.

São os primeiros passos, os botes preliminares de dois jogadores de florete.

Dentro em pouco tempo, há um pequeno arranhão, faz-se sangue. Os homens tomam fogo, falam ao mesmo tempo, gesticulam desesperadamente, e medem o assoalho a passos largos e desencontrados.

> Depois de procelosa tempestade,
> Sombras de oposição que leva ao vento,
> Traz a *pasta* serena claridade
> Esperança de *voto* e salvamento.
>
> (CAMÕES)

A conversa chega ao seu terceiro período, à sua última fase. Passeias então braço a braço, ou sentam-se n'algum canto, risonhos, contentes, satisfeitos, como dois amigos que se encontram ao cabo de uma longa ausência, como dois amantes que se abraçam depois de um pequeno arrufo.

Desde que começou a ter voga este gênero de conversa governativa, ou política, imediatamente certos espíritos metódicos e sistemáticos trataram de classificar por ela as diversas espécies de oposicionistas ou descontentes.

Assim, há hoje três classes distintas de oposicionistas: 1ª) dos que já conversaram; 2ª) dos que querem conversas; 3ª) dos que não admitem conversa.

Esta última classe dizem que é das mais pobres, e com toda a razão. É preciso ser-se bem misantropo e antissocial para fugir a uma conversa tão amável e de tão *grande interesse.*

Não vão tomar a má parte esta expressão. Quando eu disse que a conversa ministerial é de grande interesse, foi no sentido de ser instrutiva e de deleitar o espírito deixando impressões agradáveis.

Mas, voltando ao nosso assunto, é inegável a influência benéfica que exerce a *conversa* sobre a alma do homem civilizado.

Nos primeiros dias da sessão da câmara, como ainda há pouco se tinha conversado, a chapa ministerial da comissão de resposta à fala do trono sofreu um *échec*.

Porém neste dia mesmo conversou-se. O ministério tem neste ponto uma grande vantagem: é um senhor que conversa por seis bocas.

O resultado foi que a coisa tomou outro caminho e entrou nos seus eixos.

Dizem, é verdade, que a nomeação dos Srs. Ferraz e Assis Rocha para as comissões de fazenda e justiça civil foi uma verdadeira derrota.

Não creio; estou mesmo convencido que o ministério desejou de coração que duas inteligências distintas, como são estes senhores, fossem aproveitadas cada uma na sua especialidade.

E tanto isto é assim, tanto essas veleidades de oposição não tomam aspecto sério, que a resposta à fala do trono apresentada ontem mostra a inteira adesão que presta a câmara à política do governo e à marcha da administração.

Felizmente estamos no tempo das ironias; e não se me dá de crer que a câmara é capaz de aprovar aquela resposta, e pouco depois declarar-se em oposição aberta.

E nisto não fazia mais do que seguir o exemplo dos ministros que prometem, protestam, dão palavra, e amanhã nem se lembram do que disseram na véspera.

Ora, não vejo por que a câmara não aproveitará das lições dos seus mestres, ainda mesmo que seja para dar-lhes lição.

Terá medo de dissolução? Acreditará num boato que por aí espalham certos visionários?

Custa-me a crer. O tempo em que os ministérios dissolviam as câmaras já passou; agora estamos no tempo em que as câmaras é que hão de dissolver os ministérios.

Outrora, quando os deputados vinham por sua vontade, com toda a pressa, o ministério os mandava embora.

Atualmente, que é preciso que o governo mande buscar os deputados, é natural que estes mandem embora o ministério.

É a regra do mundo. Depois da ação vem a reação.

Aqui vejo-me obrigado a abrir um parêntese e a trocar a minha pena de folhetinista por uma pena qualquer de escritor de artigos de fundo.

Não brinquem, o negócio é muito sério.

Vou escrever uma tirada política.

A situação atual apresenta um aspecto muito grave, e que pode ter grandes consequências para o país.

Chegamos talvez a esse momento decisivo em que os sentimentos políticos, por muito tempo adormecidos, vão novamente reaparecer e tomar um grande impulso.

No meio do indiferentismo e do marasmo em que se sepultavam os antigos partidos políticos, começam a fermentar algumas ideias, algumas aspirações, que talvez sejam o germe de um novo partido.

Os princípios desapareceram; as opiniões se confudem, as convicções vacilam, e os homens não se entendem, porque falta o pensamento superior, a ideia capital, que deve traçar a marcha do governo.

A política e a administração, deixando de ser um sistema, reduziram-se apenas a uma série de fatos que não são a consequência de nenhum princípio, e que derivam apenas das circunstâncias e das necessidades do momento.

A conciliação apresentada como programa pelo ministério atual ficou sem realização.

Foi apenas um meio transitório a que recorreu quando sentiu-se a necessidade de criar esperanças, que foram depois iludidas.

Todos os sintomas, pois, indicam que o organismo político, em que esteve o país, começa a fazer crise. Deste caos de opiniões, de ideias, de teorias, de convicções mortas e de opiniões que se vão criando, há de necessariamente sair um elemento novo, uma combinação de princípios que deve formar um grande partido.

Quais devem ser as tendências e as bases fundamentais dessa nova política? Quais serão as ideias, as reformas e os melhoramentos que constituirão o seu programa de governo?

É difícil, é quase impossível dizê-lo; mas parece-me que a conciliação, que o ministério não conseguiu realizar nos homens, se há de operar nesta confusão de ideias extremas que deve formar o novo partido.

Há certos fatos necessários, que não dependem da vontade humana, e que entretanto podem ser dirigidos e modificados por ela.

Na época atual, o aparecimento de um partido filho das antigas facções políticas que dividiram o país, é uma necessidade, é uma consequência fatal do estado de coisas.

Cumpria, pois, que os homens eminentes que podem de alguma maneira imprimir a sua vontade nos acontecimentos tomassem a iniciativa, e, criando os elementos desse novo partido, lhe dessem uma influência benéfica e salutar.

Há no nosso país, há no seio da representação nacional, há nas altas posições administrativas homens que deviam incumbir-se dessa missão e levantar a bandeira, em torno da qual se agrupariam imediatamente todos os espíritos que hoje vacilam, todas as aspirações que agora vão nascendo.

Iniciado na tribuna, sustentado pela imprensa, acolhido pela opinião geral, esse novo pensamento, essa nova profissão de fé ficaria conhecida pelo país inteiro.

A política não seria mais uma simples luta de interesses individuais, uma oposição de certos homens. A influência e o prestígio dos grandes nomes tornar-se-ia então um verdadeiro pronunciamento de ideias e princípios.

Todos esperam com ansiedade a discussão do parlamento; todos aguardam o momento decisivo de uma demonstração clara e expressa.

Se nem um desses homens de quem há pouco falamos tomar a iniciativa, então, perdida a fé que inspiram os nomes conhecidos no país, não haverá remédio senão caminhar sem eles.

Os homens novos que não têm comprometimentos, nem precedentes trabalharão como simples soldados. Algum dia acharão um chefe; e, se o não acharem, criá-lo-ão.

Os melhores generais foram soldados.

*

Já era tempo.

Vem de novo, minha boa pena de folhetinista, vamos conversar sobre bailes e teatros, sobre essas coisas agradáveis que não custam a escrever, e que brincam e sorriem sobre o papel, despertando tanta recordação mimosa.

Lembras-te do Cassino?

O lindo baile já não é aquela brilhante reunião de outros tempos, onde se viam agrupadas como flores de uma grinalda todas as moças bonitas desta terra.

Tudo passa; algumas daquelas flores, levadas pelas brisas do mar, lá se foram perfumar outros salões; muitas brilham aos raios de outro sol, e poucas ainda aí vão talvez unicamente para sentirem as reminiscências de tempos passados.

É verdade que lá de vez em quando nesta grinalda já quase murcha desabrocha uma nova flor, que faz esquecer um momento todo o passado.

Nessa última noite era uma flor do Brasil que, depois de ter brilhado entre as pálidas anêmonas de Portugal, entre os alvos lírios da França, entre as suaves miosótis de Alemanha, veio de novo aquecer-se aos raios do sol da pátria, e perfumar as belas noites de nossa terra.

Se vísseis como ela se balouçava docemente sobre a haste delicada, e se reclinava com tanta graça como para deixar cair as pérolas de orvalho e fragrância que destilavam do seu seio delicado!

No meio de um baile tudo é fascinação e magia.

Tocava a valsa, e a flor se transformava em sílfide, em *lutin*, em fada ligeira que deslizava docemente, roçando apenas a terra com a ponta de um pezinho mimoso, calçado com o mais feiticeiro dos sapatinhos de cetim branco.

Um bonito pé é o verdadeiro condão de uma bela mulher.

Nem me falem em mão, em olhos, em cabelos, à vista de um lindo pezinho que brinca sob a orla de um elegante vestido, que coqueteia voluptuosamente, ora escondendo-se, ora mostrando-se a furto.

Se eu me quisesse estender sobre a superioridade de um pé, ia longe; não haveria papel que me bastasse.

Apareceu também no Cassino uma bela roseira, coberta de flores, em torno da qual os colibris adejavam a ver se colhiam um sorriso ou uma palavra eterna.

Mas a roseira só tinha espinhos para os que se chegavam a ela: os estames delicados guardavam o pólen dourado do seu seio para lançá-lo talvez às brisas das margens do Reno ou do Mondego.

Depois do Cassino, o fato mais notável da crônica dos salões foi o benefício da Raquel Agostini com a representação da ópera *Semíramis*.

A Casaloni caricaturou outra vez o papel de *Arsace*. O elegante e ardente guerreiro de Babilônia desapareceu naquele porte sem nobreza, naqueles gestos sem expressão, naquela frieza de caráter.

Por outro lado, a beneficiada teria feito um verdadeiro *benefício* ao público se tivesse cortado do seu programa uma célebre ária do *Roberto do Diabo* e uma polca de invenção moderna que foi dançada pelo corpo de baile.

O Ginásio Dramático continua em progresso. A concorrência nestas últimas récitas tem sido numerosa; e o salão começa a ser frequentado pelas melhores famílias e por muita gente da sociedade.

Por isso já esperava eu. Coloquei aquela pequena empresa sob a proteção das minhas amáveis leitoras; e, embora o meu valimento seja nenhum, eu sabia que, por amor da arte, elas não deixariam de olhar com bons olhos para esse seu protegido.

Ce que femme veut, Dieu le veut. Se as minhas belas leitoras quiserem, em pouco tempo o *Ginásio* será um excelente teatro, e poderá criar artistas novos e dar-nos bem boas horas de agradável passatempo.

3 DE JUNHO
DE 1855

O livro da semana. – Concerto do Arnaud. – A ária de *Marco Spada*. – O teatro e o cômico. – Doutores e fidalgos. – *Átila, Trovador* e *Ana Bolena*. – O tempo da coleira e das asas. – O verso da página.

Passou, ligeira e positiva como todos os prazeres deste mundo, a semana das belas noites, dos magníficos luares, dos brilhantes saraus musicais!

Passou, envolta entre as sombras da noite, e como que temendo crestar as suas asas diáfanas e o seu manto cor do céu aos raios ardentes do sol de nossa terra!

Passou, como essas crepusculares que adejam às últimas claridades do dia; ou como essas flores modestas que vivem à sombra, e se expandem à claridade suave das estrelas e ao brando sopro das auras da noite!

Havíeis de vê-la surgir, entre a tíbia claridade do crepúsculo da tarde, com uma lira d'ouro na mão, o olhar em êxtase, o gesto inspirado; e, de envolta com os últimos rumores do dia, talvez lhe ouvísseis os prelúdios harmoniosos.

Mas passou; e agora só nos restam as recordações das horas de prazer que nos deu, e que vamos desfolhar uma a uma, como as páginas de um belo livro, que lemos pela segunda vez frase por frase, apreciando a elegância do estilo, os lindos pensamentos e as brilhantes imagens.

E de fato é um belo livro de seis páginas douradas, este livro da semana, que abrimos aos nossos leitores, e do qual bem sentimos não lhes poder dar mais do que uma pálida tradução.

Minto; não é um livro, é um álbum de músicas e desenhos, um lindo *keepsake*, em que os mais hábeis artistas trabalharam para fazer uma dessas obras-primas, dignas das mãozinhas delicadas para que são destinadas.

E, se ao menos uma dessas mãozinhas feiticeiras quisesse folhear comigo as páginas desse pequeno livro da vida, talvez pudesse ler nele coisas bem lindas, que diria aos meus leitores, visto que não sou egoísta.

Abriríamos as primeiras páginas, e poderíamos ver essas belas noites de luar que tem feito, e um céu tão puro, e umas estrelas tão brilhantes, que ficaríamos encantados.

Poderíamos sentir a frescura dessas tardes serenas, ou acompanhar esses bandos de moças que passeiam, e ouvir as suas falas doces e os seus risos alegres e festivos.

Se tendes queda pelos antigos costumes dos nossos pais, que já vão caindo em desuso, iríamos correr as barracas do Espírito Santo, e talvez nos lembrássemos daquelas novenas do campo tão encantadoras com as suas ruas de palmeiras e as suas toscas luminárias.

Também podíamos passear aos belos arrabaldes da cidade, a Botafogo, às Laranjeiras, ao Engenho Velho ou a Andaraí, e, fugindo o gás, ir apreciar o luar na sua beleza *primitiva*, no meio das árvores e por entre as folhagens.

Mas voltemos a página.

Estamos na terça-feira, no salão do Teatro Lírico, assistindo ao concerto do Arnaud.

Podemos ouvir boa música, de diferentes maestros e de gostos diversos, desde o travesso romance francês até a verdadeira música italiana cheia de sentimento e de poesia.

Arnaud tocou, com o gosto que todos lhe conhecem, uma fantasia sobre motivos da *Sonâmbula*, e duas composições suas dedicadas a S. M. a Imperatriz e ao Rei de Nápoles.

A Charton cantou, entre outras coisas, uma ária de *Marco Spada*, tão graciosa na música como na letra. É um lindo gorjeio de rouxinol francês que acaba por este estribilho:

> *Vous pouvez soupirer,*
> *Vous pouvez espérer;*
> *Mais, songez-y bien,*
> *Je n'accorde rien.*

Já veem, pois, as minhas leitoras que a tal ária do *Marco Spada*, bem se podia chamar ária dos bonitos olhos, que não dizem mais do que aquele estribilho enigmático.

O primeiro requebro de olhos que vos lança uma bela mulher, o primeiro sorriso de esperança que anima os vossos desejos, é o primeiro verso, é uma permissão, um consentimento tácito. *Vous pouvez soupirer.*

Daí a muito tempo, quando ela vê que já estais ficando tísico de tanto suspirar, pode ser que se condoa do vosso estado, e que vos lance um segundo olhar; é uma meia promessa: *Vous pouvez espérer.*

Ficais muito contente; fazeis loucuras e extravagâncias, julgais-vos o mais feliz dos homens, começais a ser um pouco exigente, quando lá vem o terceiro olhar carregado de uma ameaça. *Mais, songez-y bien!*

E não tardará muito que um último volver desdenhoso não venha deitar água fria na vossa paixão e intimar-vos a sentença final: *Je n'accorde rien.*

Ora, vós sabeis que toda a ária tem repetição (*reprise*); por conseguinte, depois deste primeiro ritornelo, os olhos cantam uma segunda vez o mesmo estribilho, e acabam executando um duo, porque também depois da ária quase sempre nas óperas se segue o dueto.

Não sei se lá no concerto sucedeu semelhante coisa, porque quase todo o tempo estive fora do salão com muitas pessoas, para quem não havia lugar dentro.

Ora, isto é uma prova de que o artista que dava o concerto é tão bem-aceito da nossa sociedade, que mereceu uma grande concorrência; mas também é prova que o salão do teatro não se presta a uma reunião de mais de quinhentas pessoas.

Do contrário dar-se-á o que sucedeu terça-feira, e se verão obrigados a fazer aquela mesma separação de homens e senhoras, que decerto não é nada galante.

A música é uma coisa muito bela, mas seguramente não é um fogo de Vesta que tenha o poder de nos afastar da companhia amável das senhoras e privar-nos da sua espirituosa conversação.

Não cuidem que digo isso por mim; apesar de sentir bastante aquela separação antissocial, antirreligiosa e antipolítica, se tomo o negócio tão a peito, é unicamente por causa das senhoras, que eu adivinho haviam de estar desesperadas.

Os motivos do desespero são diversos.

Em umas era porque lhes faltava o que quer que é, porque não ouviam uma fineza, não sentiam em torno o murmúrio de admiração a que estão talvez habituadas.

Em outras é porque não tinham quem lhes fosse ver o copo d'água, quem lhes dissesse de que maestro era a música que se tocava, quem informasse da hora que era, enfim que lhes servisse de *partner* num pequeno jogo de alusões maliciosas.

Mas deixemos os desconcertos, e voltemos ao concerto.

As glórias musicais da noite couberam a um trio do Padre Martini, composto em 1730, e que Ferranti foi desencavar não sei onde: é o trio das risadas.

Foi executado pela Charton e por Ferranti e Dufrene com muita graça e naturalidade.

Que excelente música para quando se está triste! Diz um provérbio que quem canta seus males espanta. O tal terceto, porém, faz mais do que espantar os males; obriga a rir; começa-se cantando, e acaba-se às gargalhadas.

Voltemos outra página.

Entremos no Teatro de São Francisco na quarta-feira à noite: representam-se duas pequenas comédias muito engraçadas e espirituosas.

Se quereis passar uma noite alegre e rir de coração durante umas duas ou três horas, não deixeis de ir aos domingos e às quartas-feiras ver as representações desse pequeno teatro.

Ouvireis as cômicas facécias de um artista que agora começa, mas que promete muito futuro, se o animarem e souberem dirigir. Vereis como a mobilidade extraordinária de sua fisionomia se presta admiravelmente às expressões de todos os sentimentos e de todas as paixões.

Lá de vez em quando, no meio dessas cenas espirituosas e cômicas, assistireis a um lance dramático, em que uma excelente artista já vossa conhecida pinta com a maior naturalidade o amor, a emoção, o susto ou o terror.

E vereis tudo isto no meio de uma sociedade escolhida, e admirando talvez pelos camarotes algumas moças bonitas e elegantes que começam a proteger a nascente empresa, e que prometem em pouco tempo fazer deste pequeno salão um dos mais agradáveis passatempos da cidade.

A sociedade tem lutado com muitas dificuldades, e uma delas, talvez a principal, seja a repugnância que tem ainda a classe pobre por esta profissão.

São prejuízos de tempos passados, de que ainda se ressentem os países pouco ilustrados, e que devemos procurar destruir como um erro muito prejudicial ao desenvolvimento da arte dramática.

O cômico hoje em dia já não é aquele volantim ou palhaço de outrora, sujeito aos apodos e às surriadas do poviléu nas praças públicas; já não é aquele ente desprezível, aquele pária da sociedade, indigno do trato da gente que se prezava.

Todo o trabalho é nobre, desde que é livre, honesto e inteligente; toda a arte é bela e sublime, logo que se eleva à altura do espírito ou do coração.

O cômico pertence a esta grande classe de artistas que trabalham na grande obra da perfeição: é irmão do pintor, do estatuário, do músico, do arquiteto, de todos esses apóstolos da civilização que seguem por uma mesma religião e um mesmo culto: a religião de natureza e o culto do belo.

Cessem, pois, esses escrúpulos irrefletidos que muitas vezes cortam uma carreira e falseiam uma vocação decidida.

Quantos grandes pintores a Itália e o mundo inteiro não teriam perdido, se o desprezo pela arte e os maus conselhos tivessem abafado na alma do artista o fogo sagrado, fazendo de um Ticiano e de outro um mau advogado ou um péssimo fidalgo?

Quem sabe também quanta menina pobre e quanto moço sem fortuna há por aí por esta grande cidade, e cujas esperanças não passam de um obscuro casamento ou de um emprego mesquinho, e que entretanto têm em si o germe de um brilhante futuro, perdido talvez por uma falsa ideia da arte?

Atualmente todo o mundo entende que seu filho deve ser negociante ou empregado público; e, tudo quanto não for isto é um desgosto para a família. Quanto à classe rica e abastada, esta não quer outra coisa que não seja o sonoro título de *doutor*.

Doutor atualmente equivale ao mesmo que fidalgo nos tempos do feudalismo. É um grau, um distintivo, um título, uma profissão, um estado.

No tempo da revolução, os fidalgos, os condes, marqueses e barões emigraram e fizeram-se torneiros, sapateiros, pintores e mestres de meninos.

É provável que daqui a dez anos, com a fertilidade espantosa das nossas academias, o mesmo venha a suceder aos doutores.

Tudo isto, porém, parte de um grande erro.

Todas as profissões encerram um grande princípio de utilidade social, todas, portanto, são iguais, são nobres, são elevadas, conforme a perfeição a que chegam.

Um mau discurso de deputado não vale um gorjeio ou uma volta da Charton. Um poema insulso, uma poesia sem sentimento não se compara a uma cena pintada por Bragaldi. Um desenho sem gosto não prima sobre as formas elegantes e graciosas que o nosso artista Neto costuma dar a um móvel trabalhado por ele.

E assim tudo o mais: o homem é que faz a sua profissão; a sua inteligência é que a eleva; a sua honestidade é que a enobrece.

Já é tempo de voltarmos a quarta página deste livro das *noites*, que me comprometi a traduzir-vos.

Chegamos à história de uma representação dada no Teatro de São Pedro, quinta-feira à noite, em benefício de um artista nacional.

Conheceis a comédia, e por conseguinte saltemos por ela para ouvir a Jacobson cantar a ária do *Átila*, que tão bem representava no Teatro Lírico.

Se a natureza não dotou a esta artista de uma voz doce e suave, deu-lhe em compensação o gosto, o sentimento e a inteligência necessária para compreender todos os mistérios desta arte divina que tem cordas para cada uma das pulsações do coração humano.

O beneficiado tocou no seu violoncelo uma fantasia do *Trovador*. Nesse momento, algumas pessoas distintas que aí se achavam sentiram decerto um assomo de orgulho e de brios nacionais, quando viram o artista brasileiro, filho da vontade e do estudo, arrancar aplausos no meio dos hábeis instrumentistas estrangeiros que tão cavalheiramente se prestaram a coadjuvá-lo.

O violoncelo é um admirável instrumento. Fala, chora, geme e soluça como a voz humana; se não diz as palavras, exprime os sentimentos com uma força de expressão que arrebata.

Como todos os instrumentos de cordas animais, ele tem como o coração humano essa afinidade poderosa que faz que cada uma das vibrações daqueles nervos destendidos arranque uma pulsação das fibras mais delicadas do homem.

Ainda uma página; a última do livro.

Voltamos ao Teatro Lírico para ouvir *Ana Bolena* em benefício do Bouché.

Ana Bolena foi uma das oito mulheres desse rei volúvel que estava destinado para nascer sultão na Turquia, mas que por um capricho do acaso, tornou-se filho de uma rainha de Inglaterra.

O caso é que tão mau como se diz que foi Henrique VIII, se ele não tivesse feito as suas brejeiradas, nós não teríamos passado antes de ontem uma tão bela noite.

O que foi esta bela noite sabem os leitores; foi música de Donizetti cantada por Bouché e pela Charton.

Ora, dizer que o Bouché cantou bem seria repetir o que já disse, e isto é sempre monótono e aborrecido.

Quanto à Charton, que brilhou no romance e no rondó final, já não tenho nada de novo que escrever.

Portanto, como os meus leitores não poderiam suportar que lhes falasse do Teatro Lírico sem falar de sua cantora predileta, não há remédio senão, depois de esgotados os *prós*, recorrer aos *contras*.

De agora em diante vou estudar-lhe os defeitos, e afinar o ouvido para ver se ela canta em *si* bemol ou em *lá* sustenido.

Naturalmente hei de descobrir alguma coisa, assim como já descobri que a Casaloni canta pelo nariz e que o Capurri é ventríloquo.

Não se admirem se me calo sobre Ghioni, a nova comprimária, que fez nessa noite a sua estreia. Depois que Dufrene me enganou com as suas maneiras estudadas, não arrisco o meu juízo senão depois da terceira representação.

Entretanto, enquanto nada me animo a dizer, ficam sabendo que a nova comprimária tem uma bela figura em cena, e que foi aplaudida depois da ária do segundo ato.

O vestuário era todo novo, rico e a caráter. Henrique VIII estava trajado com muito gosto; mas Ana Bolena tinha um feio roupão de veludo roxo dobrado de cetim azul com uns galões de cor duvidosa, que por felicidade ficou esquecido à vista do elegante vestido de cetim preto com que se apresentou no último ato.

Todo este vestuário veio-nos instruir de uma verdade que não se encontra nos livros de histórias; e é que naquele tempo os homens usavam de *coleira* e as mulheres de *asas*.

Ora, como as modas revivem, é natural que hoje se dê a mesma coisa; com a diferença que senhoras e homens trazem as suas asas e coleiras escondidas para que ninguém as veja. Antigamente havia mais franqueza.

Temos concluído felizmente a má tradução deste livro, que abrimos na primeira página e percorremos até a última.

É natural que os meus leitores me perguntem o que havia no *verso* da página.

Eram notas sobre a política, apontamentos a respeito de alguns discursos parlamentares, notícias curiosas do Paraguai, mas tudo em borrão, num tal estado de confusão, tão mal escrito e tão sem nexo, que não me animo a traduzir-vos esse trechos informes.

Prefiro antes dar-vos uma ligeira resenha de tudo, e fazer algumas pequenas observações...

Mau! lá secou-se-me a tinta!

10 DE JUNHO
DE 1855

Um tema delicado. – Análise e síntese política. – Programa salvador. – A procissão de São Jorge. – Ações da estrada de ferro. – A questão do Paraguai. – *Échec* do Cassino. – As três classes de indivíduos que podem casar-se. – Emmy La Grua. – O Senador Souza Franco. – Um jardim babilônico. – O tráfico de africanos.

Falemos de política.

É um tema muito delicado, sobretudo na época atual. Mas o que é política?

Se a etimologia não mente, é a ciência do governo da cidade.

Pode ser que esta definição não lhes agrade; mas isto pouco me embaraça. Estou expondo um novo sistema social; é natural que me aparte das opiniões geralmente admitidas.

Continuemos.

A política é o governo da cidade. A cidade se compõe de freguesias, de ruas, de casas, de famílias e de indivíduos, assim como a nação de províncias e municípios.

Já se vê, pois, que a política deve ser também a ciência de bem governar a casa ou a família, e de promover os interesses dos indivíduos.

Isto é lógico, e ninguém me poderá negar que, promovendo-se estes interesses, não se concorra poderosamente para o melhoramento da freguesia, da província, e finalmente do país.

Daqui resultam, portanto, dois grandes sistemas políticos, dois princípios únicos da ciência do governo.

Um que procede à guisa da análise, que parte do particular para o geral, que promove os interesses públicos por meio dos interesses individuais.

O outro é uma espécie de síntese, desce do geral ao particular, e, melhorando o país, assegura o bem-estar dos indivíduos.

Este método, tanto em política como em lógica, tem geralmente pouca aceitação; de ordinário os espíritos esclarecidos preferem a análise.

Quereis saber como se faz a análise em política?

Em vez de examinarem-se as necessidades do país, examinam-se as necessidades deste ou daquele indivíduo, nomeiam-no para um bom emprego criado sem utilidade pública, e o país se incumbe de alimentá-lo por uma boa porção de anos.

Lá chega um dia em que se precisa de um ministro, e lança-se mão daquele indivíduo como de um homem predestinado, o único que pode salvar o país.

Eis, portanto, os favores feitos àquele indivíduo dando em resultado um benefício real à causa pública; eis a política por meio do empenho – quero dizer da análise, – criando futuros ministros, futuros presidentes, futuros deputados e senadores.

Alguns espíritos frívolos, que não têm estudado profundamente este sistema político, chamam a isto *patronato!*

Ignorantes, que não sabem que cálculo profundo, que sagacidade administrativa é necessária para criar-se um homem que sirva nas ocasiões difíceis!

Estes censuram o deputado que, em vez de se ocupar dos objetos públicos, trata dos seus negócios particulares; falam daqueles que sacrificam os interesses de sua província às exigências de sua candidatura de senador.

E não compreendem que estes hábeis políticos, promovendo os interesses de sua pessoa, de sua casa e de sua família, não têm em vista senão auxiliar o melhoramento do país, partindo do menor para o maior.

De fato, algum dia eles pagarão à nação tudo quanto dela receberam, em projeto de reformas, em avisos, em discursos magníficos. Isto enquanto não vão à Europa passear e fazer conhecida do mundo civilizado a ilustração dos estadistas brasileiros.

E há ainda quem chame a isto patronato, empenho ou desmoralização! Como se em muitos outros países, e até na França, não estivesse em voga este mesmo sistema de governar!

Outrora se dividiam as formas de governo em república, monarquia representativa e monarquia absoluta. Hoje está conhecido que estas divisões são puramente escolásticas, e que não há senão duas maneiras de governo: o governo individual e o governo nacional, o governo dos interesses particulares e o governo dos interesses do país.

Cada um deles pode conduzir ao fim desejado, procedendo por meios diversos.

Um, por exemplo, escolhe o indivíduo para o emprego, segundo a sua aptidão; o outro escolhe emprego para o indivíduo, segundo a sua importância.

O primeiro ganha um bom empregado, o segundo um excelente aliado. Um pode errar na escolha do indivíduo; o outro pode ser traído pelo seu protegido.

Se os meus leitores acham muito extravagante esta preleção política, têm bom remédio; é não a lerem segunda vez, se tiverem caído na primeira.

Como estamos nos tempos das profissões de fé, entendi que devia também expor a minha opinião sobre a melhor política a seguir na atualidade.

Não pensem contudo que pretendo fazer concorrência às últimas declarações feitas na Câmara dos Deputados; de maneira alguma.

Qualquer dos métodos ali apresentados é inquestionavelmente melhor do que o meu, começando pelo de um nobre deputado de São Paulo.

Que política salvadora! Voltaremos ao tempo das revoltas, das perseguições, das eleições armadas. Teremos uma espécie de fanatismo político, uma cruzada, a que se chama saquaremismo puro!

Ora, é inegável que se podem obter grandes resultados com esta política. A revolução, segundo dizem, é uma força civilizadora, regenera como o fogo, purifica como o martírio.

Portanto não há que hesitar! Adotemos esse programa salvador; arranjemos quanto antes uma meia dúzia de *São José dos Pinhais*, e avante, que o futuro é nosso! A jovem oposição entrará no senado, e teremos dado um grande passo para o engrandecimento da nossa pátria.

E a respeito de política, estou satisfeito, quero dizer estou suficientemente enfastiado.

E, o que mais é, não tenho nada de bonito que dizer-vos. A semana que acabou foi unicamente de esperanças. Todo o mundo esperava; nestes sete dias passados ninguém teve um pensamento que não fosse uma expectativa.

Até quinta-feira esperou-se que a procissão de São Jorge fosse brilhante, e por isso uma concorrência extraordinária enchia as ruas privilegiadas.

Quase todas as moças bonitas da cidade estavam reclinadas pelas varandas dessas casas, tão tristes e tão soturnas nos outros dias.

Cada janela era um buquê; e como um buquê pode ser bonito ou feio, perfumado ou inodoro, segundo as flores de que se compõe, deve cada um entender a palavra a seu modo.

Há gente que gosta da rosa, porque tem espinhos; há outros que preferem a violeta, porque é modesta; e talvez que alguns apreciem o cravo amarelo, a papoula, e achem um certo sainete no cheiro da arruda e do manjericão.

Para todos estes gostos havia flores nos buquês de que falei. O jardim era completo, principalmente no que diz respeito a girassóis.

A procissão saiu.

Se ainda não sabíeis, podeis ficar certo disto, assim como do logro que nos pregou. Anunciavam uma procissão muito bonita, e saiu uma muito feia.

São Jorge apareceu vestido de novo, mas posso afiançar-vos que não estava à *son aise*. Induzi isto da palidez, da cor de mortalha que tinha o seu semblante.

De fato o ativo guerreiro não podia estar ao seu gosto dentro daquele manto enorme, que cobria cavaleiro e cavalo, de tal maneira que de longe apenas se via um capacete e uma capa que caminhavam com quatro pés.

Depois da imagem vieram as irmandades do costume; houve, porém, uma que eu não conheci, e que entretanto ia de envolta com a do Carmo; falo de uma que trazia capa amarela, cor que não me consta tenha sido adotada por nenhuma confraria desta corte.

Depois de quinta-feira começou todo o mundo a esperar pelas ações da estrada de ferro, e pelo resultado das cartas entregues à comissão, as quais montam já a mais de cinco mil!

Nem os ministros, nem as moças bonitas, nem os lentes no tempo de exames, ou os eleitores em época de eleição, são capazes de apresentar um tal número de *billets doux*.

A comissão tem, portanto, de fazer o milagre de Jesus Cristo, e dividir esse pão, não em fatias, porém sim em migalhas.

E é por essa divisão que todos esperam ansiosos, calculando já pelos dedos os resultados prováveis do emprego deste dinheiro que tem seguro um interesse de sete por cento.

Além desta expectativa, preocupou igualmente os ânimos a esperança de uma decisão do governo a respeito da questão do Paraguai; porém, como todas as esperanças da semana, esta ainda não se realizou.

Entretanto, apesar de não sermos dos mais entusiastas da política atual, estamos convencidos que a resolução do governo, qualquer que ela seja, será ditada pela solicitude que nos inspira a todos a honra e a dignidade nacional.

Enquanto o mundo político e comercial se ocupava com estes dois pontos importantes, o mundo elegante esperava por uma representação lírica que o consolasse do lamentável *échec* do Cassino.

Para esta fração da sociedade, que passa o seu tempo a brincar e a divertir, o baile do Cassino na terça-feira equivale a uma expedição do Paraguai.

A diretoria, qual novo Pedro Ferreira, levou-nos para o salão da Fileuterpe, no qual tiveram lugar as exéquias do baile aristocrático.

Diz *Auguez* que para muitos homens a vida começa num salão de baile e acaba na sacristia de uma igreja.

Pode ser; mas o que sou capaz de apostar é que esse baile de que fala o escritor do *Mosqueteiro* não teve decerto nenhuma semelhança com o de terça-feira.

A casa, que é uma excelente estufa para curar constipações, parece que foi construída na Rússia ou na Sibéria, e de lá mandada vir de encomenda.

Demais, tem uma escada imoral, porque deixa ver as pernas de todas as moças e velhas que sobem. Basta postar-se um homem no saguão durante a noite para fazer um estudo completo da *pernologia* da cidade.

Pernologia é um termo novo que eu inventei na noite do Cassino, por não ter outra coisa que fazer; mal sabia eu que me havia de servir dele tão cedo.

Quanto ao serviço do Cassino, não direi mais do que três palavras: *não havia pão*.

Um baile sem pão é uma falta imperdoável, é um atentado à galantaria, uma coisa incompreensível.

E se não que reflitam no provérbio antigo, na máxima dos tempos em que se sabia amar e se prezavam todas as belas-artes: *Sine Cerere et Baccho friget Venus*.

Uma sociedade como o Cassino deve ter um serviço magnífico, um serviço delicado e que não seja uma espécie de segunda edição do que se encontra por aí em qualquer bailezinho.

Já me enfastia esta infernal monotonia, que me persegue em todas as reuniões. É um drama em quatro atos que se repete mais do que os milagres de Santo Antônio. Às dez horas – primeiro ato – chá. Às onze horas – segundo ato – sorvetes. À meia-noite – terceiro ato – empadas. A uma hora – quarto ato – chocolate.

Há mais de três anos que os bailes do Rio de Janeiro rezam por esta cartilha, e reduzem-se a apresentar-nos *empadas*, como se já não estivéssemos fartos delas.

E, a propósito de empadas, quero comunicar-vos umas reflexões que fiz há tempos sobre o casamento, em um sábado de tarde quando passavam uns carros destinados para este fim.

Em primeiro lugar, não pude deixar de estranhar que se escolhesse o sábado para a celebração deste ato, quando, segundo a tradição popular, é neste dia que os diabos andam soltos.

Depois, lembrei-me do que diz um escritor, cujo nome não me lembro; esse santo homem, que naturalmente é celibatário, só compreende que se casem três classes de indivíduos: os políticos, os ambiciosos de fortuna e os velhos reumáticos e caquéticos.

Os políticos desposam uma boa posição na sociedade, uma proteção valiosa, uma família influente, um nome de prestígio. Para eles a mulher é um diploma.

Os ambiciosos casam-se com uma boa porção de contos de réis, com uma excelente mesa, um palácio, e todas as comodidades da vida. Para eles a mulher é uma letra de câmbio, ou uma hipoteca sobre boa herança.

Os velhos reumáticos casam com as cataplasmas e as tisanas. Para estes a mulher é uma enfermeira, uma irmã de caridade, um xarope de saúde.

Além destas três classes gerais, há algumas exceções, que não deixam de ter a sua originalidade.

Há sujeitinho que casa unicamente para dizer – eu casei; outros que mudam de estado e deixam a vida de ser solteiros para fazer a experiência.

Alguns entendem que devem ter uma bela mulher na sua sala, assim como se tem uma *étagère*, um lindo quadro, ou um rico vaso de porcelana de Sèvres.

Gostam de levar pelo braço uma bonita moça, porque faz o mesmo efeito que uma comenda ou uma fita do Cruzeiro; chama a atenção.

Muitos casam para ter um autômato que lhes obedeça, sobre quem descarreguem o seu mau humor, a quem batam o pé e ruguem o sobrolho, como Júpiter Olímpico.

Finalmente, uns dizem que casam por inclinação e por amor, isto é, casam porque não têm motivo, e por isso são obrigados a inventar este pretexto.

Mas deixemos esta matéria vasta, e voltemos ao nosso pequeno mundo de seis dias.

Sabeis que vamos ter breve uma celebridade lírica no nosso teatro?

Temos tanto esperado, que já é tempo de uma vez cumprirem as velhas promessas que nos costumam fazer.

A nova cantora, o novo rouxinol da Ausônia, que vem encantar as noites da nossa terra, chama-se Emmy La Grua.

É uma bela moça, de formas elegantes, de grandes olhos, de expressão viva e animada. A boca, sem ser pequena, é bem modelada; os lábios são feitos para esses sorrisos graciosos e sedutores que embriagam.

Bem entendido, se o retrato não mente, e se aquela moça esbelta e airosa que vi desenhada não é uma fantasia em *crayon*.

Quanto à sua idade, bem sabeis que a idade de uma moça é um problema que ninguém deve resolver. Os indiscretos dizem que têm vinte e três anos; quando mesmo tenham trocado os números, não é muito para uma moça bonita.

As belas mulheres não têm idade; têm épocas, como os grandes monumentos; nascem, brilham enquanto vivem, e deixam depois essas melancólicas ruínas em face das quais o viajante da terra vem refletir sobre o destino efêmero das coisas deste mundo.

Terminando, tenho de dar-vos o meu parabém pela escolha do novo senador pelo Pará, o Sr. Conselheiro Souza Franco. É uma daquelas graças que honram a quem as faz, honrando ainda mais quem as recebe.

Como sei que alguns dos meus leitores são amantes de originalidade, recomendo-lhes que não deixem de ir contemplar uns jardins babilônicos que a Câmara Municipal e a polícia estão mandando fazer na Rua do Ouvidor, esquina da da Vala.

Tem a altura de cerca de quarenta palmos; e se um dos jarros cair, poderá esmagar algum pobre passante.

Mas é tão divertido, que não vale a pena proibi-los, por causa de tão mesquinha consequência.

Deveis ter lido hoje no *Correio Mercantil* um artigo da *Revolução de Setembro* sobre o tráfico de africanos no Brasil. Isto mostra quanto é apreciada, mesmo nos países estrangeiros, a grande regeneração que devemos aos esforços do Sr. Eusébio de Queirós.

É também um motivo para que paguemos com generosidade quaisquer serviços que se tenham prestado neste importante objeto; há dívidas sagradas que, uma vez contraídas, importam a honra e dignidade do governo, que não deve nem sequer deixar que apareçam queixas.

Uma queixa neste caso equivale a uma injúria; e o governo não pode deixar de fazer calar essas queixas, ou pelo menos justificar-se delas.

17 DE JUNHO
DE 1855

Uma carta. – Porque se chama carta. – A nova organização ministerial. – O Sr. Wanderley. – Sacrifícios pela pátria. – Lei de pesca. – Presidência do Ceará. – Emmy La Grua. – As glórias deste mundo. – Em que língua é escrita a carta. – *Dans un album*. – Suposições sobre uma assinatura. – O Teatro Ginásio e o Teatro São Pedro.

Sexta-feira, por volta de oito horas, ia meu caminho para o Teatro Lírico, assistir à terceira representação da *Ana Bolena,* quando me entregaram uma carta que me era dirigida!...

Uma carta!

De todas as espécies de escritos que eu conheço, a carta é sem dúvida a mais interessante, a mais curiosa, e sobretudo a mais necessária.

A carta é um livro numa folha de papel, é uma história em algumas linhas, um poema sem cantos; pode ser um testamento, uma confidência, uma entrevista, um desafio, uma boa notícia, ou o anúncio de uma boa desgraça.

É um pássaro, uma ave de arribação, que voa a longes terras, aos climas mais remotos para levar ao amigo ausente as palavras e os pensamentos da amizade ou do amor.

É uma espécie de fio elétrico que comunica através do espaço e da distância duas almas separadas por uma infinidade de léguas, dois homens que muitas vezes nunca se viram, e que entretanto se conhecem.

Quando deram este nome a esse pequeno paralelogramo de papel, que num minuto pode devorar uma fortuna colossal, foi por uma analogia que talvez tenha escapado a muita gente.

Como a carta do baralho, a carta escrita produz as mesmas emoções, o mesmo delírio; também ela tem seus lances de fortuna ou de azar no jogo da vida.

Se uma dama, ou um ás, ou um valete que se volta sobre o tapete verde, pode arruinar-vos ou enriquecer-vos, da mesma maneira neste *lansquenet* do mundo a que se chama a existência, uma carta que se escreve pode trazer-vos o sorriso da ventura ou a lágrima do desespero.

A única diferença é que o baralho tem quarenta cartas, e que a vida tem mil alternativas. No mais a semelhança é perfeita, e todas as cartas deste mundo são uma e a mesma coisa.

Deveis ter ouvido falar numa espécie de compromisso político, num salvatério que os governos costumam dar às nações, e a que se chama *carta*.

Que é isto senão uma carta com a qual os governos e os povos jogam essa partida de *écarté político*, na qual ganha o parceiro que marca seis *pontos*, isto é, que nomeia seis ministros?

Por isso nós fizemos bem em trocar o nome pelo de constituição, que é mais expressivo, e que não admite nem sequer esses jogos de palavras.

Tudo isto eram reflexões que me acudiam no espírito enquanto seguia o meu caminho e procurava adivinhar pela forma e pela dobra o que continha a tal carta.

Bem sabeis que isto é uma arte preciosa; e que há sujeitinho capaz de adivinhar a mão que escreveu uma carta, e o fim com que a escreveu, somente pela maneira por que se acha dobrada e pelo papel do *envelope*.

Assim, uma cartinha fina, perfumada, macia, trai sempre a mulher; uma carta elegante mas dobrada às pressas indica geralmente o homem de Estado, um ministro, um funcionário, enfim, sobre que pesa um trabalho invencível.

Ora, a minha carta não tinha parecença alguma com estas duas espécies descritas; estava fechada simplesmente como qualquer carta que sai do correio.

Por isso, como nada tinha que me interessasse, metia-a no bolso e fui ouvir *Ana Bolena*, sem mesmo ler-lhe o sobrescrito.

Aí levei a conversar sobre a nova reorganização ministerial; e, quaisquer que fossem as opiniões daqueles com quem falei, a todos ouvi o mesmo pensamento e a mesma ideia sobre o novo ministro, o Sr. Wanderley.

É inegável que este nome dá nova força e novo prestígio ao gabinete, que decerto não podia fazer uma melhor aquisição.

Quanto à necessidade da completa retirada do ministério, isto é questão à parte, e sobre a qual só daqui a algum tempo se poderá emitir um juízo seguro.

Entretanto felicitemo-nos por ver definitivamente reconstituído o governo do país, que durante os últimos dias deu sinais de uma solução definitiva.

Dizem que muitos não aceitarão a pasta; e por isso será bom cuidarmos desde já em fazer do cargo de ministro uma espécie de guarda nacional ou de júri, a que nenhum cidadão se poderá escusar.

É preciso de vez em quando fazermos um pequeno sacrifício pela pátria, por ela que tantas vezes se *sacrifica* por nossa causa, por nossos interesses pessoais.

Se não lhe fizermos esses sacrifícios, quem preencherá os lugares de senadores, deputados, presidentes, ministros e *bispos* de uma e outra igreja?

Além da reconstituição do gabinete, nada mais houve de interessante nos altos domínios da política.

A Câmara dos Deputados esperava e desesperava conforme os diversos boatos que corriam pelos corredores a cada hora e a cada instante.

O senado (coincidência notável), enquanto o ministério estava em crise, discutia magistralmente uma lei de *pescarias*.

Esta lei, apesar de muito bem sustentada pelo seu ilustre autor o Sr. Marquês de Abrantes, sofreu no senado grande oposição.

Apesar da consideração que merecem as opiniões opostas ao projeto, cumpre atender à penúria e à escassez de gêneros alimentícios, que quase todos os anos em certa época vai aparecendo no nosso país.

Uma lei de pescarias, sabiamente elaborada, seria não só um importante ramo de comércio e indústria, mas um meio eficaz de suprir no mercado a falta dos gêneros de primeira necessidade.

Ultimamente tem-se falado muito de mudanças de presidentes, e entre aqueles que se designam ouvimos o nome do Sr. Conselheiro Vicente Pires da Mota, que deseja retirar-se do Ceará por incômodos de saúde.

Estamos convencidos que o governo empregará toda a sua solicitude para que o Sr. Pires da Mota continue a dirigir a província, que tão bem tem acolhido a sua administração.

Quando, porém, qualquer mudança se dê, esperamos que o Sr. Marquês do Paraná faça uma escolha acertada, nomeando um homem que tenha como o atual presidente, grande tino administrativo e a energia necessária para vencer exigências absurdas de pequenas influências locais.

É isto pelo menos o que exige a política do atual ministério, e a sua prudência governativa, a fim de não termos de lamentar cenas desagradáveis, e de não retrogradarmos de um estado, que, embora não seja o melhor, é contudo mil vezes preferível ao passado odiento de alguns anos atrás.

Ainda uma palavra.

Temos na nossa administração um empregado de alto merecimento, de qualidades eminentes, de uma inteligência e de um zelo provados por grandes serviços e importantes trabalhos.

Falo do Sr. Dr. Eduardo Olímpio Machado, atual Presidente do Maranhão, que vai dirigir a Província do Amazonas.

Estamos certos que, logo que haja oportunidade, o governo aproveitará melhor este hábil administrador, que uma moléstia cruel impede de continuar a residir nas províncias do norte.

Parece-nos mesmo que, se achando vagas algumas presidências de províncias do sul, se faria a uma delas grande serviço, e ao Dr. Olímpio, estrita justiça, nomeando-o para um desses lugares.

Mas lá se ergue o pano, e, como desejo ouvir o terceiro ato sem perder uma nota, deixo a minha conversa, e entrego-me todo à arte, à música.

Mas decididamente estava na noite das distrações.

Apenas a Charton começou a cantar o seu belo romance, o meu pensamento deixou-me, e em menos de um segundo tinha transposto mares e serras.

Andava pela Europa, o brejeiro! Como eu não posso ir, ele mete-me inveja e leva o tempo a fazer-me figas.

Num minuto passeou pela Itália, viu Emmy La Grua aprontando-se para a sua viagem de além-mar, e depois entrou em Londres, e foi a *Convent-Garden* ver a Julienne Dejean, que representava a *Norma*.

Esta é uma moça encantadora, como dizem que é a linda italiana; não é uma Rosina faceira e graciosa como a Charton, é uma mulher talhada para as grandes paixões, para as comoções fortes e violentas.

Sua voz de soprano, ampla, sonora, de uma grande extensão e volume, dizem que tem esses acentos do desespero, esses gritos d'alma, que fazem estremecer como um choque elétrico, que fazem correr pelo corpo um calafrio de emoção.

É uma voz para o ciúme selvagem da *Norma*, para a vingança e para as paixões de *Lucrécia Bórgia*, para a ambição de *Macbeth*, para todos esses dramas enfim em que os sentimentos trágicos atingem à sublimidade.

Entretanto esse mesmo timbre de voz torna-se doce, terno, sentimental quando a artista traduz o amor feliz e essas delicadas emoções do coração que se expande.

Por isso afirmam que ela não tem repertório; canta a música italiana de preferência; e executa qualquer ópera de soprano que lhe designem.

Com ela deve vir o tenor Tamberlik, que atualmente goza na Europa da reputação de um dos melhores cantores no seu gênero.

Foi isto que o meu pensamento viu em viagem e que me veio contar, tirando-me assim todas as minhas belas ilusões da noite.

Comecei a refletir sobre o destino das glórias deste mundo.

"Ainda esta noite, pensava eu, a Charton pisa a nossa cena lírica como rainha e como soberana. Algumas reminiscências que nos deixou a Stoltz já estão apagadas. Brilha num céu sem nuvens como o astro das nossas noites, murmura ao ouvido como o eco das harpas eólias, surge no meio de uma auréola de luz como o anjo da harmonia.

Daqui a um mês, ou a dois talvez, quem sabe se não lhe arrancarão a sua coroa, e se de tantos buquês, de tantos aplausos, terá uma flor solitária e um simples monossílabo de admiração, desses que partem espontaneamente do peito?"

Os abissínios foram um povo da antiguidade que, como os judeus, perderam a sua pátria e se espalharam pelo mundo, misturando o seu sangue a todas as raças.

Quando o sol se ergue, todos se *levantam*; quando ele chega ao ocaso, todos se *recolhem*, e tratam de dormir.

Há, porém, homens para quem a noite é mais bela do que o dia, para quem uma estrela perdida no azul do céu é mais encantadora do que o astro rei com todo seu fulgor.

Estes saúdam o sol quando nasce, mas à noite contemplam a estrela fugitiva e a acompanham no seu caminho solitário.

Infelizmente, porém, ninguém neste mundo, depois de ter sido sol, deseja ficar estrela; e este é o grande mal.

De tudo isto nada se conclui.

Esperamos.

O pomo da discórdia está lançado; o banquete lírico se prepara, e o público, como Páris, tem de julgar.

Que julgue bem, porque a luta deve ser gigantesca como os combates da *Ilíada* e da *Odisseia*, como as peregrinações da *Eneida*.

Aposto, porém, que já estais desesperados por saber da carta que recebi quando ia para o teatro.

Chegamos a ela.

Era escrita em francês, e continha versos, versos feitos por mulher!

Devo, porém, prevenir-vos que não acreditei nem um momento na verdade da assinatura; tomei por uma inocente brincadeira de algum amigo desconhecido, e como os versos são bonitos, vo-los ofereço.

Eis a carta:

13 de junho de 1855

Monsieur. – Si vou voulez les protéger, j'aurai le courage de vous en envoyer d'autres.

A jeudi prochain.

Souffrez que je garde l'anonyme; ce petit air de mystère a un je ne sais quoi, qui me rend plus hardie, ou plutôt moins craintive.

A vous d'amitié,
Elle.

DANS UN ALBUM
185*

Dans votre album, où la jeune amitié laisse
Des songes de bonheur, des projets d'avenir,
Pourquoi vouloir, ami, que ma sombre tristesse
Vienne jeter son deuil sur aussi doux loisir?

Vous ne savez donc pas que le rire de ma lèvre
Déjà depuis longtemps ne va plus à mon coeur;
Et que de ce bonheur dont, hélas, on me sèvre,
Je crains même d'écrire le nom si séducteur!

Moi aussi, j'ai connu ces jours pleins d'espérance
Quand je croyais à tout, aux promesses, au devoir,
Leur souvenir en moi éveille la souffrance,
Car ils ne m'ont laissé qu'un brulant désespoir.

Ce n'est donc pas la froide indifférence
Qui m'empêchait d'écrire un mot de souvenir;
Mais je ne voulais pas, vous dont la vie commence,
Que sitôt vous sussiez que vivre c'est souffrir!

Elle...

Rio de Janeiro

Bem vedes que, se é uma caçoada, é tão delicada e de tão bom gosto, que vale a pena deixar-me enganar, quando mais não fosse, ao menos para dar à vossa curiosidade, minhas belas leitoras, esse lindo tema para sobre ele fantasiardes à vontade.

É realmente uma mulher, uma mulher bonita que escreve lindos versos em francês, que tem no fundo d'alma o desengano e no lábio o sorriso, como uma flor pálida que nasce entre as ruínas, como essa chama lívida que lampeja um momento entre as cinzas quando o fogo se extingue?

Ou será alguma mocinha tímida que vota à poesia as primícias de sua alma, e que deixa cair sobre o papel, em versos, esses primeiros perfumes de um coração de dezoito anos, essas primeiras flores da mocidade e do amor?

Podeis fazer, como estas, mil outras suposições, e aceitar aquela que mais vos agradar e que mais se harmonizar com o vosso espírito e com os vossos sentimentos.

Quanto a mim, ou porque já estou um pouco céptico a respeito dessas dores concentradas e desses sofrimentos mudos que sorriem, ou porque me achasse em más disposições para a poesia, o caso é que, apesar da letra fina e delgada, apesar do pronome da assinatura, nem um instante acreditei que houvesse nisto *dedo de mulher*.

Vi logo que toda esta história não passava de uma engenhosa invenção de algum sujeito que, ou queria abusar da minha boa-fé, ou se envolvia neste véu poético do mistério, para obter de mim a publicação de seus versos.

Fiquei, pois, firmemente convencido que a tal assinatura de tão misteriosa significação, não era outra coisa mais do que a letra inicial do nome do poeta, escrita por extenso – *elle!*

Também pode ser que o pronome deva ser lido em português, embora os versos sejam franceses; e então toda poesia desaparece diante desta transformação de sexo, produzida pela mudança de línguas.

O que sei é que em tudo isto há uns olhos feios ou bonitos, de homem ou de mulher que estão percorrendo estas linhas, e procurando com ansiedade ver se conseguiram enganar-me; e queira Deus que um sorriso irônico não faça coro com esse olhar curioso.

Agora, minhas belas leitoras, deixo-lhes a decifração do enigma; e só lhes peço que, se acaso acertarem com ela, não se tornem egoístas, e ma comuniquem, para rir-me também da caçoada feita a todos nós.

Entretanto, se a nossa *incógnita* (incógnita em álgebra é comum de dois), se a nossa *incógnita* continuar a mandar-me os seus versos, e se eles forem bonitos como os primeiros, continuarei a publicá-los, e a dar-vos assim no meio da minha prosa chilra, algumas flores de poesia.

Conversemos agora a respeito de teatros.

O Ginásio conseguiu fazer a excelente aquisição de uma nova artista, moça de educação fina, e que promete um excelente futuro. É filha de um artista que já teve seus belos dias no nosso teatro.

A nova artista deve estrear segunda-feira, num pequeno papel que lhe foi distribuído para dar-lhe tempo a familiarizar-se com a cena.

O Teatro de São Pedro continua no mesmo estado. Breve, porém, o veremos transformado em uma bela cena lírica, na qual alguns cantores de *cartello*, que dizem devem chegar da Europa, nos darão noites bem agradáveis e bem animadas.

Com a rivalidade dos dois teatros muito ganharemos na bondade dos espetáculos e no zelo dos empresários.

24 DE JUNHO
DE 1855

A Botafogo. – Ópera italiana e ópera francesa. – A Casaloni. – Episódio de Jacques I. – Animação ao Ginásio. – Na Rua do Ouvidor. – A Ordem dos Verdes. – O abalroamento da *Indiana*. – Espetáculos privilegiados. – *Confidences*.

A Botafogo!...

Acompanhemos essa linha de carros que desfila pela Glória e pelo Catete; sigamos esse numeroso concurso que vai pouco a pouco se estendendo pela praia, ao longo do parapeito.

O sol já descambou além dos montes; e as últimas claridades de um dia turvo e anuviado foram se extinguindo entre as sombras do crepúsculo.

Daí a pouco fechou-se a noite; e no meio da escuridão e das trevas sobressaía uma multidão de luzes refletindo-se sobre as águas do mar.

Ranchos de moças a passearem, bandas de música tocando nos coretos, senhoras elegantes debruçadas nas janelas iluminadas, muita concorrência, muita alegria e muita animação; tudo isto tornava a festa encantadora.

Quanto ao fogo, queimou-se às oito horas; dele só restam as cinzas no fundo do mar. Não estranhem, portanto, que o respeite como manda a máxima cristã. *Parce sepultis.*
Às dez horas, pouco mais ou menos, tudo estava acabado. A praia ficara deserta; e nas águas tranquilas da baía, apenas as nereidas murmuravam, conversando baixinho sobre o acontecimento extraordinário que viera perturbar os seus calmos domínios.

Não é preciso dizer-vos que isto se passava domingo no começo de uma semana que prometia tantas coisas bonitas, e que afinal logrou-nos em grande parte.

Tivemos algumas boas noites de teatro italiano, e ouvimos o *Trovador* e o *Barbeiro de Sevilha*, com uma linda ária do *Domino Noir*, que foi muito aplaudida.

Se é verdade o que nos contaram, brevemente teremos o prazer de ouvir toda essa graciosa ópera, em benefício da Sociedade de Beneficência Francesa. A lembrança é feliz, e pode realizar-se perfeitamente com o concurso dos artistas franceses que possui atualmente nosso Teatro Lírico.

A diretoria decerto não se oporá a uma representação, que, além do auxílio poderoso que deve dar a um estabelecimento de beneficência, não pode deixar de fazer bem aos seus artistas, fazendo-os conhecer num gênero de música diverso, e no qual é muito natural que se excedam.

Quem sabe mesmo se, depois deste primeiro ensaio, a empresa não julgará conveniente, para a variedade dos espetáculos e para excitar a concorrência, dar de vez em quando uma pequena representação francesa?

Sei que a música italiana é a mais apreciada no nosso país; porém lembro-me ainda do entusiasmo e do prazer com que foram sempre ouvidas em nossas cenas a Nongaret, a Duval e mesmo a Preti.

Já que não podemos ter ao mesmo tempo uma companhia italiana e uma francesa, não vejo por que não se hão de aproveitar os atores que atualmente possuímos, e, contratando mais um ou dois, darem-nos algumas óperas francesas, que estou certo haviam ser mui bem-aceitas.

Se não há algum obstáculo, que ignoramos, é de crer que a diretoria pense em fazer valer este meio de tornar o Teatro Lírico mais interessante e mais variado.

As óperas francesas têm a grande vantagem de não fatigarem tanto os atores como a música italiana; e por conseguinte se faria um benefício aos artistas, reservando os meses da força do verão para esse gênero de cantoria.

Assim, podiam-se dar as representações italianas com maior intervalo, e não se sacrificaria a voz de alguns cantores, obrigando-os a executar música de Verdi duas ou três vezes por semana.

Fui-me deixando levar pelo gosto de advogar os vossos interesses, minhas belas leitoras, e esquecia-me contar--vos uma cena terna que teve lugar sexta-feira no teatro, quando se representava o segundo ato do *Trovador*.

Uns bravos e umas palmas fora de propósito acolheram a entrada em cena de Casaloni, e continuaram enquanto ela cantava o seu romance da Cigana.

A princípio a artista procurou resistir à emoção que decerto lhe causava essa zombaria imerecida; mas afinal o soluço cortou-lhe a voz e as lágrimas saltaram-lhe dos olhos.

Lágrimas de mulher... Quem pode resistir a elas?

Depois de alguns momentos de confusão, em que a cena ficou deserta e a música em silêncio, a Casaloni entrou novamente em cena com os olhos rasos de pranto e a voz trêmula.

Neste momento é que eu reconheci bem o nosso público, e senti o coração generoso que animava todo esse concurso de espectadores que enchia o salão.

Ninguém disse uma palavra; mas uma salva continuada de aplausos percorreu todos os bancos de ponta a ponta: tudo que tinha um pouco de generosidade no coração e um pouco de sentimento no fundo d'alma protestava contra aquela amarga zombaria, contra aquela ofensa sem causa.

A mulher ofendida que chora é uma coisa sagrada e que se deve respeitar. Dizem que a lágrima é o símbolo da fraqueza; entretanto quantas armas, quantos braços fortes não se têm curvado ao peso dessa gota de linfa que não umedeceria sequer uma folha de rosa?

Deixemos aqui este episódio da semana, que não tem outro interesse senão o de mostrar o efeito de uma imprudência, e de provar a delicadeza do público que sabe preferir uma cantora, sem por isso ofender e maltratar as outras.

O Ginásio Dramático também teve esta semana uma noite feliz, honrada com a presença de SS. MM., que se dignaram estender sobre ele a sua benéfica e augusta proteção.

Representavam-se nessa noite duas comédias, cujos papéis foram muito bem desmpenhados pelo artista da pequena companhia, que parece se esmerou em dar provas dos progressos sensíves que tem feito.

O *Episódio do Reinado de Jacques I* é uma comédia histórica e de muito espírito; tem algumas cenas de uma singeleza e de uma naturalidade encantadora.

É um idílio de amor aos quinze anos, começado nos muros de uma prisão, à leitura da Bíblia, e entre as flores de clematites, – que de repente se vê oprimido nos salões de um palácio suntuoso, no meio das etiquetas da corte.

O idílio esteve quase a transformar-se em drama ou tragédia; mas felizmente achou refúgio num coração de rei, coração cheio de bondade e de virtude, e aí continuou a sorrir em segredo até que...

Até que caiu o pano...

Todos os personagens estavam bem caracterizados e vestidos com bastante luxo e riqueza para os recursos da pequena empresa, que não se poupa a sacrifícios sempre que se trata de promover um melhoramento.

Suas Majestades prometeram voltar ao Ginásio esta semana. Neste fato devem os meus leitores ver a prova a mais evidente dos serviços que este teatro vai prestando à arte dramática do nosso país.

Animado por tão alta proteção, acolhido pela boa sociedade desta corte, o Ginásio poderá brevemente estabelecer-se em um salão mais espaçoso e mais elegante, e aí abrir-nos as portas ao prazer, à alegria, a um inocente e agradável passatempo.

No resto das noites, em que os teatros estiveram fechados, muita moça e muita família passeou pela Rua do Ouvidor para ver o modelo do vestido de casamento da Imperatriz Eugênia, que se achava exposto na vidraça do Beaumely.

As moças admiravam mais o vestido de cetim branco e o penteado, que dizem ser de um gosto *chic*; os homens, porém, admiravam mais as moças que o vestido, de quem tinham ciúme, porque lhes roubavam os olhares, a que suponham talvez ter direitos.

É incompreensível este costume que têm certos homens que gostam de uma mulher de se julgarem com direito exclusivo aos seus olhares, sem que ela lhes tenha feito a menor promessa.

Parece que o olhar de uma mulher bonita é como uma vaga de senador. Ninguém tem direito a ela, o que quer dizer que todos o têm.

Assim um *fashionable* apaixona-se por uma bonita mulher, e sem que ela lhe tenha dito uma palavra, sem mesmo consultá-la, atravessa-se diante dos seus olhares, segue-a por toda parte como a sombra do seu corpo, julga-se enfim com o direito a ser amado por ela.

Se a moça de todo não lhe presta atenção e não se importa com a perseguição sistemática, o apaixonado toma uma grande resolução, e *despreza* a mulher bonita de que ele realmente não *faz caso*.

O mesmo sucede com a vaga de senador.

Um homem qualquer que tem quarenta anos, seja ou não filho de uma província, tenha ou não a afeição dos povos de certas localidades, sem consultar os votantes, apresenta-se candidato, enche o correio de cartas.

Se a província mostra não se importar com a sua candidatura, o homem de quarenta anos toma igualmente uma resolução, *renuncia* à eleição a que *tinha direito*.

Ora, eu não sei como se chama o homem de quarenta anos que *renuncia* à vaga de senador; mas o apaixonado que *despreza* a mulher bonita é conhecido entre certa roda pelo título de comendador da *Ordem dos Verdes*.

Esta ordem é a mais antiga do mundo; é anterior mesmo à época da cavalaria e da mesa-redonda. Data dos tempos em que os animais mais falavam, e deve sua origem a uma raposa espirituosa, que numa circunstância memorável soltou esta palavra célebre: *Estão verdes*.

Muito tempo depois, Eduardo III, apanhando a liga da Condessa de Salisbury, disse também uma palavra, que é pouco mais ou menos a tradução daquela: *Honi soit qui mal y pense*.

Assim como desta palavra se criou a jarreteira, estabeleceu-se muito antes a *Ordem dos Verdes*, na qual são comendadores do número os namorados que *desprezam* as mulheres bonitas, os ministros que *recusam* pastas, os patriotas que *renunciam* à candidatura, os empregados que *pedem* demissão, e muitos outros que seria longo enumerar.

A insígnia da ordem é uma folha de parreira, que outrora foi o símbolo da modéstia e do pudor.

A cor é o verde, como emblema da *esperança;* porque o estatuto da ordem, embora imponha a abnegação e o sacrifício de uma honra ou de um bem, não inibe que se trabalhe por alcançar coisa melhor.

Os membros desta ordem gozam de grandes honras, privilégios e isenções, e especialmente da graça de *obterem tudo quanto desejarem*. Para isso são obrigados apenas a uma insignificante formalidade, que é não *desejarem senão o que puderem obter*.

Concluiria aqui esta revista, se não tivesse dois deveres a cumprir.

O primeiro é a respeito de uma questão que tem ocupado a imprensa desta corte, e que atualmente se acha entregue aos tribunais do país.

Falo da abalroação da *Indiana*, simples fato comercial, a que a imprensa tem querido dar o caráter de uma questão de classe e de brios nacionais.

Um estrangeiro que perde o seu navio não poderá defender os interesses do seu proprietário e dos carregadores, somente porque semelhante defesa vai ofender a tripulação de um vapor brasileiro?

Ninguém mais do que eu sabe respeitar o espírito de classe, e apreciar a generosa fraternidade que prende os homens de uma mesma profissão; porém confesso que essa maneira de identificar o homem com a classe, de julgar do fato pelo mérito pessoal não é a mais acertada para a questão.

O comandante do vapor *Tocantins* pode ser um excelente oficial, a sua tripulação pode ser a melhor, e entretanto ter-se dado um descuido que ocasionasse o sinistro.

Felizmente hoje a questão vai ser perfeitamente esclarecida por testemunhas imparciais e dignas de todo o crédito.

O *Tocantins* foi encontrado na mesma noite de 11, meia hora antes do sinistro, por um navio cujo capitão já atestou que o vapor trazia apenas uma luz ordinária, e não tinha sobre as rodas os faróis verde e encarnado.

Como este, existem muitos outros depoimentos importantes que aparecerão em tempo competente, e que mostrarão de que parte está a verdade e o direito.

O segundo ponto sobre que tenho de falar é a respeito dos espetáculos líricos no Teatro de S. Pedro de Alcântara, dos quais tratei na revista passada.

Um correspondente do *Jornal do Comércio* contesta a possibilidade desses espetáculos em virtude de um privilégio dado à atual empresa lírica.

Entretanto semelhante privilégio não pode existir; se o governo o concedeu, praticou um ato que não estava nas suas atribuições, um ato nulo, porque é inconstitucional.

Não é monopolizando uma indústria já conhecida no país, não é destruindo a concorrência que se promove a utilidade pública.

A própria diretoria do Teatro Lírico deverá desejar esta concorrência; porque se, como ela supõe, a nova empresa não levar avante o seu projeto, isto não pode deixar de reverter em seu benefício, dando-lhe nova força e novo prestígio.

Ainda voltarei a esta questão, que na minha opinião interessa muito ao futuro da arte nesta corte.

Por hoje faço-vos as minhas despedidas.

Vamos ver as fogueiras de São João, brincar ao relento, e recordar as póeticas e encantadoras tradições de nossos pais.

P. S. – À última hora recebo a minha carta prometida para quinta-feira; desta vez reservo para mim a carta, e dou-vos unicamente os versos.

O pronome (em falta do nome) persiste em ser lido em francês, e não em português; porém agora afianço-vos que estou convencido do contrário.

Podeis crer-me.

CONFIDENCES

Si tu vois une femme au sourir caressant,
Au limpide regard, à la marche assurée,
Et dont l'air de triomphe est toujours ravissant,
C'est qu'elle aime déjà, et sait qu'elle est aimée.

Si tu vois une femme à la marche incertaine,
Au long regard abaissé, à la voix animée,
Et ne se livrant jamais à une joie soudaine
C'est qu'elle aime, et doute si elle sera aimée.

Mais, si tu vois celle au regard triste et morne,
Dont les mouvements brusques et la voix saccadée
Viennent montrer encore tout l'amour qu'elle donne
A celui qui l'aime, et qui l'a délaissée,

Oh! ne ris pas, ami! sa douleur est poignante,
Elle ne croit plus à rien; sa raison égarée
Fait qu'elle ne désire que d'arriver mourante
Aux pieds de celui qui est toute as pensée.

Puisque jamais, jamais, cette voix si aimée
Ne parlera plus pour elle le langage du coeur,
Elle sait que désormais le triste cours de sa vie
Ne sera plus marqué par un jour de bonheur.

Car il est vrai que les fêtes de ce monde
Passent sur la douleur sans jamais la guérir;
Et que celui qui souffre une peine profonde,
Peut assister aux joies sans jamais les sentir.

ELLE...

Rio de Janeiro, 1855.

8 DE JULHO
DE 1855

As ações de companhias. – Novas fórmulas de cumprimento. – O benefício do Gentili. – Notícias do Ginásio. – A exumação dos partidos políticos. – O partido liberal e a sua história. – Adeus à pena de folhetinista.

Se não quereis ficar doido, abandonai a cidade, fugi para Petrópolis, ou fechai-vos em casa.
Sobretudo não vos animeis a deitar a cabeça à janela ou a sair à rua, ainda mesmo de noite.
Apenas derdes os primeiros passos, encontrareis um homem grave, que vos apertará a mão como antigo conhecido.
Pensais que vai perguntar pela vossa saúde, ou falar-vos de algum negócio particular? Enganais-vos completamente.
Desde terça-feira que não há nesta grande cidade senão um negócio. A forma vulgar da saudação, o clássico *bons-dias*, foi substituído por um cumprimento mais cheio de interesse e solicitude:
– Então, quantas teve?
– Vinte.
– Ah! Dou-lhe os parabéns.
E o sujeito deixa-vos com um pequeno sorriso de despeito ou de vaidade satisfeita.

Daí a dois passos encontrais um outro conhecido de mãos nos bolsos e chapéu à banda.
– Meu amigo, quer vender?
– O que, senhor?
– As suas ações.
– Ah! as minhas *ações*! não se vendem.
– Pois, se quiser, fico com todas as dez.

Este especulador, que tomais por um comprador de ações, está desesperado por vender as suas antes do dia onze.

Mais adiante tomam-vos o braço de repente, e vos arrastam para a porta de uma loja ou para alguma esquina deserta.
– Quero pedir-lhe um favor.
– Pois não, senhor.
– Em quem vota?
– Em... Não sei ainda.
– Pois então peço-lhe o seu voto para o meu candidato.
– É membro da comissão?
– Não.
– Pois então está servido.
– Fico-lhe muito agradecido.

E continuais o vosso caminho, já pouco azoado.
– Psiu!...psiu!...

É um amigo que vem a correr, naturalmente para participar-vos alguma novidade importante.
– Sabe alguma coisa de novo?
– A respeito...
– Ora, a respeito das ações.
– Não; não tenho ouvido dizer nada.
– Fala-se numa segunda errata.
– Qual! não tinha jeito nenhum.
– Como! o regimento de custas era obra de jurisconsultos, e teve duas erratas.
– Tem razão.
– Adeus.

Quando pensais que vos desvencilhais do homem das erratas, caís nas mãos de um esquecido, que trata de comentar a grande lista dos agraciados, de princípio a fim. Começa a calcular pelas famílias, depois passa a analisar os indivíduos, examinar a sua profissão, e por fim entra no vasto campo dos paralelos e das comparações.

O homem tem na memória uma certidão de batismo de cada um dos agraciados, e um registro dos bens, da morada e do gênero de vida de todos os agraciados na grande loteria do caminho de ferro.

Se o deixarem falar, disserta cinco horas áfias, sem copo d'água, sem mesmo temperar a garganta, sem fazer uma pausa, nem titubear numa vírgula.

Afinal vos larga para ir continuar além a sua propaganda, para ir pregar a nova cruzada contra os homens da comissão.

Assim, enfastiado, aborrecido de todas estas coisas, tendo gasto inutilmente o vosso tempo, entrais no Wallerstein para conversar com algum amigo que não esteja contaminado.

Achais-vos no círculo de *flâneurs*, que passam o tempo alegremente a divertir-se a semear algumas flores neste vale de lágrimas.

Conversa-se sobre as novidades do dia, sobre a probabilidade da vida de Thalberg e a notícia do contrato da Stoltz, sobre a próxima representação lírica em favor da Beneficência Francesa.

Se falais de uma moça elegante, de um lindo *toilette* preto que brilhava um desses dias nos salões, de uns bonitos olhos e de uns requebros graciosos, vos interrompem de repente:

– O pai não teve ações!

Se vos lembrais da Charton na *Fila do Regimento*, e se despertais todas as vossas belas recordações para saciá-las segunda-feira, ouvindo aqueles gorjeios maviosos de envolta com as facécias do Ferranti, não vos deixam acabar.

– É verdade, diz um, a propósito de Ferranti, deram-lhe dez ações!

E saís desesperado, correndo para a casa antes que vos venham atordoar novamente os ouvidos com a maldita palavra que está na ordem do dia.

Quanto mais se soubésseis o que é realmente para toda a sociedade a lista que publicaram na terça-feira os jornais diários da corte.

É uma espécie de cadastro, de registro, de *livro negro* da polícia, no qual se acham escritas as *ações* de cada um, por conseguinte o seu talento, a sua virtude, a sua consideração na sociedade.

As moças lá vão procurar os nomes dos noivos; os negociantes indagar se os seus devedores merecem a continuação do crédito; os amigos saber o grau de amizade que devem despender mutuamente.

Os curiosos divertem-se com as comparações, e os parasitas estudam os nomes daqueles a quem devem tirar o chapéu ou fazer simplesmente um cumprimento de proteção.

E assim são as coisas deste mundo.

Dantes os homens tinham as suas *ações* na alma e no coração; agora têm-nas no bolso ou na carteira. Por isso naquele tempo se premiavam, ao passo que atualmente se compram.

Outrora eram escritas em feitos brilhantes nas páginas da história, ou da crônica gloriosa de um país; hoje são escritas num pedaço de papel dado por uma comissão de cinco membros.

Aquelas ações do tempo antigo eram avaliadas pela consciência, espécie de cadinho que já caiu em desuso; as de hoje são cotadas na praça e apreciadas conforme o juro e interesse que prometem.

....
....

Mas temos muita coisa agradável sobre que conversar, e não vale a pena estarmos a gastar o nosso tempo com esta questão de jornais.

Enquanto senadores, deputados, empregados públicos, desembargadores, negociantes e capitalistas correm à praça para saber a cotação das ações, vamos nós para o teatro ver o benefício do Gentili.

O público deu-lhe todas as demonstrações de apreço e simpatia; os ramos de flores e os versos choveram dos camarotes, e a Charton cantou melhor do que ela mesma costuma cantar.

É um pouco difícil, mas é verdade. Há certas noites em que se conhece que não é a obrigação que a faz cantar, mas a inspiração, um movimento espontâneo, uma necessidade de expansão.

Nestas noites canta como o poeta que escreve versos inspirados, como o pintor que esboça o quadro que a sua imaginação ilumina, como a alma triste que dirige a sua prece a Deus, como a moça que sorri, como a flor que se expande, como o perfume que se exala.

Os lábios vertem os eflúvios d'alma, as melodias que um gênio invisível lhe murmura aos ouvidos, os segredos divinos que alta noite, a horas mortas, lhe contaram as estrelas, as sombras, as brisas que passavam sussurrando docemente.

Mas isto são coisas que se sentem, que se compreendem e que não se explicam. Ouvi um artista cantar num dos seus bons-dias, e percebereis essa nuança inexprimível que vai de bem representar e bem sentir.

Ia-me esquecendo dar-vos notícia do vosso pequeno teatro, do vosso protegido, minhas belas leitoras.

Se soubésseis como ele vos agradece a bondade que tendes tido em animá-lo, como se desvanece pelo interesse que vos inspira!

Agora já não é somente um pequeno círculo de homens de bom gosto que aí vai encorajar o seu adiantamento e aplaudir aos seus pequenos triunfos.

Na balaustrada dos seus camarotes se debruçam as senhoras mais elegantes, as moças as mais gentis dos nossos aristocráticos salões.

O lindo rosto expandindo-se de prazer, o sorriso da alegria nos lábios, elas esquecem tudo para interessar-se pelo enredo de uma graciosa comédia.

E depois a sua boquinha feiticeira vai repetir no baile, ou na partida, uma frase espirituosa, um dito chistoso, que requinta de graça, conforme os lábios são mais ou menos bonitos.

No Teatro Lírico podeis ver um semblante triste, uns olhos vendados pelos longos cílios de seda, uma fronte pensativa e melancólica.

Mas no Ginásio o prazer roça as suas asas d'ouro por todos esses rostos encantadores; e bafeja com o seu hálito celeste todos os pensamentos tristes, todas as recordações amargas.

Tudo sorri; os olhos cintilam, as faces enrubescem, a fronte brilha, o gesto se anima, e a alma brinca e se embala nas emoções doces, calmas e serenas.

A dor, a tristeza, a velhice e o pensamento, nada há que resista a esta franca jovialidade, que como um menino travesso não respeita nem as cãs, nem as lucubrações sérias, nem a gravidade e a sisudez.

E quando por volta de meia-noite vos retirais, ides satisfeito, julgando o mundo melhor do que ele realmente é.

E tudo isto é obra vossa, minhas amáveis leitoras; podeis ter este orgulho. Fostes vós que criastes este teatro; que o animastes com um sorriso, que o protegeis com a vossa graça, e que hoje o tratais como vosso protegido.

Entretanto peço-vos que, quando tiverdes ocasião, não lhe deixeis de dar uma dessas doces repreensões, uma dessas ligeiras advertências, como só sabem dar lábios de mulher.

Dizei-lhe que faça com que seus artistas decorem melhor os papéis, e aprendam a pronunciar com perfeição os nomes estrangeiros.

Esqueci-me de pedir-vos isto naquela brilhante reunião em que vos encontrei sexta-feira, tão bonitas, tão satisfeitas, tão risonhas, que bem se via que esta noite tem de ficar gravada na vossa memória, até que outra a venha fazer esquecer.

E agora atirai o jornal de lado, ou antes passai-o ao vosso marido, ao vosso pai ou ao vosso titio, para que ele leia o resto.

Bem entendido, no caso de que não esteja pensando em ações, porque então é escusado; não me dará a atenção de que eu preciso para falar a respeito da discussão que tem havido ultimamente na câmara.

O Sr. Sayão Lobato, fazendo a *exumação* dos partidos políticos, procurou demonstrar que as ideias liberais tinham sido sempre estéreis para o país.

Em resposta duas vozes se ergueram; a do Sr. Melo Franco que defendia seus aliados, e a do Sr. F. Otaviano que tomou a si a causa nobre do franco e do proscrito.

Perdoe-nos o ilustre orador, que com tanto afã defende o passado de seu partido e que, apesar de magistrado imparcial se mostra parcialíssimo político nos seus retrospectos históricos.

Se o partido liberal não escreveu leis de 3 de dezembro, e não fez grande cópia de regulamentos, nem por isso deixou de fecundar as instituições do país com o germe civilizador de sua ideia, de suas crenças, de sua constância em pugnar pelas reformas úteis e necessárias.

A sua história é a história de muito pensamento generoso e nobre no nosso país, desde a sua independência até a calma e tranquilidade de que atualmente gozamos.

Foi ele que nos deu, e que tem defendido ardentemente o júri e a imprensa; foi ele que primeiro proclamou o princípio das incompatibilidades, das eleições diretas, da independência do poder judiciário, que iniciou todas estas reformas que hoje se trata de realizar.

Não podemos estender-nos mais; porém em qualquer tempo aceitaremos com o maior prazer esta discussão; pela nossa vez também revolveremos as cinzas dos túmulos, mas para honrá-las, esquecendo os erros dos mortos, e não para profaná-las excitando o desprezo dos vivos.

Os partidos desapareceram da cena política; pertencem ao domínio da história. Simples investigadores, podemos apreciar os fatos com a calma necessária, sem sermos influenciados por interesses pessoais.

*

E agora, vem, minha boa pena de folhetinista, minha amiga de tantos dias, companheira inseparável dos meus prazeres, confidente de meus segredos, de minhas mágoas, dos meus prazeres.

Vem! Quero dizer-te *adeus*! Vamos separar-nos, e talvez para sempre!

Tenho saudade desses dias em que brincavas comigo sorrindo-me, coqueteando, desfolhando as flores da imaginação, e levando-me por estes espaços infindos da fantasia.

Oh! tenho muita saudade! Sempre me lembrarei dessas nossas conversas íntimas ao canto de uma mesa, com os olhos nos ponteiros do relógio, aproveitando as últimas claridades do crepúsculo para recordar ainda algum fato esquecido.

Mas é necessário. Faço-te este sacrifício, bem que me pese, bem que o levem a mal os meus melhores amigos.

Os outros te esquecerão, mas eu me lembrarei sempre de ti: basta isto para consolar-te.

7 DE OUTUBRO
DE 1855

Correi, minha pena. – Oásis deste tempo. – A religião de Cristo. – Um conselho. – Sorrir e rir. – O marinheiro do Mediterrâneo. – A bela noite do *Ginásio*. – *Norma*, a bela criação de Emmy La Grua. – Como o poeta, como o pintor é o artista dramático. – Faremos, se for necessário, como o escultor que talha o mármore.

Correi, correi de novo, minha boa pena de folhetinista!
És livre, como tuas irmãs, que cortam os ares nas asas ligeiras; abri o voo, lançai-vos no espaço.
Avante.
Mas como estão mudados os tempos; como são diferentes os dias de agora, daquelas semanas em que brincavas sorrindo com os bailes, com as moças, com a música, com tudo que era belo e sedutor!
Então tudo eram flores, – flores mimosas que desabrochavam aos raios de um belo sol de primavera, – que brilhavam sob um céu azul perfumando aqueles dias tão tranquilos e tão serenos.
Hoje as rosas murcharam, o céu turvou-se; e nesta sáfara da vida por que passamos atualmente, apenas flores-

cem os cardos com seus espinhos, as saudades com a sua melancolia, e os goivos com o seu triste emblema.

Felizmente todo o deserto tem seus oásis, nos quais a natureza, por um faceiro capricho, parece esmerar-se em criar um pequeno berço de flores e de verdura, concentrando nesses cantinhos de terra toda a força de seiva necessária para fecundar as vastas planícies.

Assim nesta quadra de amarguras e sofrimentos, encontram-se de espaço a espaço alguns corações ricos de virtudes e de sentimento; são os oásis deste tempo.

Aí sim; aí há flores; não as rosas brilhantes de outrora ou as camélias aveludadas dos salões; mas as flores modestas, filhas da sombra e do retiro, as flores do sentimento – as violetas.

Vós, minhas leitoras, que sabeis sentir, bem compreendeis o que são estas *violetas* de que falo; são as flores singelas de vossa alma, – a caridade, a beneficência, o zelo e a abnegação.

Também me compreendem os pobres e infelizes, que tantas vezes durante estes tempos de provação têm sentido os perfumes suaves, a fragrância consoladora dessas flores do coração, – flores que desabrocham orvalhadas com as lágrimas da desgraça e do sofrimento.

E sobre tudo isto, há ainda a religião, – a nossa bela religião de Cristo, – mãe extremosa de todos os órfãos, – a irmã desvelada de todos os infelizes, – a amiga e companheira fiel dos pobres, – a consoladora de todas as misérias, e todas as aflições.

É ela que nos há de se dar força e coragem para atravessarmos com resignação esses dias de atribulação, que felizmente parece irão pouco a pouco se acalmando, até nos deixarem aquela serenidade dos belos tempos de que hoje temos tanta saudade.

E agora, minhas leitoras, deixai-me dar-vos um conselho, que estou certo haveis de acolher com toda aquela amabilidade com que outrora acompanháveis os zigue-zagues desta minha pena caprichosa, que bem vezes vos dava sérios motivos para um arrufo, para um enfado.

Voltemos porém ao conselho; não penseis já que é algum conselho muito grave, muito sério, vestido de calça e casaca preta com gravata branca, – à guisa de um antigo conselheiro da coroa.

Não; – é um pequeno conselho bem próprio para moças bonitas como sois, – um conselho que tem além de todas as outras vantagens, o merecimento de mostrar as pérolas de vossos dentes, e de fazer da vossa boca uma florzinha cor-de-rosa.

Aconselho-vos, que apesar dos tempos em que estamos, apesar de tanta tristeza e melancolia que envolve esta bela cidade, apesar de tudo, apesar mesmo das lágrimas, não deixeis de *sorrir*.

Notai porém que eu digo simplesmente *sorrir* e não *rir*.

O riso é esta expressão vulgar com que exprimimos a alegria e o bom humor; é muitas vezes mesmo um movimento nervoso, sem sentido, sem significação, um hábito que se contrai como tantos outros, como o costume de estalar os dedos, de alisar o bigode, ou endireitar o colarinho.

Assim rir, quando alguém sofre, quando nossos irmãos padecem, é uma ofensa amarga, um insulto à dor e à desgraça; porque esse riso, se não é um escárnio, é uma indiferença fria, é uma insensibilidade estúpida.

Mas o sorriso é diferente.

O sorriso é esta exalação da alma, que nos momentos de calma e tranquilidade vem desabrochar nos lábios, e abrir-se como uma dessas flores silvestres que o menor sopro desfolha.

Nunca vistes nas noites cálidas e límpidas, essas estrelas brilhantes que atravessam o horizonte, traçando no espaço um rasto luminoso, e brilhando um momento entre a escuridão das trevas?

Dizem que isto é um efeito da eletricidade. Pois o sorriso, – como as estrelas filantes, – é produzido também por esse choque de emoções, e de sentimentos, que se pode bem considerar como a eletricidade moral.

Portanto não há mal nenhum, minhas belas leitoras, em que deixeis vossos lábios sorrirem, e vossas almas expandirem-se no lindo rosto; há sorrisos alegres, porém, também os há serenos, tristes e melancólicos.

Demais, peço-vos isto também por nós. Que quereis que façamos, se nestes dias aflitos não virmos brilhar uma estrela, uma flor, um sorriso?

Quanto a mim, sou como o marinheiro do Mediterrâneo, perdido na vasta amplidão dos mares, batido pela procela, que no meio da escuridão e do vendaval, apenas vê brilhar no céu uma estrela furtiva, sente-se reanimado, cria novas forças, e murmura a sua prece. *Ave maris stella.*

Assim no meio dos desgostos e das tribulações, quando virdes um sorriso despontar nos lábios de uma linda mulher que vos ame, podeis fazer como o marinheiro; ajoelhai, e murmurai a vossa prece. *Ave animae stella.*

Portanto, minhas belas leitoras, sorri, sorri sempre, como sorri o céu, o mar, e tudo que é belo; porque foi este o destino que Deus deu às coisas mimosas: porque é esta a missão que representam neste mundo a beleza e a graça.

E quando quiserdes sorrir, não esqueçais o vosso protegido, o *Ginásio*, aquele pequeno e lindo teatro, sobre o qual tantas vezes conversamos outrora, nos domingos.

Ainda é o mesmo; sempre digno da vossa solicitude, sempre esforçando-se em corresponder à amabilidade com que o tratais.

Depois que nos separamos tão repentinamente, tem havido nele muita coisa de novo, muita representação interessante: porém de tudo o que se me tem contado, a mais bela noite do *Ginásio* foi a de quinta-feira, – em que teve lugar o benefício dos pobres.

Se eu já não soubesse, minhas leitoras, que amais de coração este bom teatrinho, que vos dá tantas horas de agradável passatempo, podia contar que depois deste ato de beneficência, não lhe recusaríeis a vossa proteção, e sobretudo a vossa presença, que é a maior proteção que pode dar uma linda moça.

Não sei sobre que mais hei de falar-vos que já não tenha sido dito e repetido por tantas penas delicadas, que vos apresentam todos os domingos a história da semana.

Sobre *Norma?*

Quem é que não foi ver no Teatro Lírico esta bela criação de Emmy La Grua; quem não ouviu esse canto inspirado e profundo que faz correr pelo corpo um arrepio de emoção?

Norma, como a vi num desses dias no Teatro Lírico, fez-me compreender o episódio da Velleda dos *Mártires* de Chateaubriand, que, segundo dizem, forneceu o assunto deste pequeno poema de paixão violenta, de ciúme selvagem, e de amor sublime.

Falam por aí de algumas exagerações que pretendem haver na criação deste papel dramático; mas quem assim pensa, não tem uma verdadeira ideia da arte.

Por mim, não concebo que um crítico possa dizer ao poeta, ao artista, ao gênio, enfim como Deus disse ao mar:
– *Vós não passareis daqui.*

Desde o momento em que o homem, nos voos de sua inteligência, se eleva acima das circunstâncias ordinárias da vida, desde que o seu pensamento se lança no espaço, possuído desse desejo ardente, dessa inspiração insaciável de atingir ao sublime, não é possível marcar-lhe um dique, um ponto que lhe sirva de marco.

Ide dizer ao poeta que não deixe correr a sua imaginação pelos espaços infinitos da fantasia, – ide dizer ao pintor que force o seu pincel quando corre inspirado sobre a tela, e eles vos responderão que o pensamento que os anima neste instante escraviza e esmaga a sua vontade; que a alma e o corpo cedem à força da inspiração que os arrebata neste momento.

Como o poeta, como o pintor, é o artista dramático, quando se acha possuído de seu papel, quando sente abrasar-se-lhe nas veias o fogo sagrado; é preciso ainda notar que este tem mais um motivo para deixar-se arrastar, tem os aplausos e os bravos de uma multidão inteira.

Assim, tudo isto a que vulgarmente chamam exagerações, são apenas os arrojos da imaginação do artista, os primeiros esboços de sua criação, que ele ainda não teve tempo de polir e de limar; por isso se houverdes visto a *Norma* todas as vezes como eu, decerto tereis reparado que cada dia uma dessas *exagerações* vai tomando nova forma, vai-se desenhando mais brilhante, mais luminosa, como um painel que se retoca.

Por tudo isso que tenho escrito, não penseis que me faço um defensor cego de La Grua, um defensor *quand même* da cantora que é hoje a estrela brilhante do Teatro Lírico.

Não: – nem ao público, nem a ela, nem a nós, conviria uma admiração tão cega, que excluísse a franqueza, quando por acaso se tornasse necessária.

O artista, a quem julgo ofender dizendo-lhe a verdade, e apontando-lhe um erro, – é sempre um artista medíocre que vive da sombra da glória, sem merecimento real.

Por isso nós, com Emmy La Grua, faremos, se for necessário, como dizia Alphonse Karr a propósito das mulheres bonitas; faremos como o escultor que talha o mármore de uma estátua, não para ofendê-la, mas para modelar-lhe as formas elegantes e arredondar-lhe os mimosos contornos.

Se for necessário, o dissemos nós, porque parece que nunca teremos ocasião de fazer de nossa pena de folhetinista um buril de escultor.

21 DE OUTUBRO
DE 1855

Olhando para o fundo do meu tinteiro. – O que é um tinteiro. – O que se pode tirar dele. – A minha pena tornou-se grave e sisuda. – Como é possível um pouco de poesia nesta época? – Febre de publicidade. – A linda festa que será o leilão de caridade. – Voltamos ao Teatro Lírico. – De novo, o fundo de meu tinteiro. – Bem-vindo, meu bom amigo.

*E*stava olhando para o fundo do meu tinteiro sem saber o que havia de escrever, e de repente veio-me à ideia um pensamento que teve *Alphonse Karr*, quase que em idênticas circunstâncias.

Lembrei-me que talvez aquela meia-onça de líquido negro contivesse o germe de muita coisa grande e importante; e que cada uma gota daquele pequeno lago tranquilo e sereno podia produzir uma inundação e um cataclismo.

De fato o que é um tinteiro?

É à primeira vista a coisa mais insignificante do mundo; um traste que custa mais ou menos caro, conforme o gosto e a matéria com que é feito.

Entretanto, pensando bem é que se compreende a missão importante que tem um tinteiro na história do mundo, e a influência que pode exercer nos futuros destinos da humanidade.

Assim, por exemplo, aquele meu tinteiro, que ali está encostado a um canto, se por voltas deste mundo fosse para a Europa, podia tornar-se célebre na história do gênero humano.

Lamartine ou Victor Hugo se quisessem tirariam dali um poema, um drama, um livro cheio de poesia e de sentimento.

Rotschild, ou qualquer banqueiro da Inglaterra, podia com uma simples gota fazer surgir milhões e produzir de repente uma nova chuva de ouro.

Qualquer mulher bonita, com um só átomo daquela tinta, faria a felicidade de muita gente escrevendo na sua letrazinha inglesa três ou quatro palavras.

Meyerbeer ou Rossini num momento de inspiração achariam ali uma ópera divina, uma música sublime, como o *Trovador*, a *Semíramis*, ou o *Nabuco*.

Enfim, o papa amaldiçoaria o mundo inteiro, como acaba de fazer com o Piemonte; Napoleão declararia a guerra à Europa; a Inglaterra levaria a destruição por todos os mares; e a guerra do Oriente se terminaria de repente.

E tudo isto, todas essas grandes revoluções, todos esses fatos importantes, todas essas coisas grandes, dormiam talvez no fundo do meu tinteiro, e dependiam apenas de um capricho do acaso.

Para mim, porém, obscuro folhetinista da semana, o que podia haver de interessante nas ondas negras da tinta que umedecia os bicos de minha pena?

Um devaneio sobre o teatro lírico, uma poesia sobre algum rostinho encantador, uma crítica mais ou menos espirituosa sobre a quadra atual, tão fértil em episódios interessantes para uma pena que soubesse descrever e comentar?

A minha pena porém já não presta para essas coisas; de travessa, de ligeira, e alegre que foi em algum tempo, tornou-se grave e sisuda, e olha por cima do ombro para todas essas pequenas futilidades do espírito humano.

A culpa porém não é dela; é a influência diabólica dessa quadra, que merece ser riscada dos anais da crônica elegante.

De fato, como se pode hoje brincar sobre um assunto, escrever uma página de estilo mimoso, falar de flores e de música, se o eco da cidade vos responde de longe: – *Pão,* – *epidemia,* – *socorros públicos,* – *enfermarias!*

Estais no teatro, esquecido deste mundo e de suas misérias, ouvindo a *Grua* cantar algum belo trecho de música, ou a *Charton* treinar as suas notas de rouxinol francês; não vos lembrais de coisa alguma, senão de que tendes a alma nos olhos, e os olhos noutros olhos, – quando sentis no ouvido um zumbido pouco harmônico.

É um sujeito que acabou de cear à lauta e que vos pergunta como vai a epidemia, ou vos conta dois ou três casos que ele presenciou, e cuja impressão *agradável* deseja comunicar-vos como vosso amigo.

Se deitais o óculo para algum camarote e começais a contemplar um talhe elegante ou um colo acetinado, é justamente neste momento que um *economista* de polpa vos agarra para discutir a magna questão da farinha de trigo, e do comércio do pão de rala. Ainda se fosse a questão das carnes, – podia ter sua analogia!

Como é possível pois ter um pouco de poesia, e de espírito numa semelhante época? Como escrever duas linhas sem falar da epidemia reinante, dos atos de caridade, e das enfermarias?

Se isto continua, daqui a pouco os jornais tornar-se-ão uma espécie de boletim; não há nada que diga respeito à moléstia que não se anuncie.

Abri um jornal qualquer do dia, e vereis pouco mais ou menos o seguinte:

"O Sr. *A* partiu para tal parte; o Sr. *B* voltou de tal lugar; o Sr. *C* vai partir para tal vila, o Sr. *D* tem dado providências; o Sr. *E* ofereceu mil cobertores; o Sr. *F* adoeceu, mas já ficou bom."

E assim por diante; ninguém escapa a esta febre de publicação, que já se estendeu até aos diversos períodos da moléstia.

No meio de tudo isto, as mulheres andam inteiramente absorvidas com a caridade, e não pensam noutra coisa: e a tal ponto, que as moças bonitas já não aparecem, de tão ocupadas que têm estado a fazerem trabalhos para o leilão de hoje.

O que há de ser este leilão, eu adivinho; há de ser uma linda festa, muito concorrida, onde a caridade brilhará no meio de sorrisos graciosos e de olhares brilhantes; em que o amor, a vaidade, o orgulho, todas essas paixões mundanas servirão de pedestal à bela estátua da virtude celeste.

É aí que as lindas mulheres vão retribuir à Providência os tesouros de beleza e de graça, que a natureza lhes deu; é aí que o seu olhar, o seu sorriso, o seu gesto elegante, pedindo para os pobres, renderão a Deus um verdadeiro culto.

Hoje pois terá lugar uma larga remissão de pecadilhos, e uma justa penitência da parte das moças bonitas e *coquettes*, que por tanto tempo zombaram impunemente dos protestos e da paciência de seus adoradores.

Deixemos porém estes assuntos já esgotados, e voltemos ao Teatro Lírico, que é atualmente o ponto de reunião mais interessante desta bela capital.

Ultimamente a nossa cena lírica ia perdendo muito no espírito público; embora possuísse duas artistas de incontestável merecimento, o repertório estava já tão conhecido que não oferecia a menor variedade.

Eu, pelo menos, ia ao teatro como um homem levado pelo hábito e acostumado a ouvir todas as noites, recostado à janela, cantar nas moitas do seu jardim alguma ave melodiosa.

Uma noite, era um rouxinol que gorjeava as suas canções mimosas, – era a Charton. Outra, era a sereia que embriagava com os sons palpitantes de sua voz harmoniosa, – era Emmy.

Havia gente que gastava o seu tempo a discutir o que era mais agradável e mais artístico. Os homens de juízo e de bom gosto faziam como eu; admiravam a estrela do céu, e a flor do campo, sem procurar saber qual era mais bela.

Agora porém parece-nos que o Teatro Lírico vai tomar outro aspecto; preparam-se novas óperas, e trata-se de criar um novo repertório.

Além da *Sapho* que se deve representar breve, teremos com a Charton a *Fidanzata Corsa* cujo ensaio começou ontem, e depois o *Nabuco* com E. La Grua e o Walter.

Para o dia 2 de dezembro fala-se numa composição francesa, e numa ópera em que cantarão juntas as duas prima-donas rivais.

Com a chegada porém de Tamberlick e de Julienne Dejean, é que a nossa cena se reanimará completamente; e que fará gosto assistir a uma dessas lutas do talento e da arte, lutas cujos troféus são as camélias, as rosas, e os lindos ramos de flores que abatem aos pés do vencedor.

A vinda do Tamberlick é sobretudo muito necessária, não só por não termos um bom tenor, como por consideração para com as nossas patrícias.

Na verdade é uma injustiça imperdoável, que elas não tenham um cantor por quem se entusiasmem; entretanto que nós temos *Emmy*, *Arsene*, e *Anneta*; nada menos do que três, isto é, – um número suficiente para revolucionar o mundo.

Começo de novo a olhar para o fundo do meu tinteiro para ver se ainda há alguma coisa.

Esperai! Lá vejo surgir o que quer que seja, – um pequeno *ponto*, um ponto quase imperceptível e confuso, que vai pouco a pouco se tornando mais distinto, como uma vela que desponta no horizonte entre a vasta amplidão dos mares.

Talvez nos traga coisas interessantes e curiosas; notícias que vos compensem da insipidez destas páginas ingratas.

Oh! O ponto cresce, cresce! Vai tomando a fisionomia de uma espécie de porteiro de secretaria, ou de bedel de academia.

Agora vejo-o distintamente; é um amigo velho!

Bem-vindo, meu bom amigo, bem-vindo, amigo sincero dos folhetinistas e dos escritores, bem-vindo, ponto final!

Não há remédio, senão ceder-vos o lugar que vos compete; ei-lo,

(.)

18 DE NOVEMBRO
DE 1855

Estou de *verve;* vou escrever um livro. – O folhetim é o livro da semana. – Por ora, apenas o título. – Ao título, segue-se a dedicatória. – O prólogo. – A introdução. – O índice dos capítulos. – Para que serviria escrever todos estes capítulos? – O livro de hoje é o título, o prólogo, a introdução e o índice dos capítulos. – O mais não vale a pena ler. – Alphonse Karr e o elogio. – Charton e Grua. – A censura tem sua graça. – É a pimenta que dá sainete ao elogio. – Arrogo-me o direito de crítico. – Comecemos as censuras. – Finalmente, censuro-me e aos leitores.

Desta vez estou de *verve;* vou escrever um livro.

Se bem me lembro, já dei aos meus leitores um folhetim-romance, um folhetim-comédia, um folhetim em viagem, um folhetim-álbum.

Faltava-me porém dar um folhetim-livro, e por isso quero hoje realizar essa nova transformação do Proteu da imprensa.

De fato o folhetim já por si é um livro; é o livro da semana, livro de sete dias, impresso pelo tempo e encadernado pela crônica; é um dos volumes de uma obra intitulada *O Ano de 1855*.

Neste volume a cidade do Rio de Janeiro faz as vezes de papel de impressão, os habitantes da corte são os tipos, os dias formam as páginas e os acontecimentos servem de compositores.

Mas não é disto que se trata, e sim do projeto gigantesco que concebi de escrever hoje um livro-folhetim.

Há de ser um livro completo, precedido de um prólogo, dividido em capítulos, e escrito com toda a gravidade de um homem predestinado a visitar a posteridade envolvido em uma capa de couro e na companhia das traças, das teias de aranha e da poeira das estantes.

Preparem-se pois os meus leitores, limpem os vidros dos óculos, tomem a sua pitada de rapé, e... aí têm o livro.

Por ora é apenas o título:

LIVRO DA SEMANA
ou
HISTÓRIA CIRCUNSTANCIADA DO QUE SE PASSOU
DE MAIS IMPORTANTE
nesta
CIDADE DO RIO DE JANEIRO
desde
O DIA 11 DO CORRENTE MÊS, EM QUE SUBIU AOS
ARES COM GERAL ADMIRAÇÃO,
O BALÃO AEROSTÁTICO
ATÉ O DIA DE HOJE 18
compreendendo
todos os acontecimentos mais notáveis
da semana, não só a respeito de
teatros e divertimentos,
como em relação à política,
às artes
e ciências
OBRA CURIOSÍSSIMA
em todos os sentidos

Escrita
no ano da graça de Nosso Senhor Jesus Cristo
de 1855
Por
UMA TESTEMUNHA OCULAR
RIO DE JANEIRO
MDCCCLV
Tipografia do Diário do
Rio de Janeiro.

Ao título segue-se a dedicatória.

Há certas obras em que a dedicatória é um simples luxo; em outras porém, como nesta, é de rigor.

Uma dedicatória deve ser simples e verdadeira.

Por exemplo:

AOS MEUS RESPEITÁVEIS LEITORES
O.D.C.
Em sinal de consideração e preguiça de escrever o folhetim de hoje.
O AUTOR.

(Ora muito bem: quanto a título e dedicatória, estamos arranjados; passemos à terceira página, em que naturalmente deve vir o prólogo.

O prólogo é o *bom-dia* de um escritor ao seu leitor, é o *aperto de mão* amigável de um sujeito que é apresentado a outro a quem não conhecia; é a *cortesia* do orador que cumprimenta o seu auditório antes de começar o discurso.

Vamos ver como nos saímos no prólogo: tenha o leitor a bondade de passar à outra página)

PRÓLOGO

Não é a ambição de glória que me faz dar hoje à luz este pequeno *Livro da Semana*, fruto de algumas horas de trabalho; é unicamente o desejo de tornar-me útil ao meu país e de concorrer com um óbolo para a grande obra da nossa literatura pátria, que me induziu a registrar os fatos importantes da semana que acabou ontem.

Se o público acolher bem este meu primeiro filho, talvez que animado pela sua benevolência me resolva a continuar na carreira encetada. Do contrário consolar-me-ei com a consciência de ter cumprido o meu dever.

Rio, 18 de novembro.   O A<small>UTOR</small>

Depois do prólogo, o autor costuma fazer uma introdução, na qual apresenta o plano geral de sua obra, e prepara o espírito do leitor para seguir o desenvolvimento das ideias contidas na sua obra.

Passemos pois à

INTRODUÇÃO

Esta semana que acabou apresentou uma face curiosa pelo lado da insipidez.

Portanto o leitor não deve esperar uma descrição poética, nem mesmo essa variedade que encanta e deleita.

Omnis variatio delectat[1].

Apenas procurarei fazer a narração fiel, não desses boatos sem fundamento que por aí correm, mas daquilo que eu próprio vi e ouvi[2].

Começarei pelo começo.

Feita a introdução, passa-se ao primeiro capítulo, que é uma espécie de segunda introdução.

Alguns autores usam capítulos com sumários; outros apenas dão uma ideia geral daquilo sobre que vão tratar.

O meu autor é deste último sistema.

---

1 A citação latina, além de dar ao livro um certo cunho de erudição, é uma linha que se poupa e que o autor enche à custa dos que o precederam. (*Nota do folhetinista.*)

2 O autor é míope, e quase sempre anda distraído. (*Nota do público.*)

Eis o índice dos capítulos, que forma a 4ª página:

Cap. 1º – Em que o autor mostra por que feliz acaso lhe veio a ideia de escrever este livro.

Cap. 2º – Em que o autor, depois de refletir profundamente, resolve-se a começar pelo princípio e acabar pelo fim.

Cap. 3º – Que serve para mostrar como o domingo e a segunda-feira foram dois dias muito insípidos.

Cap. 4º – Como o autor foi ao Teatro Lírico terça-feira ouvir música, e voltou muito desgostoso por causa da chuva, que fez com que a casa estivesse inteiramente vazia.

Cap. 5º – No qual se contam duas viagens importantes que fez o autor esta semana, uma ao redor da baía no vapor *Marquês de Olinda*, e outra ao redor de uma mesa de almoço ao vapor do champanha.

Cap. 6º – Em que o autor, não tendo mais nada que contar, começa a dar tratos à imaginação para descobrir alguma boa ideia e encher o resto das páginas que lhe faltam.

Cap. 7º – Como o autor, sempre à busca da sua ideia, começa a roer as unhas, indício certo de que a imaginação já vai se iluminando.

Cap. 8º – No qual o autor lembra-se finalmente que podia falar da Grua e da Charton; mas por fim resolve-se a fazer reticência.

Cap. 9º – Em que o autor trata de diversas coisas, e especialmente de encher papel.

Cap. 10º – Que serve de conclusão à obra.

Agora, eu podia escrever todos estes capítulos: mas de que servia?

Todo o mundo sabe que um livro hoje em dia não é mais do que o título, o prólogo, a introdução, e o índice dos capítulos.

O leitor passa os olhos rapidamente, folheia o livro, e apenas de espaço a espaço encontra uma boa ideia, um trecho interessante.

O mais não vale a pena ler, porque reduz-se a uma meia dúzia de palavras, a uma caterva de citações.

Suponha portanto o leitor que, depois de ter lido o título, folheia o nosso livro, e lê unicamente os seguintes trechos:

Alphonse Karr diz não sei onde que o elogio não tem merecimento, senão quando aquele que elogia podia dizer o contrário, e aquele que é elogiado podia consentir que se fizesse uma censura.

Eu, que não posso deixar de aceitar este preceito de mestre, que o acho muito justo e razoável, sempre que censuro é unicamente para dar valor ao elogio quando chegar a ocasião de fazê-lo.

Quando censurar a Charton, é unicamente para mostrar que os elogios que lhe fizeram foram merecidos; quando fizer um reparo a respeito da Grua, é somente porque desejo ter ocasiões de lhe fazer todos os elogios.

Demais uma censura tem sua graça e seus chistes, enquanto o elogio constante é de uma monotonia insuportável.

Quem poderia aturar um céu azul, um sol brilhante e um dia límpido e sereno, se não fosse a chuva e a tempestade que lhe servem de contraste?

Quem admiraria as moças bonitas, se não fosse a quantidade de mulheres feias que existe neste mundo, e que se encontra a cada passo?

Quem apreciaria certas iguarias, se não fosse a pimenta, a mostarda, e o tempero de que são adubadas?

Quem sentiria o prazer de uma boa mesa coberta de manjares e de vinhos escolhidos, sem ter fome e sede?

O mesmo sucede com o elogio; a censura é a pimenta que lhe dá o sainete, é a fome que o faz saboroso, é a tempestade que quando se desfaz deixa o céu mais límpido e sereno.

Acho esta teoria tão boa que estou resolvido, pelo bem de todos, a sacrificar-me e a não elogiar a mais ninguém.

De agora em diante arrogo-me o direito de crítico, e começo a fazer censuras por conta dos elogios que já fiz e dos que possa vir a fazer.

E portanto comecemos.

Censuro em primeiro lugar os admiradores das cantoras que não admitem a menor observação, por mais delicada que seja.

Parece que à força de olharem para o sol ficaram deslumbrados, e não veem por conseguinte aquilo que salta aos olhos.

Censuro depois as próprias cantoras, porque julgam que é exagerando-se que hão de realçar o seu merecimento.

Todos nós sabemos que isto nada vale; há bem pouco tempo que o céu mesmo nos deu uma lição mostrando-nos ao meio-dia uma estrela junto do sol.

O sol brilhava, mas a estrela derramava sua luz calma e serena.

Finalmente censuro-me a mim mesmo, porque não penso como os outros; e censuro ao meu leitor por não ter melhor empregado o seu tempo.

(.)

FOLHAS SOLTAS*
(1856-1857)

---

* As crônicas reunidas nesta parte foram publicadas no *Diário do Rio de Janeiro*, em 1856 e 1857. Ao contrário do conjunto anterior, que teve apenas o título *Ao Correr da Pena*, estas tiveram três títulos – *Folhas Soltas, Folhetim, Revista* – e dois subtítulos –: "Conversa com os meus leitores" e "Conversa com as minhas leitoras".

18 DE FEVEREIRO DE 1856

FOLHAS SOLTAS

CONVERSA COM OS MEUS LEITORES

A PROPÓSITO DO ERNANI

*T*inha atirado ao canto a minha pena de folhetinista, pensando guardá-la como uma pobre relíquia do meu passado.

Mas um desses dias ouvi falar em *Domino Noir*, e vieram-me saudades tão grandes dos bons tempos e que ia ao teatro beber inspirações, que assentei de ter ainda um dia sequer dessas emoções deliciosas que valem bem todas as realidades da vida.

Tive veleidades de ser ainda um dia folhetinista, ao menos para repetir o último adeus do público à Charton, para traduzir as derradeiras notas do seu canto de cisne nesta terra que embelezou durante dois anos com a harmonia de sua voz e com as flores do seu talento.

Escreveria ainda um folhetim, e depois quebraria minha pena de folhetinista, à guisa desses antigos cavaleiros que quebravam o copo em que bebiam à saúde de sua dama; porque, a falar a verdade, lamento os cronistas futuros, que no meio da insipidez dessa quadra não terão mais um raio de inspiração para dourarem as páginas mimosas.

Ora, nestas disposições de espírito veio a representação do *Ernani*, e não pude resistir à tentação. Quem é que resiste hoje em dia às tentações, sobretudo quando elas têm grandes olhos negros, e uma boquinha risonha que provoca?

Tinham-me dito que íamos ter um *Ernani* digno de Verdi e do público fluminense, e eu, pobre folhetinista, que nunca havia assistido a um desses belos triunfos da arte, entendi que me corria o dever de carregar com uma parte dos troféus dos conquistadores de colcheias, fusas e semi-fusas.

Preparei portanto a minha pena, dirigi-lhe o *speech* de rigor e partimos ambos para o teatro. Chovia muito a propósito; a água do céu servia para acalmar qualquer explosão a que desse lugar o entusiasmo artístico produzido pelos novos cantores.

O teatro estava iluminado *à giorno*, o que no vocabulário particular daquele estabelecimento quer dizer que estava menos escuro do que de costume; tinha dez velas de mais, e podia-se com auxílio do óculo ver perfeitamente a cor dos vestidos das moças.

A reunião era brilhante: quase tudo quanto há de distinto e aristocrático nesta democrática cidade do Rio de Janeiro aí estava. Não falo dos cavalheiros, verdadeiros cabides de casacas e chapéus, que as mulheres com um olhar fazem voltar à direita, e à esquerda, segundo o seu capricho, para ver se lhes acham o jeito e as formas de um bom móvel de toucador ou de *boudoir*.

Só reparei nas moças lindíssimas que se debruçavam graciosamente pela balaustrada dos camarotes, umas para verem, outras para serem vistas: era bem difícil distinguir as primeiras das segundas, e só um observador fino e perspicaz poderia resolver essa questão importante da psicologia feminina.

As mulheres de ordinário andam às avessas. Perdão, minhas leitoras; não tomeis a palavra em mau sentido: quero dizer apenas que as moças quase sempre fazem o contrário do que parece. Quando se pensa que andam para a direita, vão para a esquerda.

Assim, por exemplo, há um teorema, talvez mais difícil do que a quadratura do círculo, e que um dia pedindo a um amigo meu, hábil geômetra, que o resolvesse, ele apresentou-me um cálculo, em cuja exatidão matemática não confio muito; porque, se há coisa que repila naturalmente a matemática, é de certo a mulher.

O teorema é o seguinte:

"Dada a direção aparente do olhar de uma mulher, achar o ponto preciso para o qual ela está olhando."

Antes de tudo é preciso que os meus leitores saibam que Arago, e até mesmo Arquimedes, apesar de todas as suas prosas de mover a terra, recuaram diante deste simples teorema, que à primeira vista parece mais fácil do que a primeira lição do Euclides.

Aristóteles, a quem apresentaram o mesmo teorema, respondeu: "dizei-me a direção que deve tomar o raio que cai no mar, e a fumaça que se eleva da terra, e depois eu vos resolverei a questão."

Já veem pois os meus leitores que a cousa poderia ser taxada de impossível, se o século XIX não tivesse há muito tempo riscado essa palavra do dicionário.

A mim que não sou geômetra, a mim que não entendo nada absolutamente dessa gíria de linhas e de cifras a que chamam matemática, estava reservada a felicidade ou antes a infelicidade de resolver o grande teorema, declarado impossível por todos os grandes geômetras antigos e modernos.

É uma história curiosa.

Talvez os meus leitores ainda se lembrem de uma célebre luneta que o ano passado caiu em meu poder, e que serviu para escrever uma revista à custa do que pensavam os outros.

Desde essa época, não sei por que conservo uma espécie de simpatia à casa onde a achei, e que todos sabem ser a loja de ótica do Sr. Reis, estabelecida na rua do Hospício nº 77.

Há nessa casa, montada atualmente com um gosto e uma elegância que pode ser apreciada pelos entendedores, um sortimento completo de instrumentos de ótica, náutica e astronomia, de todas as qualidades e trabalhados com uma perfeição admirável.

Alguns são produtos das melhores fábricas de Paris e Londres; outros porém são feitos no próprio estabelecimento, onde se acham operários hábeis e que dispensam de mandar à Europa como outrora sucedia.

Um dos dias passados, indo à casa do Sr. Reis, já não me lembro para que, esteve ele indicando-me diversos instrumentos modernos ultimamente chegados, e entre eles um especialmente, com o auxílio do qual uma pessoa alheia à astronomia podia distinguir perfeitamente as estrelas, e divertir-se em uma noite límpida a vê-las correr no azul do céu, como meninas travessas num estendal de relva.

– É bonito, disse-lhe eu; mas nada vale para mim: as estrelas do céu eu sei o que elas dizem, e não preciso de lente para isso; preferiria um instrumento que me fizesse ver, tais quais são, as estrelas da terra.

O meu interlocutor sorriu-se; tinha compreendido.

Chegou-se à gaveta de uma prateleira, e tirou um pequeno vidro verde, em forma de triângulo maçônico, que me apresentou:

– Eis aqui; com esta lente podeis ler nos olhos de quem quer que seja, como num livro aberto. Salomão gastou dez anos para fabricá-la: foi com ela que o grande rei viu nos olhos da rainha de Sabá que ela amava a sua grandeza, e não sua pessoa.

Neste momento duvidei da minha razão, ou da razão do meu interlocutor; ou ele estava louco, ou eu achava-me no laboratório de algum Cagliosto moderno.

Sem saber o que fazia, meti o vidro no bolso, e caminhei instintivamente para casa. Se era verdade o que o homem me havia dito, o problema, o grande problema ia ser resolvido; eu teria a glória de uma descoberta mais importante e mais útil para a sociedade do que a de Leverger.

Faça o meu leitor ideia das emoções de que estaria possuído a primeira vez que levei aos olhos o tal triângulo de vidro: preparei-me durante uma hora, meti-me num canto escuro, e com a mão trêmula, como se fosse ler a minha *buena-dicha*, cheguei a lente ao rosto.

Foi um milagre, um *fiat lux!*

Se eu estudasse mil anos como o conde de S. Germano, não aprenderia o que vi em uma hora; em uma palavra, resolvi o meu teorema e muitos outros tão importantes como ele.

Como e de que maneira? Segunda-feira, quando conversarmos de novo, quando tivermos mais intimidade, vos contarei.

Mas aposto que os meus leitores já estão impacientes por saber o que penso dos artistas que estrearam, e por não lerem o elogio a que talvez têm direito: esperem um pouco, não devo ser precipitado para não me ver obrigado a desdizer-me.

Estais ouvindo um *Ernani* digno de Verdi; já não é pouco, contentai-vos com isto e deixai-me continuar: a seu tempo vos direi o que penso ou antes o que pensarão por mim.

Como vos dizia, a noite esteve brilhante; não havia brilhantes de contrabando, mas havia brilhantes negros, que brilhavam mais do que todos os do Sr. Prins, e que, se fossem apreendíveis, me fariam já sem hesitação guarda do consulado ou da alfândega; só assim me sujeitaria às ordens arbitrárias do Sr. Sampaio Viana.

Por falar nisto, lembra-me que discute-se agora a grande questão do bolso em que foram achados os brilhantes: uns dizem que foi no bolso das calças, outros, que no da casaca; uns, que o bolso era de um passageiro, outros, que era de um simples passeante; inquirem-se testemunhas a respeito, e dizem que a questão já vai tomando a importância da de Vila Nova do Minho.

Teremos pois este tema para as conversações.

Agora é justo que satisfaça a curiosidade dos meus leitores.

Querem saber o que são os novos cantores.

Pois bem, vou dizer-vos francamente. Suzini é uma bela voz de baixo; cantou bem a sua parte, mas representava um Silva na força e no vigor da idade, e não o Silva que criou Victor Hugo: só tinha de velho o pó que pintava de branco os cabelos e a barba.

Mas a prima-dona, a Stefanoni?

Ah! a Stefanoni... Desejava bem dizer-vos a minha opinião; mas como, se não a tenho! Já vedes que é impossível.

O que sei é que o meu óculo disse-me que na ocasião em que ela cantava, a Grua sorria-se de satisfeita; o semblante da Charton tinha um arzinho de malícia, como se representasse o papel de Rosina, no *Barbeiro de Sevilha*; e a Casaloni parecia animada de um raio de esperança.

Entretanto, devo prevenir-vos que o meu binóculo é um pouco intrigante, e muitas vezes vê cousas que não devia ver, como por exemplo...

Arrependi-me; isto sucede muitas vezes a quem se quer meter a abelhudo. Um antigo anexim dizia que a ciência da vida estava em duas cousas: – em ter os olhos e não ver, ter boca e não falar. Faltou-lhe acrescentar um ponto, que é – em escrever e nada dizer.

Se eu soubesse essa máxima da vida, teria escrito este artigo sem me comprometer; porém, apesar da minha prudência, não faltarão malignos nem malignas que digam que eu fui injusto com a Stefanoni, apesar de eu me ter confiado cegamente no meu binóculo.

Uma outra cousa que me contou o meu binóculo foi que, quando Silva, curvando a sua cabeça encanecida, ajoelhou aos pés de Carlos V, e disse com o acento profundo d'alma – *Io l'amo*, as moças sorriram.

Não compreendiam aquele excesso de paixão que abrasava um coração de velho; algumas brincavam talvez neste momento com as feições mais santas e mais puras, como se fossem flores do seu *bouquet*, ou fitas dos seus cabelos. Não haveria sequer uma rosa desse jardim, para quem o sopro das brisas do inverno ainda falem de amor e de poesia?

Não sei.

3 DE MARÇO DE 1856

FOLHAS SOLTAS

CONVERSA COM OS MEUS LEITORES

Há muitas maneiras de conversar.

As velhas conversam contando histórias do seu tempo, o que fazia dizer a um amigo meu que uma velha era uma espécie de calendário manuscrito, em brochura; com efeito, conheço algumas que valem um autógrafo.

Os velhos conversam disputando, e às vezes até brigando; porque os velhos são como o vinho do Porto: quanto mais idade têm, mais brancos ficam, e mais forte se torna o *espírito*.

Os namorados conversam com os olhos, contemplando-se e revendo-se um ao outro: é por isso que, assim como Deus fez o homem à sua semelhança, o namorado faz sua amante à imagem de seus sonhos e de seus pensamentos: ilude-se algumas vezes, é verdade, e no fim convence-se de que amou na mulher apenas a forma de um anjo que ele criara.

Os mudos conversam por meio de sinais, razão por que nunca dizem asneiras; sucede que nem sempre se entendem, mas apesar disso vivem em boa harmonia, e não brigam.

Dois esposos que se estimam conversam com amuos e espreguiçamentos; quanto mais conversam, menos se entendem, porque falam línguas diferentes; o marido fala a língua da *paz doméstica*, e a mulher a da *vaidade feminina*; neste estado só um *pequerrucho* de 4 meses é que pode servir de intérprete a esses dois estrangeiros.

Os gagos conversam fazendo caretas mutuamente e arremedando um ao outro; a única diferença que há entre eles e dois amigos é que fazem caretas com a boca, enquanto os outros as fazem com o pensamento.

Os políticos conversam enganando-se uns aos outros, os homens de salão conversam como relógio de repetição ou realejo de valsas, e os diplomatas conversam para não dizer nada; e há até indivíduos que conversam para ter o prazer de ouvir a sua própria voz; são Narcisos de nova espécie.

A moça elegante conversa com seu espelho, perguntando-lhe se está bonita, se o seu vestido lhe assenta bem: é uma das conversas mais instrutivas para uma senhora: todos esses sorrisos lânguidos, todos esses quebrados de olhos, todas essas ondulações de um talhe esbelto, tudo isso é resultado dessa *causerie* inocente que a mulher tem todos os dias com o seu espelho.

Um ministro, quando está para se proceder a uma votação importante das câmaras, conversa com a cara dos deputados; e segundo as vê mais ou menos carrancudas, adivinha a oposição, como o piloto experimentado que pressente a borrasca, o qual também conversa com as nuvens.

Deixemos porém todos esses sistemas de conversas, meu leitor, e vamos conversar *à inglesa*.

Sabeis como se conversar *à inglesa*?

Dois ingleses se encontram: um fala duas horas seguidas, como uma caixa de música a que deram corda; o outro serve de registro da caixa de música, e de quarto em quarto de hora, sem discrepar um minuto, puxa o colarinho e diz o clássico *Yes*.

Passadas as duas horas, o segundo toma a palavra por igual espaço de tempo, e o outro, com uma impassibilidade que não se desmente, pronuncia os quatro *yes* de rigor; depois apertam-se as mãos, e seguem o seu caminho com a regularidade de um cronômetro de Roskell.

É desta maneira agrádavel que vamos hoje conversar; eu sou o primeiro inglês, e por conseguinte começo a falar, não durante duas horas, mas durante oito colunas; o meu leitor é o segundo inglês, e como tal está rigorosamente obrigado a responder a tudo que eu disser: – *Yes*.

Naturalmente hão de pensar que isto são influências do Ferranti no *Domino Noir*: não nego; sou muito impressionável, e por isso não é de admirar que conservo a lembrança daquilo que me toca, durante oito dias.

Ainda hoje, quando fecho os olhos, estou vendo a representação do *Domino Noir* com os olhos d'alma, que me aparece de longe, como uma visão encantadora, como um belo sonho das Mil e Uma Noites, nalgum palácio encantado do Oriente.

É verdade que para isso é necessário um esforço de imaginação superior aos contos de Hoffman, e ao Fausto de Goethe: ver um palácio do Oriente no Teatro Lírico é uma coisa que não se pode conceber, a menos que não seja pelo efeito do ópio ou do *hatchis*.

Talvez eu tenha tomado ópio ou *hatchis*, inocentemente e sem o saber, porque agora me lembro que no Teatro Lírico havia em grande abundância qualquer desses dons narcóticos.

Cada palavra de homem maçante era uma gota de ópio; cada sorriso de uma mulher bonita, cada nota da Charton era um favo de mel do *hatchis*.

Entretanto devo dizer-vos que, por mais forte que vos pareça esse meu esforço de imaginação, não é nada, à vista de outros. Conheço alguém, que sofreu uma tal influência do *Domino Noir*, que durante muito tempo via tudo negro, até o horizonte.

Mas, como a cor preta, à força de fazer-se mais preta por fim torna-se azul, hoje tudo me parece dessa cor.

O azul é de todas as cores a que sorri; é a cor do céu.

Talvez por isso é que os olhos azuis são os únicos em que a alma brilha nos momentos de sossego, como as estrelas que nas horas mortas da noite vêm espiar por entre o manto azul do firmamento.

Os olhos azuis são verdadeiros *céus* na terra; como o céu, eles têm suas estrelas, e o que é mais, seus anjinhos.

As estrelas são esses olhares límpidos e brilhantes que irradiam entre os cílios dourados, e iluminam nossa alma como um raio celeste.

Os anjinhos são essas imagens fugitivas, que haveis de ter visto brincar na pupila de uns grandes olhos azuis, e que passam e repassam como sombras diante de um espelho.

Mas...

Creio que propus-me a esrever sobre o *Domino Noir*, e não sobre olhos azuis; e não sei como descobri eu associação entre duas coisas que não têm a menor relação.

Desculpai essas distrações, meu leitor; estamos conversando à inglesa, as excentricidades portanto são permitidas.

Eis-me no ponto.

Quereis que vos diga o que é o *Domino Noir*, que foi a noite da representação dada pela Charton, não é assim?

Vou dizer-vos isto em quatro palavras.

O *Domino Noir* não é mais do que uma partida de dominó; os atores dividirão entre si as tabolas, e afinal foi Horácio quem gritou – *dominó*.

O prêmio da partida era uma moça bonita, ao menos parecia, uma moça que amava, e que estava feita abadessa de um convento de freiras.

Era o tempo em que ainda havia freiras, e em que ainda se amava; tempo antediluviano e mitológico para as moças que estavam nos camarotes.

Fazei ideia do que não sofreria uma moça, que amava apaixonadamente, e que não podia tratar o seu vestido à moda, obrigada, como estava, a trazer o seu elegante corpinho envolvido numa espécie de saco, que servia de hábito às *Anunciadas!*

(Devo abrir aqui um parêntese para advertir aos meus leitores de que as tais freiras *Anunciadas* de que se fala no *Domino Noir*, não tinham nada com os jornais; creio mesmo que naquele tempo ainda não havia *anúncio;* por isso não reparem na franqueza com que falo a respeito.)

O resto, vós sabeis: a freira deixa o convento, o coração que estava oprimido sob o hábito se expande ao contato da seda de um elegante vestido; é livre, pode dispor de sua mão, pode pertencer ao homem a quem ama.

– *Horace, voulez vous?* – são as últimas palavras do pequeno romance, são a última tabola do jogo: Horácio fez dominó.

Ah! meu bom leitor! se vós pudésseis também jogar a vossa partida de dominó para ganharmos um páreo como aquele!

Mas qual! Isso não era para o tempo de hoje; agora, se jogais o dominó, quando muito ganhais a vossa xícara de café, e nada mais.

Aposto que não sabeis a razão.

É porque na quadra atual as mulheres já não sabem jogar o dominó; aprenderam outro jogo que acham mais divertido.

É o bilhar.

Toda a moça hoje em dia joga o bilhar, e algumas são tão fortes nas tabelas e jogos de efeito, que deixam muito aquém um certo sujeito que eu conheço, e que dizem ser o primeiro taco do mundo fluminense.

Se por acaso, quando sairdes, encontrardes por aí algures qualquer homem um pouco tonto, caminhando apressado ora para um lado, ora para outro, não tem que ver; é *uma bola* de bilhar jogada por *quatro tabelas.*

Às vezes no teatro vereis algum sujeito mudar do camarote de um lado para o camarote do lado oposto; é uma bola com *efeito.*

Na saída, quando passa uma moça bonita, o sujeito que a segue passo por passo não é um homem como pensais; será um homem em outra ocasião, mas naquele momento é *uma bola a seguir,* jogada por mão de mestra.

O jogo mais curioso porém é o de *efeito contrário.*

Uma moça hábil no bilhar executa este jogo com uma perfeição admirável; para isso basta-lhe dar um certo requebro aos olhos e olhar para um estranho qualquer.

O dandi, quero dizer a bola de bilhar, vai imediatamente à tabela, isto é, ao tal sujeito para quem se olhou, e daí com efeito contrário vem carambolar nos olhos da moça, que marca um ponto.

Enfim, para não roubar-vos mais o tempo, meu leitor, não entrarei em maiores desenvolvimentos; estais iniciado nesse jogo que substituiu o *dominó,* e se quereis tomar mais algumas noções dele, ide assistir ao *Elixir de Amor*, no qual a Grua, professora na arte, vos dará excelentes lições.

Agora, meus leitores, talvez ainda vos lembre uma palavra imprudente que escapou-se ao começar a *primeira conversa* que tivemos; creio ter dito que depois do *Domino Noir* quebraria a minha pena de folhetinista, como uma moça que depois do baile quebra a flor murcha do seu *bouquet.*

Depois disso tenho refletido, e confesso que fiz uma asneira; não porque a minha pena valha coisa alguma, mas porque seria uma ingratidão sacrificar uma companheira e uma amiga, a quem decerto, depois de Deus e de meus amigos, devo o pouco que sou.

Aristóteles, que classificou o homem de *bípede implume*, não conhecia os jornalistas do século XIX, e especialmente a *espécie* dessa família chamada folhetinista; senão, teria feito uma exceção.

O jornalista e o folhetinista têm *penas*, em todos os sentidos; como as aves, as suas *penas* formam as asas, que o elevam e o fazem voar.

Às vezes voam, como as águias que são rainhas dos ares; outras vezes voam como as andorinhas que rastejam na terra.

E ainda é bom quando não lhes sucede como à formiga, que quando cria asas é para se perder.

Assim pois, águia, andorinha ou formiga, o folhetinista não deve quebrar a sua *pena*; quando muito, pode fazer como certas aves que eu conheço, que arrancam as penas velhas das asas para fazer o seu ninho e dos seus filhos; deve guardá-las para si, desde que já não têm merecimento para os outros.

É o que pretendo fazer, e o que aconselho a todos que façam.

São passadas as duas horas, meu leitores; deveis ter dito oito vezes, o que vale o mesmo; um bocejo e um *yes* no dicionário do aborrecimento são sinônimos.

Antes da despedida, previno-vos de que, como nos domingos sou atacado de uma epidemia que se chama preguiça, e que grassa atualmente nesta cidade, só conversaremos agora nas quintas-feiras.

Aperto-vos a mão, com toda a cordialidade.

6 DE MARÇO DE 1856

REVISTA

CONVERSA COM AS MINHAS LEITORAS

*E*stou hoje com bem pouca disposição para a palestra; por isso, minha bela leitora, em vez de conversarmos, vou ler-vos alguma coisa bonita e agradável.

O que há de ser?

Uma página de Stendhal, um romance de Mery, uma poesia de Lamartine, ou algum trecho de Alfonso Karr?

Nada disto: conheceis todas essas flores da literatura francesa; e assim pouco interesse vos causaria a minha leitura.

Tenho alguma coisa de mais novo e mais original, e que estou certo haveis de apreciar.

É o capítulo de um livro anônimo, e ainda manuscrito, que me foi dado por uma espécie de Manfredo, daqueles que existem na época atual.

O Manfredo de Byron, como sabeis, embuçava-se no seu manto, subia aos píncaros escarpados dos rochedos, e aí, no meio da solidão, entre os abismos, maldizia a humanidade.

O nosso Manfredo de hoje veste o seu talmá, acende o seu havana, e vai para o Club, ou para o café, jogar a sua partida de bilhar, e maldizer a sociedade, à qual ele dá honra de fazer parte.

Foi um dos indivíduos dessa família que me fez presente do livro de que vos falei: o autor conservou o incógnito, e não quis fazer, como hoje se costuma, um brasão de títulos de sua primeira página.

Intitulou a obra *Psicologia da mulher elegante*, e dividiu-a em diversos capítulos, todos interessantes, senão pela forma e pelo estilo, ao menos pela originalidade.

O capítulo que vou ler tem por título *O leque*: é um estudo psicológico que o autor faz sobre este objeto de luxo, que serve de cetro às rainhas da moda.

Há, como estes, muitos outros capítulos a respeito do *bouquet*, do *mantelete*, do *lenço*, das *fitas*, das *botinas*, etc.

Mas prefiro o *leque* porque, estando no verão, tem a sua atualidade.

Portanto, se estais disposta a ouvir, abro o meu livro, e começo a leitura do meu capítulo.

Aí o tendes:

PSICOLOGIA DA MULHER ELEGANTE

CAPÍTULO ÚNICO

O LEQUE

I

As moças têm um companheiro fiel, confidente dos seus menores segredos.

É o leque.

À primeira vista parece um simples objeto de luxo; mas se ele pudesse contar o que viu e ouviu!...

Quando o rubor vem colorir uma bela face, aí está o leque para disfarçar e encobrir aos olhos profanos esse misteriozinho do pudor.

Um leque serve também de pretexto para baixar os olhos, e ocultar a vista que anda passeando pelo salão.

Se uma amiga quer dizer um segredo ao ouvido de outra, estende o seu leque aberto, e por sobre a madrepérola dourada deslizam essas palavras que, por saírem de lábios mimosos, não deixam de ser bem venenosas.

São como os espinhos que se escondem entre as folhas das rosas, com o fel que destila o cálice de uma flor alva e pura.

Por mim, apenas descubro um leque naquela posição temível de *para-raio*, vou quebrando à direita, e colocando-me em respeitosa distância: uma das cousas que mais temo neste mundo é ver-me reduzido a passar da boca de uma moça ao ouvido de outra por entre as aspas de um leque.

Preferia passar por baixo das forças-caudinas, ou ser passado a fio de espada; porque duvido que haja ferro que doa mais do que aquelas tenazes de madrepérola dourada, quando são vibradas por uma mãozinha que calça luva de *Jovin* letra A.

Outra posição respeitável do leque é quando ele move-se com extrema rapidez, ou abre-se e fecha-se com um certo trilho sonoro, porém de mau agouro.

Se reparardes bem, vereis que a mãozinha que lhe imprime este movimento está crispada por uma convulsão nervosa; é um sinal certo de mau humor, e bom será que não vos aproximeis neste momento.

Dizem alguns fisiologistas experientes que nesta ocasião a rapidez do movimento do leque é um termômetro exato da rapidez da circulação do sangue.

Não sou fisiologista; mas basta-me ver de longe um leque fazendo *zigue-zague*, para compreender o que se passa na alma de uma moça, e para sentir-me tomado de dó e de compaixão pelo sujeito ameaçado por esta inocente arma de guerra feminina.

II

O leque tem a sua linguagem, como as flores linguagem telegráfica, (*sic*) um pouco simbólica, que os profanos nunca poderão entender; só os iniciados nos mistérios da vida elegante é que sabem interpretar os seus menores movimentos.

Não há fio elétrico, não há sinais de repercussão que transmitam pensamento com mais rapidez e clareza do que um leque na mão de uma moça: é de tal forma, que alguns homens peritos governam-se por ele no meio do salão, como um marinheiro no oceano por meio de uma boa agulha de marear.

Uma mãozinha que se estende indolentemente, e deixa cair a ponta do leque sobre a palhinha de uma cadeira, diz ao escravo submisso que "venha sentar-se ali".

Quando o leque descreve um semicírculo, ou faz um movimento de retração, o sujeito de longe traduz imediatamente o gesto ao pé da letra: – "Passe para o outro lado" – ou – "aproxime-se".

Se o escravo é um pouco rebelde, e não obedece sem hesitar, vereis o leque dar duas pancadinhas, uma após outra, sobre o espaldar da cadeira: isto em linguagem cabalística vale o mesmo que um *ukase* do sultão, ou uma sentença sem apelação nem agravo. Em linguagem profana significa simplesmente: *Quero, quero e já*.

Entretanto o leque tem um momento delicioso; é quando se agita indolentemente sobre o seio, com o movimento suave das asas do cisne que se revê na flor do lago.

Então a sua linda senhora está em uma de suas horas de embevecimento; tudo nela respira a felicidade e o prazer.

Os olhos meio cerrados têm um requebro lânguido; um sopro ligeiro agita as rendas do seu vestido ou as fitas dos seus cabelos; e as sombras escassas que passam e repassam sobre o colo acetinado, dão-lhe umas ondulações voluptuosas, capazes de enlouquecer um pobre homem que tem olhos para ver todas estas coisas.

Então que segredos não ouve ele no palpitar desse seio mimoso, no bafejo dessa boca delicada que o perfuma com seu hálito de rosas?

Se o leque fosse uma cousa animada, eu diria que é o momento em que ele sorri; porque na sua linguagem misteriosa diz àquele por quem se agita: *"Eu te olho, eu te amo, e sou feliz".*

Tenho visto muitos homens brincarem com o leque que alguma senhora deixa por acaso sobre a cadeira, como se fosse um objeto qualquer de luxo.

Eu não sou assim: para mim o leque é um livro de páginas douradas, um álbum de seda e de penas, em que a mulher guarda todos os seus segredos.

Por isso, quando alguma senhora me dá o seu leque a guardar, recebo-o com o mesmo respeito com que receberia o autógrafo de um romance de Alexandre Dumas, ou de uma poesia de Victor Hugo.

III

Para concluir este estudo fisiológico do leque, acrescentarei algumas observações sobre a sua história.

O leque é para a mulher o que a bengala é para o homem; na sua origem ambos estes objetos foram uma arma de defesa, mas a civilização, de transformação em transformação, reduziu-os a um traste de luxo, que às vezes ainda no fundo revelam o que foram.

A bengala na sua primitiva forma não era mais do que uma clava, um bastão ou um cajado; depois transformou-se em lança, adaga, espada ou florete; e finalmente no século XIX chegou ao seu estado de perfeição, que é a bengalinha de junco ou chibatinha de barbatana.

Hércules, Abraão e Diógenes trouxeram a clava, o cajado e o bastão; César, Carlos Magno, Henrique IV e Turenne usaram da lança, da adaga, da espada; Napoleão tinha o seu sabre; Murat, o seu chicotinho; Nicolau da Rússia andava de bengala: está pois bem próxima a época em que o cetro dos reis será uma chibatinha de unicórnio, com castão de coralina.

O leque passou com poucas diferenças pelas mesmas transformações que a bengala.

Nos tempos heróicos teve a forma de um punhal ou estilete; tornou-se depois um fuso, e afinal, com a descoberta do caminho da Índia, metamorfoseou-se no que é atualmente.

Sarah, Norma, Abigail e Medeia traziam à cinta o seu punhal; a rainha D. Sancha e as castelãs da Idade Média manejavam a roca e o fuso: a moça elegante do nosso tempo abana-se indolentemente com o seu leque dourado.

Passo por alto algumas outras transformações, verdadeiras aberrações, como por exemplo: o estilete que há bem pouco tempo usavam as andaluzas, e o fato da padeira de Aljubarrota, cujo leque foi uma pá de forno.

IV

Agora podem os meus leitores conhecer a razão por que ainda hoje o leque conserva alguma cousa da sua primitiva origem: apesar de toda a indolência e o capricho que lhe deu o gênio voluptuoso da Índia, é sempre a mesma arma terrível da mulher.

Sob as duas penas de Marabout, entre as aspas delicadas, a vista não vê, mas o coração do homem ainda sente o estilete de Norma, que a vingança muitas vezes estorce, como uma víbora no seio das flores.

Judith com o seu punhal cortou a cabeça de Holofernes e exultou pelo seu ato de coragem e de bravura; a Judith, de luvas e mantelete dos nossos tempos, com o seu leque, esmaga, sorrindo, o coração dos *Holofernes* de casaca, e saboreia lentamente o prazer da tortura e do martírio que impõe à sua vítima; uma é pois digna da outra.

Ainda um paralelo:

Lucrécia para defender a sua honra serviu-se do seu leque, isto é, do seu punhal, e a ele deveu conservar-se pura e casta; a *Lucrécia* moderna, para defender o seu pudor, serve-se do seu punhal, isto é, do seu leque, e a ele confia a guarda do seu pejo.

A primeira, estando só e não podendo defender-se, apunhalou-se e morreu; a segunda, estando no meio do salão, e levando o vestido decotado, oculta o seio com o leque, e sorri.

Aqui infelizmente já a Lucrécia moderna não é nem a sombra da esposa romana; o que é que degenerou, foi a honra ou foi a mulher?

Deve ter sido a honra, porque a mulher é a mesma em todos os tempos: criai um *paraíso*, deitai nele um *Adão* e achareis mil *Evas* ao alcance do braço.

Agora, meus leitores, inclinai a cabeça, chegai o ouvido, que vos quero dizer uma cousa em muito segredo.

É um conselho.

Se desejais viver tranquilos e felizes, quando virdes um leque fugi dele de uma pistola carregada.

Talvez penseis que me contradigo; mas refleti que há pouco falava para o público, e especialmente para as senhoras; e agora falo-vos ao ouvido, e em confidência. Virgílio, descrevendo a verdadeira felicidade e a doce tranquilidade da vida campestre, disse: – *Felix, qui procul negotiis*, etc.

Se ele vivesse hoje, e vos falasse em meu lugar; se quisesse convidar-vos ao sossego e aos calmos prazeres do lar doméstico, em vez daquelas palavras, escreveria pouco mais ou menos estas: – *Felix, qui procul lequis*, etc.

Antigamente os cavalheiros ilustres, depois de uma vida de feitos brilhantes, guardavam a sua espada, como uma relíquia sagrada, que entregavam ao seu primogênito no dia em que ele partia para a primeira campanha.

Talvez as mulheres elegantes façam o mesmo, e deem às filhas, no dia da sua primeira entrada nos salões, o leque, troféu glorioso de suas conquistas.

Fui estudante, estudante vadio; entretanto nunca a férula do meu mestre *del* latim me meteu tanto medo como esse brinquedo das mulheres à moda.

Se eu governasse algum país, para conservar a paz do meu povo não consentiria no fabrico de leques; classificaria isto entre as indústrias proibidas, como a pólvora e os foguetes a congreve.

Mas não sou governo, e por isso a única esperança que me resta é que o Sr. Sampaio Vianna fará apreender como contrabando todos os leques que entrarem na alfândega, como já fez com pentes de tartaruga.

E assim fico um pouco tranquilo, confiando na sabedoria do nosso inspetor, a quem está reservada a glória de salvar o país, apreendendo os leques e os pentes.

Aqui termina o capítulo, minhas leitoras, e aqui termino eu igualmente.

O livro, como já vos disse, é anônimo; porém, se vos interessais muito em conhecer o autor, vou ensinar-vos a maneira de o conseguir.

Deitai a costura sobre a banquinha, chegai depressa à janela, olhai para a rua, e o primeiro homem de bom senso que passar é o indivíduo que desejais conhecer.

Podeis escrever-lhe o nome no fim do capítulo, que eu servirei de testemunha, e assinarei depois dele.

1º DE ABRIL
DE 1856

FOLHAS SOLTAS

FLORES DE ABRIL
(POISSONS)

[ileg.]

A mentira também tem o seu dia de reinar, também merece o culto dos homens: o que era em outros dias um pecado e um mau hábito, hoje torna-se um talento, uma ciência, uma prova de espírito.

A verdade é sempre uma e a mesma, e por isso torna-se monótona; ao passo que a mentira, dando largas ao espírito, é de uma variedade infinita.

Mas donde nasceu essa tradição graciosa, que simboliza a ilusão na forma de um peixinho e que lhe consagra o mês de abril?

Há um provérbio português que diz: – *Abril, águas mil, coadas por um mandril.*

Com efeito, o mês de abril é na Europa o mês das primeiras chuvas da primavera: os pequenos córregos se enchem e entre as ondas cristalinas vêm-se revelar uns pequenos peixes, que vivem a vida de um dia como as rosas.

No campo os botões se abrem e as flores se balouçam ao sopro das brisas da tarde que as desformam, deixando apenas o cálice seco e murcho.

Foi da primeira imagem que os franceses naturalmente tiraram o seu dito de *poissons d'avril*; é da segunda que nós criamos a tradução livre que apresentamos ao leitor.

As *flores de abril* vivem, como suas irmãs do campo, o espaço de um dia, são perfumadas pelo espírito e pela galanteria, e desfolham-se não ao sopro da brisa, mas ao som argentino de um riso franco e alegre.

Não fazeis ideia de como é bonito ver-se desabrochar em uns lábios de coral uma *florzinha de abril*; é como o botão de rosa quando desata as suas folhas mimosas.

Há *flores de abril* de toda a espécie, lindas, perfumadas, e de cores diversas; há também algumas que são como essas flores feias e inodoras que não têm a menor graça.

A espécie mais perigosa porém é a das *rosas de abril*, as quais muitas vezes depois que se desfolham deixam dentro d'alma os seus espinhos.

Nunca vistes uma rosa de abril? Nunca sentistes os seus perfumes?

Vou descrever-vos uma.

Imaginai uma boquinha de coral e de pérolas em um rostinho de anjo, verdadeiro botão de rosas que se abre em um sorriso divino, para fazer-vos uma declaração de amor, com todas as fórmulas consagradas pelo estilo.

Ora, quem é, por mais modesto e mais humilde, que não tem num cantinho d'alma um pouco de vaidade, para deixar de acreditar na confissão de amor de uma moça bonita?

Demais a coisa é dita com um tal ar de verdade, que é impossível duvidar: tanto mais quanto mais os olhos baixos e meio cerrados representam perfeitamente o papel de duas testemunhas maiores de toda a exceção.

Assim pois o sujeito julga-se amado; a imaginação começa a subir como o balão de Mr. Heill, e daí a pouco o homem acha-se no céu.

As horas passam como sonhos felizes; no dia seguinte ele vai naturalmente descrever à moça na mais delicada poesia o idílio de sua alma; a moça ouve tudo, e por fim solta uma gargalhada.

Uma gargalhada em negócio de amor é o mesmo que um tiro em um pombal; os pombos que arrulhavam, batem as asas e voam.

O amor o mais que faz é sorrir; se ele começa a rir, é porque está um pouco longe; quando dá gargalhadas, está a léguas de distância.

Por isso, era natural que o homem se espantasse com a gargalhada, e recuasse, fazendo com os olhos um ponto de interrogação gigantesco.

– Não tem folhinha? pergunta a moça.
– !! responde o olhar do sujeito.
– Não lê os jornais?
– !!!
– Não sabe que dia foi ontem?
– !!!!
– Primeiro dia de abril, meu caro. O senhor comeu um *poisson* com sal...
– E vinagre, respondeu o sujeito, que afinal recobrara o uso da fala.

Eis, meu leitor, o que é uma *rosa de abril* com seus espinhos, ou, como disse a moça, um *peixe* temperado com molho de sal e vinagre.

O sal bem sabeis que é um tempero essencial ao peixe; quanto ao vinagre, a pimenta e a mostarda, há muita gente que dispensa.

Quem sabe a esta hora quantos peixinhos o meu leitor não terá pescado! Cartas, jornais, amigos, homens sérios, certidões, papéis publicados, nada hoje merece crédito.

Os jurados são muito capazes de não ir hoje à sessão, pensando que o juiz tome as sentenças que proferirem como peixes de abril.

As intimações judiciais, os convites de jantar, as entrevistas, nada disto merece hoje crédito; e duvido que haja quem as tome ao sério.

O público decerto olhará sorrateiramente para os anúncios de teatro, e tomará a coisa como caçoada; ninguém quererá dar prova de pouca atilação, e deixar-se lograr; à vista do que o teatro só terá por espectador um indivíduo, que entrará depois que se convencer que não encontrará quem zombe dele.

De manhã, logo quando acordar-se, o leitor correrá o perigo de o enganarem sobre o dia que é; lerá nos jornais a data de 1º de abril, e julgará que já isto é uma peça: depois chegará ao dia 2 de abril, e ainda pensará que o enganam, e que está no dia das mentiras.

Um certo inglês, homem muito desconfiado, no último dia de março, querendo a todo o custo defender a sua gravidade britânica, e não se deixar mangar, deitou-se, protestando não acreditar do dia seguinte senão no contrário do que lhe dissessem: a cerveja fê-lo dormir de pé 36 horas.

No outro dia, 2 de abril, acordou e chamou o criado.

– John?

– Sir.

– Já amanheceu?

– É dia claro.

– Dá-me luz!

– Mas é dia claro!

– Dá-me luz, já te disse!

O criado obedeceu; e o meu inglês para não se deixar embrulhar começou a ler os jornais ao meio-dia com o gás aceso.

Quando estava no meio do jornal lembrou-se que o criado era capaz de enganá-lo, dando o jornal da véspera, e olhou a data – 2 de abril.

– John?

– Sir!

– Que dia é hoje?
– Dois de abril.
– Hein!
– Dois de abril, sir.
– Dá-me o jornal de ontem.

O criado obedeceu, e o meu inglês daí a pouco saltava da cama, e largava-se a toda a pressa para tomar o carro de ferro que *devia partir* no dia 1º de abril às duas horas.

Enfim, para encurtar a história, direi que o inglês jantou de manhã, almoçou de tarde, e acabou à noite fazendo a barba e lavando o rosto.

Se não fosse uma outra dose de cerveja igual à primeira, ainda hoje ele andaria às avessas, julgando-se sob a funesta influência do primeiro de abril.

Esquecia-me porém dizer que há ainda uma espécie de *poissons* ou *flores de abril* que não são invenção do homem, mas da própria natureza.

Não é só o homem que se diverte em deixar às vezes o mundo das realidades, para mergulhar-se nas ilusões, nas doces ficções, nas mentiras risonhas e inocentes.

A natureza também às vezes tem esses desvios e diverte-se em inventar seus *poissons* d'abril.

Vós sabeis que outrora o ano começava no mês de março; e embora não diga o Gênesis em que tempo Deus criou a terra, é coisa inquestionável que não podia ser senão no primeiro mês do primeiro ano que começava com a criação.

Até o dia 7 de março durou o trabalho da criação; no dia 8 Deus repousou. A semana seguinte esperou que a argila secasse para poder formar o homem, o qual nasceu no dia 15.

Durante oito dias o homem passeou no paraíso, e depois de ter tudo visto e tudo admirado, começou a aborrecer-se da solidão, no que gastou ainda uma semana.

Então Deus compadeceu-se desse menino-homem de 16 dias de idade, e assentou de dar-lhe uma companheira; a mulher foi portanto criada no 1º de abril.

É o primeiro *poisson*, a primeira *flor de abril* que houve no mundo.

Adão, nosso pai, tomou a coisa ao sério, e engoliu o carapetão, até o dia em que sentiu a triste realidade, vendo-se expulso do paraíso.

Nós também deixamo-nos enganar pelas Evas de agora, até o momento em que somos expulsos do paraíso das nossas ilusões.

O segundo *poisson* da natureza foi criado pelo mar que em um belo dia arrojou-o como uma pérola nas brancas areias de Citera. Este *poisson* ou flor de abril é Vênus, ou a imagem da beleza.

Todos nós acreditávamos nessa graciosa mentira; mas por fim vem a dúvida.

Haverá com efeito beleza neste mundo?

Tenho visto mulheres lindas e formosas a não poder ser mais, louras, morenas, pálidas, coradas, de todos os tipos, de todas as feições.

Os olhos negros e aveludados parecem refletir toda a suavidade e toda a pureza d'alma; os lábios dir-se-iam que foram feitos para os sorrisos e as pérolas. Tudo parece perfeito.

Mas examinai bem, e no fundo achareis um capricho, uma fraqueza, um defeito, que é como o lodo que dorme no fundo d'água, e que às vezes vem toldar a sua flor límpida.

A glória, o amor, a felicidade também são flores que a natureza criou no dia 1º de abril, e que depois semeou na alma do homem.

Enfim, meu leitor, eu tenho minhas desconfianças de que este mundo é uma grande *baleia* de abril, as nações um mero: e que todos nós não passamos uns para outros de verdadeiros *poissons*; todos temos um 1º de abril em nossa existência.

26 DE MAIO DE 1856

FOLHETIM

CONVERSA COM OS MEUS LEITORES

*H*á tanto tempo que não conversamos, meus leitores, que nem sei como começar.

Pedir-vos desculpa seria, além de coisa velha e usada, um pouco de fatuidade: caso reparastes vós sequer nessa falta de que me acuso?

Começarei pois sem começo, que é o melhor: poupo-vos algumas linhas de preâmbulo, e a mim alguns minutos de reflexão.

A reflexão é uma cousa que está hoje fora da moda; o pensamento anda a vapor como a locomotiva, e a faz vinte milhas por hora.

Não estranhareis pois que o meu pensamento já não esteja convosco, e ande circundando no meio dos salões de um baile esplêndido, e admirando as maravilhas de Deus e as maravilhas da arte.

Não me cansarei em descrever-vos um baile, pois o sabeis melhor do que eu; e se o não sabeis, vou dizer-vos em duas palavras.

"Um baile, dizia um filósofo de salão, é um agradável momento, que se passa entre a esperança de um grande prazer, e a triste impressão de um sapato apertado."

É verdade que este momento dura quatro e cinco horas, e que nele se passam cousas que muitas vezes decidem o nosso destino; mas nem deixa por isso a definição de ser exata.

Foi pois no meio de um baile, cercado de flores, de luzes, de perfumes e de música, que foi uma dessas noites tocar piano um pequeno Mozart, de oito anos: não tocava diante de uma imperatriz, mas tocava no dia de anos de uma rainha: todos admiravam a inteligência precoce que cintilava naqueles olhos e naquele semblante infantil, e essa confiança do talento que destruía o receio e a timidez própria de tão tenra idade.

Essa graciosa miniatura de Thalberg, sobre a qual se fitavam os olhares tão curiosos, corria as mãozinhas sobre o teclado com uma gentileza e uma mestria de artista consumado.

Enquanto o ouvia, veio-me uma ideia extravagante.

Lembrei-me quase todas as belas artes, e que mesmo muitas ciências, tinham tido desses prodígios da natureza, desses talentos precoces.

Mozart na ideia de oito anos, sentado em umas almofadas postas sobre a cadeira para poder chegar ao piano, excitava a admiração na corte da Áustria: Paschal aos onze anos era um matemático de pulso; Victor Hugo, *l'enfant sublime de Chateaubriand,* aos quatorze anos fazia odes que arrebatavam; Napoleão da mesma idade comandava uma batalha de gelo na escola militar, com a mesma tática e gênio estratégico que manifestou depois em Marengo; Byron teve uma paixão amorosa aos doze anos.

Tudo pois, o amor, as matemáticas, a música, a pintura, a arte da guerra, e a poesia, tem tido os seus talentos precoces; só a política ainda não teve este privilégio.

Entretanto eu desejaria bem ver um ministro de dez anos, um legislador de doze, decidindo os altos destinos de uma nação, e governando os povos, como João Mozart governava as suas notas de música e as suas teclas de marfim, como Napoleão governava os seus soldados imberbes dando assalto a um castelo de gelo.

Havia de ser uma coisa bem curiosa esta! As moças bonitas agarrariam o ministro-menino, sentá-lo-iam no colo, e o beijariam com afago; cada pretendente encheria os bolsos do ministro-menino de bombons, de doces, e de balas de estalo; e assim a coisa iria o melhor possível.

Quando teremos o nosso Paschal político? Quando poderemos ensoberbecer-nos de apresentar ao mundo um exemplo de precocidade nunca visto em país algum?

Estas reflexões filosóficas, meus leitores, vão-me fazendo esquecer notícias bem importantes, e que vos interessam saber como bons cidadãos.

Em primeiro lugar, a câmara municipal vai modificar a sua regra para as construções dos prédios; as portas, que até agora deviam ter quatro pés de largura, vão ser aumentadas a oito.

A alfândega acaba de receber ordem para não admitir a despacho cadeiras e poltronas que não tenham a capacidade suficiente para se sentarem três pessoas; o que quer dizer que as cadeiras atuais passam a ser sofás, e para sofás se criará uma espécie de arquibancada.

Os teatros vão aumentar o preço dos camarotes, os ônibus têm de ser novamente lotados, isto é, os ônibus que se inventarem de novo, porque os atuais não poderão conter mais do que uma senhora e *seus vestidos*, como se dizia antigamente, um homem e sua família.

Fala-se até já de alargamento das ruas, que não poderão ter menos de sessenta pés, para o trânsito desses ônibus cheios de vestidos, e desses vestidos cheios de rendas e de folhos.

Todas essas inovações determinadas por S. M. a rainha Moda, que, "atendendo às justas reclamações que lhe foram feitas por parte das senhoras elegantes, todos os dias sujeitas a verem os seus belos vestidos amarrotados pelas ombreiras das portas e janelas, assim como pelos estreitos limites de um carro; HOUVE por bem ordenar o alargamento das ruas, e a reforma das cadeiras."

Nem são essas as únicas inovações que se vão introduzir; outras bem importantes têm de aparecer imediatamente.

Até agora, quando se convidava alguém para um jantar, contavam-se as pessoas, para que a mesa tivesse espaço para todos; hoje porém é preciso contar da maneira seguinte:

>   O Sr. F.................... 1 lugar
>   Meio vestido.............. 1 lugar
>   A Sra. F.................... 2 lugares
>   Outro meio vestido........ 1 lugar
>   Total: 5 lugares

Nas contradanças, como não é possível que um homem a quatro passos de distância dê a mão a uma senhora, não há remédio senão introduzir alguma modificação a este respeito; em lugar da mão, o cavalheiro tomará a ponta do lenço que lhe oferecerá o seu gracioso par.

Como não é possível conversar em tão grande distância sem gritar e fatigar os pulmões, o que demais produziria uma celeuma terrível, os confeiteiros de hoje em diante farão os canudos dos sorvetes com o triplo do comprimento atual, e cada cavalheiro armado com o seu tubo de farinha de trigo transmitirá ao seu belo par as finezas e amabilidades que lhe ditar a imaginação ardente.

Isto enquanto a telegrafia elétrica não se aperfeiçoar entre nós; porque então em cada baile haverá uma quantidade de pequenos telégrafos elétricos, que se servirão em bandejas como sorvetes ou balas de estalo.

Os camarotes do teatro vão ser iluminados por dentro, porque, ficando o vestido na frente e a senhora do vestido no fundo, não haverá óculo de alcance capaz de enxergar essas estrelas nebulosas no seio de suas nuvens de sedas, de rendas, de cambraia e ponto de Inglaterra.

Por falar em teatro, devo dizer-vos que a entrada da Casaloni deu mais alguma animação aos espétaculos: o *Trovador* fez lembrar os antigos tempos em que o Teatro Lírico via debruçar-se pelas suas quatro ordens de camarotes tudo que havia de gracioso, de belo e distinto nesta nossa linda cidade.

Vão breve levar a cena a *Cenerentola*: não sei por que a *Sapho* ficará esquecida; o papel de tenor não é de tal dificuldade que o Gentili com a sua facilidade reconhecida não possa ensaiar em poucos dias.

A *Sapho* não é uma ópera gasta entre nós, como a *Cenerentola*; e é de crer chame concorrência ao teatro, e entretenha o público até a chegada de Tamberlick.

Divertimentos não faltam agora no Rio de Janeiro; o que sucede às vezes é acumularem-se todos em um dia, e deixarem os seguintes monótonos e inibidos, como é sempre o *lendemain* de um baile, que não serve de véspera a outro.

A reconstrução do teatro de S. Pedro, que prossegue com rapidez, nos dará breve um outro lugar de distração: bem-vindos sejam todos os divertimentos públicos, de que tanto necessita esta corte!

O Club, que a princípio começou tão modestamente, tem agora um baile semanal. Pena é que o luxo já comece a introduzir-se, tirando a essas partidas aquele espírito de familiaridade e de singeleza que se lhe quis dar, para que se oferecesse aos sócios um divertimento fácil e agradável.

2 DE JUNHO DE 1856

FOLHETIM

CONVERSA COM OS MEUS LEITORES

O que há de mais notável na época atual é a tendência manifesta da moda, de que vos falei segunda-feira passada.

Essa tendência porém se revela de uma maneira bem diversa em relação ao homem e à mulher; ao passo que se estreita, se afina, se adelgaça para o primeiro, para a segunda toma proporções enormes e gigantescas.

Pode-se, matematicamente falando, dizer que em matéria de moda o homem aspira a forma *linear*, e a mulher vai numa progressão espantosa para a forma *circular* ou *esférica*.

Se quereis confirmar a veracidade deste fato, lançai os olhos de relance dobre os dois primeiros *fashionables*, de ambos os sexos, que passarem diante de vós.

O cavalheiro, empertigado, esguio, apresenta todos os indícios da moda *ética*: as calças têm privilégios de meias, a casa afina as abas; e até o chapéu, que não sabia como esconder as suas, retorceu-as para cima, a fim de não quebrar essa graciosa uniformidade que fez do homem uma espécie de palito *habillé*.

Quanto à moda das senhoras, esta, em vez de ser *ética* como a dos cavalheiros, é ao contrário perfeitamente hidrópica. Não falo do vestido, que os leitores sabem ser uma máquina arranjada conforme as regras da estética e da física; os cabelos formam um círculo perfeito, maior do que duas cabelas ordinárias; os *bouquets* gigantes dir-se-iam pequenas árvores florescentes; os leques espantariam as ventarolas de um bramina; as fitas parecem cortes de seda, de tão largas que são.

E assim tudo vai em aumento, tudo concorre para tirar à mulher aquela graça delicada, aquele mimo encantador, que sempre foi o privilégio dessas criaturas frágeis, a quem Deus concedeu o maior poder deste mundo, a força que vem da fraqueza.

Mas é preciso confessar que a moda ao menos é lógica nas suas criações: tendo inventado esses vestidos de balão, era natural, era até mesmo necessário que procurasse harmonizar as outras partes da *toilette* com as proporções da primeira.

Com efeito, que impressão produziria uma mulher, cujo penteado, cujo rosto se tornasse um ponto imperceptível no meio de uma nuvem imensa de rendas, de veludos, de cambraias e de fitas?

Para evitar semelhante defeito é que a moda foi puxando os cabelos das moças, deitando-lhes ora mais uma fita, ora mais um enchimento, até que chegou a conseguir que o belo oval de um rostinho gracioso desaparecesse sob essa mole ingente de cabelos, verdadeiro pagode chinês, onde os grampos, os cosméticos e as pomadas fazem o efeito do cimento e de outros materiais de construção.

Entretanto o que a moda nunca poderá disfarçar, e harmonizar com as suas invenções modernas, é a mãozinha delicada que aparece entre as rendas de uma manga de folhos, e o pezinho mimoso que às vezes se descobre de surpresa sob a orla de um vestido: é por aí que ainda hoje em dia nos salões se reconhece a mulher, o símbolo da graça e da fragilidade.

É natural que o leitor se recorde da fábula da rã, do bom La Fontaine; pois a moda hoje em dia não é outra cousa senão uma reprodução constante dessa fábula.

Deus criou o homem como símbolo da força e deu-lhe formas em harmonia com a missão que lhe destinava neste mundo; fez a mulher frágil e mimosa, como os sentimentos de que a animou.

A mulher e o homem, que sempre estiveram contentes com a sua sorte, um dia no século XIX, no século do bloomerismo, olharam um para o outro; e eis que começa a fábula da rã.

O homem, a querer imitar a mulher, começou a fazer-se esbelto, delicado, começou a dinamizar-se completamente; a mulher, a querer imitar o homem, tratou de engrandecer-se e de aumentar como um objeto ao microscópio.

Ora, como a fábula é recíproca, não sei de que maneira acabará isto: o homem à força de afinar-se tornar-se-á um dia invisível; a mulher à força de distender-se ficará transparente.

Então o homem e a mulher procurarão um ao outro, e não se reconhecerão; o gênero humano terá desaparecido, para dar lugar aos gêneros neutros, os únicos possíveis em tal estado de coisas.

O que eu lamento no meio de tudo isto são os pais de família, que correm um risco tremendo guardando dentro de casa uma tal porção de máteria combustível, como sejam as fazendas de linho e sedas; porque naturalmente o seguro lhes levará o mesmo prêmio que em tempo de guerra.

Lamento também os poetas, que estão privados das comparações clássicas da literatura romântica. Já não poderão dizer que uma moça "é esbelta como a palmeira do deserto, que se balança aos sopros da brisa fagueira da tarde".

A palmeira do deserto tem, quando muito, vinte ou trinta polegadas de grossura, e os vestidos atuais formam um diâmetro de dez ou doze palmos; não há portanto comparação possível entre uma e outra.

Quanto à brisa fagueira da tarde, é outro impossível; porque um vestido elegante quando se agita produz uma viração forte, pouco mais ou menos como a que houve há alguns dias.

Portanto, se os poetas quiserem continuar a usar dessas comparações vegetais, não há remédio senão procurarem alguma árvore capaz de competir com a moda.

Lamento ainda, e seriamente, os homens que, pensando que vão casar-se com uma mulher, acharem que se casam com um belo vestido e suas pertenças, talhado por algumas das hábeis modistas desta corte.

Lamento os bichos da amoreira, porque no progresso em que vão as coisas, não haverá daqui a pouco seda que baste para o consumo; e os tais bichinhos serão obrigados a produzir o dobro ou triplo.

Lamento as criadas graves, que para dobrarem um vestido de seda precisarão fazer uma viagem de uma ponta a outra, e só a custo de muito esforço realizarão esta famosa empresa.

Lamento enfim o meu leitor, que teve de ler tudo o que escrevi; e a mim mesmo, que tive de escrever tudo o que ele acabou de ler.

Agora é justo que da moda passemos à política, sua irmã gêmea. A moda e a política são hoje as duas soberanas da sociedade: a primeira veste o corpo, a segunda veste o espírito.

A moda tem um cetro de agulhas, e um trono de sedas; a política tem um cetro de penas, e um trono de papel.

A moda toma uma mulher muito feia e umas formas desjeitosas, e faz delas um belo e elegante *toilette;* a política toma um espírito pouco atilado e umas ideias tacanhas, e faz disto um *estadista*.

Depois o *toilette* pavoneia-se no salão e ri-se e escarnece do corpinho gentil de uma moça que na sua singeleza *apenas* mostra a beleza graciosa com que a natureza a dotou; e diz, com um certo arzinho de superioridade, e com uma voz aflautada: – *Meu Deus! Como isto é soberanamente ridículo!*

O *estadista*, do seu lado, enche-se de sua importância e da sua gravidade, e lançando um olhar de desdém para aqueles que, trabalhando com os pequenos recursos que Deus lhes deu, erram porque são homens, exclama com toda a *morque: – Estes moços levianos que querem tudo saber!*

O primeiro acha ridícula a obra de Deus, porque não aperfeiçoada por Mme. Gudin ou Barrat; o segundo nota os erros dos outros, porque não faz nada, porque cuida que o homem que tomou sobre si o encargo de trabalhar todos os dias sem descanso, de escrever sobre o joelho um artigo, cujo princípio está-se compondo enquanto o fim ainda não existe, tem o mesmo direito que ele, o *estadista*, o homem grave, de ruminar um ano antes de expender uma ideia!

Tomara eu errar sempre, contanto que depois tenha a consciência do meu erro, e a vontade sincera de o corrigir! Tomara errar sempre, contanto que cada erro seja uma boa e profícua lição! Prefiro isto à inércia desses espíritos que se parecem com uma dessas mãozinhas apontadoras dos erros alheios.

Mas isto nada tem conosco; passemos adiante. Provava que a política era uma espécie de moda do espírito.

Se a política é uma moda, deve haver entre os homens políticos, em vez de partidários, liberais ou saquaremas, homens elegantes, jarretas e indiferentes.

Os *elegantes* e *fashionables* são os homens que trajam roupa do Dagnan, compram luvas no Wallerstein, e fumam charutos no Desmarais; isto quanto ao corpo, porque quanto ao espírito são os que trajam as ideias do ministério, e *fumam* com qualquer pequena oposição.

Os *indiferentes* são aqueles que vestem à vontade do seu alfaiate, sem perguntar-lhe qual é a moda reinante; vivem com o tempo, e para eles pouco importa que o alfaiate corte casacas de abas finas, ou o ministério corte à larga pelas reformas; não têm o dom da elegância.

Os *jarretas* amam sempre a moda anterior à moda reinante; vão atrás dos outros como dois homens que sobem uma escada, degrau por degrau; o *jarreta* não entra no Dagnan, nem no gabinete do ministro, ainda que o serrem; tem horror às luvas de pelica do Wallerstein, assim como às luvas dos ministros; o *jarreta* é enfim uma espécie de urso político.

Há ainda na política uma espécie mista, que também se nota nos domínios da moda: na moda é a destes homens que passaram da idade própria da elegância, e que contudo ainda persistem em ser *elegantes e fashionables;* na política é a daqueles que, tendo sido *jarretas*, querem agora fazer-se elegantes.

Se quereis, meu bom leitor, vamos à câmara dos deputados, e aí veremos perfeitamente os diversos tipos dessa classificação político-elegante da atualidade; e deixai-me dizer-vos uma cousa: parece-me que os dois lados característicos acham-se tão bem combinados, que bastará uma vista de olhos sobre a moda da roupa, para conhecer a moda do espírito.

Depois de tão longa maçada, não tenho ânimo de falar-vos do Teatro Lírico: podeis tomar como continuação ou segunda parte da primeira.

Quanto aos outros teatros, não vos faltam notícias deles; e se as quereis mais completas, o melhor conselho que vos posso dar é de as ir buscar pessoalmente.

Ganhais com isto três coisas: a primeira é não serdes iludidos senão uma vez, o que é pouco; a segunda é animar a arte dramática; a terceira é concorrerdes com o vosso contingente para a circulação dos capitais, o que sabeis é um princípio *econômico*.

Fala-se já muito em regatas, porém, ainda nenhuma palavra ouvimos a respeito do prado, que sempre foi costume abrir-se em junho ou julho. Que faz a sociedade do *Jockey Club Fluminense?* Pretenderá deixar-nos este ano sem corrida?

Antes de ontem cantou-se ainda uma vez o *Trovador* em benefício do *Asilo de Santa Teresa*. Em tempo de chuva parece que a caridade resfria-se e constipa-se, e é naturalmente este o motivo por que o teatro esteve tão despido naquela noite.

Os bailes de beneficência são quase sempre mais proveitosos do que os teatros; mesmo porque esta espécie de casas ou barracas têm mais necessidade de beneficiar-se a si, para poder beneficiar o próximo.

Não sei por que, assim como a França e Portugal dão seus bailes de beneficência, a Inglaterra, a Alemanha, a Espanha, a Suíça, a Itália, e finalmente os Chins, não dão os seus saraus de beneficência.

Teríamos dez ou doze bailes, e entre eles um baile *chim*, um baile colonizador, que deve ser curioso e original.

Antes que diga mais despropósitos, meu leitor, tomo o bom partido de despedir-me à francesa.

Até logo.

12 DE JUNHO DE 1856

FOLHETIM

CONVERSA COM OS MEUS LEITORES

Nem sempre se está de veia para conversar; portanto tenha paciência por hoje, meu amável leitor.

Em lugar de levarmos uma meia hora de palestra, vou apresentar-lhe uma comédia de minha invenção.

Não pense porém que é qualquer drama de teatro, com o seu competente aparato; é um quadro verdadeiro, uma espécie de painel vivo, uma cena com toda a cena com toda a sua cor local.

Devo porém preveni-lo que não há nessa comédia nenhuma alusão às pessoas; tudo refere-se às coisas, e não aos indivíduos.

Prepare-se pois, meu bom leitor, para assistir à representação; recline-se na sua poltrona, e suponha que se acha em uma cadeira do Teatro Lírico.

A orquestra dá o sinal, e toca uma sinfonia magnífica; é um concerto de carroças e de ônibus de um efeito admirável.

Enquanto dura essa harmonia encantadora, o meu leitor pode abrir o libreto da ópera, e correr sobre ele um lanço de olhos para compreender o enredo do drama.

Eis o título:

O RIO DE JANEIRO
ÀS DIREITAS E ÀS AVESSAS
COMÉDIA

DE

UM DIA

O título é um pouco original; mas o que talvez ainda vos admire mais é o enredo da peça: cada cena é uma espécie de medalha que tem o seu verso e reverso; de um lado está o *cunho*, do outro a *efígie*.

Não é bom porém adiantar ideias: a orquestra terminou, o apito do contrarregra soou; vai começar a representação.

Sobe o pano.

ATO I

A cena passa-se na rua; vem amanhecendo o dia.

CENA I
O Dia e um Lampião de gás.

O DIA – Que tal! esta gente parece que não faz caso de mim!

O LAMPIÃO – É que houve esta noite Teatro Lírico, partida de *club*, Ginásio, e não sei que mais.

O DIA – Ah! sim; pois vou acordá-la. *(Batendo numa porta)* Olá! mandrião, pule para o serviço.

O OPERÁRIO – Sim, senhor, já vou.

O DIA *(Batendo noutra porta)* – Então não acorda?

O DÂNDI – Não me importune, Sr. malcriado.

O DIA – Está bem, meu senhor; vejamos esta mocinha. *(Bate a uma janela)* Menina, não se levanta?

A MOÇA – Que pateta! se eu ainda não me deitei!...

O DIA *(Coçando a cabeça)* – Já vejo que perdi o meu tempo; estou quase indo deitar-me outra vez. *(Sai)*

Cena II
O Rio de Janeiro e a Câmara municipal.

(O Rio de Janeiro traja à francesa, traz a barba à inglesa, e usa de *pince-nez*, casaca cor de lama de Paris, calças à *bassompierre*, e sapatos de couro-pano, por causa dos calos. A Câmara municipal é uma senhora de idade avançada, mas de semblante agradável; usa de *mantilha*.)

O RIO DE JANEIRO *(Abrindo a porta e deitando o nariz de fora)* – Fumm!... Que mau cheiro!...

A CÂMARA MUNICIPAL *(Batendo-lhe no ombro)* – Que quer, meu amigo? Depois que a polícia se meteu a fazer tudo!...

O RIO DE JANEIRO – E que tenho eu com isto? Quando se trata de me multarem a algibeira é a câmara; quando me multam o nariz com este mau cheiro é a polícia. Ah!... *(Deitando as mãos nas ilhargas)* que eu um dia hei de fazer uma estralada!...

A CÂMARA MUNICIPAL – Mas bem vê, meu amigo, que a culpa não é minha.

O RIO DE JANEIRO – E de quem é então?

A CÂMARA MUNICIPAL – Olhe! *(Aponta para o canto da rua)*

O RIO DE JANEIRO – Oh! a Polícia!

Cena III
Os mesmos e a Polícia.

A POLÍCIA *(Esfregando os olhos)* – Bons-dias!

O RIO DE JANEIRO – Chega a propósito; falávamos da senhora.

A POLÍCIA – De mim?

O RIO DE JANEIRO — Sim; a respeito da maneira pouco curial por que a senhora trata o meu nariz; não sente?

A POLÍCIA *(Oferece uma pitada de rapé)* — É verdade; mas acredite que não é culpa minha.

A CÂMARA MUNICIPAL — É o que eu dizia a pouco; não é culpa nossa.

A POLÍCIA — Decerto; o responsável de tudo isto é o ministro do império.

O RIO DE JANEIRO — Deveras!

A CÂMARA MUNICIPAL — É coisa geralmente sabida.

O RIO DE JANEIRO — Pois deixe estar que havemos de ajustar contas.

(Passa um entregador de jornais, e entrega um)

A POLÍCIA — Que novidades há?

O RIO DE JANEIRO *(Lendo)* — "O Sr. Ministro do império, que tantos benefícios tem feito a esta corte..."

A CÂMARA MUNICIPAL — Ah! ah! ah!...

O RIO DE JANEIRO *(Ao entregador)* — Psiu!... Não me traga mais este jornal... Suspendo a assinatura.

A POLÍCIA — Não faz bem; é uma folha muito noticiosa.

O RIO DE JANEIRO — Então o dito por não dito.

A CÂMARA MUNICIPAL *(À parte)* — Que tolo!

O RIO DE JANEIRO — Adeus, minhas senhoras; são horas de almoço, vou comprar pão. *(Chama um tílburi)*

A POLÍCIA — Como então? Vai comprar pão de tílburi?

O RIO DE JANEIRO — Que tem a senhora com isto? Um fidalgo não anda a pé. *(Sai)*

A POLÍCIA — Ah! *(À parte)* E queixa-se que os víveres estão caros.

Cena IV
O Teatro e a Polícia.

(O Teatro traja à Luís XIII; capa de belbutina de cor dúbia, saiote de tafetá, e capacete à romana. Vem acompanhado do bilheteiro e do pregador de cartazes.)

(O teatro está triste e pensativo; traz na mão o pincel de grude para pregar os cartazes.)

A POLÍCIA – Que anda fazendo a estas horas?

O TEATRO *(Cumprimentando)* – Criado de V. Exa.! Eu vinha ver se encontrava os meus diletantes, que não têm aparecido.

A POLÍCIA – E para quê? Para arranjarem alguma *claque?*

O TEATRO – Oh! não, senhora! Era para participar-lhes que chegaram o *Tamberlick* e a *Dejean*, e pedir-lhes que me honrassem com a sua visita e com os seus três mil-réis.

A POLÍCIA – Está bom; ali vem quem pode ouvi-lo. Tenho que fazer.

O TEATRO – Servo de V. Exa. *(À parte)* Bruxa!

(Entra o Rio de Janeiro)

CENA V
O Teatro e o Rio de Janeiro.

(O Teatro vai direto ao Rio de Janeiro, e pespega-lhe nas ventas com um cartaz.)

O RIO DE JANEIRO – Que diabo é isto?

O TEATRO *(Gritando)* – "Estreia do Mr. *Tamberlick*, primeiro tenor do mundo conhecido e desconhecido, e de Mme. *Dejean*, celebridade cantante, que veio de propósito de Barcelona para embasbacar o público fluminense".

O RIO DE JANEIRO – Já não como dessas mocas. Estou farto de celebridades; prefiro uma empada de camarões da confeitaria do *Leão d'Ouro*.

O TEATRO – Mas, Exmo....

O RIO DE JANEIRO *(Puxando os colarinhos)* – Mas o quê?...

O TEATRO – *Tamberlick!...* Este nome não o entusiasma?

O RIO DE JANEIRO – Ora a Deus! Está você com o seu *Tamberlick*! O que é *Tamberlick*? O segundo tomo de uma obra que eu já conheço.

O TEATRO – Como assim?

O RIO DE JANEIRO – Tem visto destas obras em dois volumes, um muito grosso e o outro um pouco mais fino? O primeiro, que é o *Suzini*, acaba no célebre *dó*, onde começa o segundo, que é o *Tamberlick*. Não vejo aí nada que admirar.

O TEATRO – E a *Dejean*?

O RIO DE JANEIRO *(Com desdém)* – Falta-lhe em minha opinião a primeira condição para uma boa cantora: eu cá entendo que uma mulher, não sendo bonita, não pode ser artista. A arte é a imagem do belo; quem é feio portanto está perdido; principalmente se é senhora, e que se vê todos os dias ao espelho.

O TEATRO – Então hei de perder as minhas despesas?

O RIO DE JANEIRO – Não tenho nada com isso; dou-lhe cento e vinte contos; quanto ao mais, veremos: irei lá as duas primeiras vezes por curiosidade. E adeus, que vou almoçar. *(Sai)*

CENA VI

O Teatro, depois o Folhetim.

O TEATRO – Ohimé!... Salvai-me, Norma, Desdêmona, Leonor, Macbeth, Favorita!

O FOLHETIM – Bom-dia, caríssimo; como vai a saúde?

O TEATRO – Assim, menos mal.

O FOLHETIM – Parece-me preocupado.

O TEATRO – Pudera, não! O Rio de Janeiro está frio a respeito de *Tamberlick!*

O FOLHETIM – Ora, não se assuste; eu me encarrego de dar-lhe volta ao [ileg.]. Meia dúzia de *puffs*, uma [ileg.], quero dizer, imitada a propósito, e tudo bate palmas.

O TEATRO – E cai com os *cobres*?

O FOLHETIM – Decerto. Fique descansado.
O TEATRO – Obrigado, obrigado. Disponha de mim.
O FOLHETIM – Até logo. (*Saem ambos*)

Cena VII
O Rio de Janeiro (só).
(*Sai de trás da porta, onde estivera ouvindo.*)

Ah! A coisa é assim; estou prevenido: não leio mais folhetins. Vou ter com a Câmara municipal para me fazer uma postura proibindo os folhetins.

(*Cai o pano*)

Ato II

(O Teatro representa um *boudoir*; estão sentados a uma otomana um moço e uma moça já íntima.)

Cena I
A Política e o Bacharel.

A POLÍTICA (*Vestida à Pompadour e penteada à Stuart*) – Então não me acreditas?

O BACHAREL – Seria muita felicidade para mim.

A POLÍTICA – E eu não seria feliz também, eu que te amo?

O BACHAREL – Mas tudo isto são bonitos sonhos que nunca se realizarão.

A POLÍTICA – Por quê?

O BACHAREL – Porque amo outra mulher, porque me dediquei a ela, e a ela devo tudo o que sou.

A POLÍTICA – Ingrato! E o meu amor, e as minhas promessas nada valem? Que te poderá dar outra mulher que valha os prazeres e as honras que te destino? Eu te farei deputado, conselheiro, ministro, visconde; dar-te-ei uma farda bordada, e farei brilharem no teu peito as fitas de todas as ordens. Quando passares, todas as mulheres te olharão, todas as vistas se fitarão em ti, e eu direi com orgulho: – É meu amante.

O BACHAREL – E depois amarás a outros, e esquecerás o sacrifício que fiz.

A POLÍTICA – Nunca; a ti só amarei: eu sei que dizem de mim muito mal, mas acredita-me, meu amigo, sou pura e casta, sou digna de ti: eu o juro, assim jurasses tu que me amarias.

O BACHAREL – Pois bem; juro-o.

A POLÍTICA – Obrigada, meu amigo; como sou feliz!

O BACHAREL – Vou despedir-me de meu pai, o Comércio, de minha mãe, a Indústria, para te seguir e te acompanhar.

A POLÍTICA – Até logo, meu anjo; eu te espero.

Cena II
A Política e o Deputado.

O DEPUTADO *(Entrando)* – Quem é este rapazinho?

A POLÍTICA *(Rindo)* – Um pobre moço, que está loucamente apaixonado por mim.

O DEPUTADO – Han-han!... Então parece que cheguei fora de propósito.

A POLÍTICA – Temos ciúmes, meu caro!

O DEPUTADO – Não; não se assuste.

A POLÍTICA – Participo-lhe que estou hoje muito nervosa; essa oposição da Câmara incomodou-me.

O DEPUTADO – Não é disto que se trata: quando está disposta a realizar a sua promessa?

A POLÍTICA – Que promessa?

O DEPUTADO – Que promessa! De fazer-me ministro!

A POLÍTICA – Como? Eu prometi-lhe isto?

O DEPUTADO – Sim, senhora.

A POLÍTICA – Desculpe, meu caro; tenho tido tanto em que pensar, que não me lembrava.

O DEPUTADO – Mas enfim...

A POLÍTICA – Temos tempo, espere...

O DEPUTADO – Sempre espere, sempre esta palavra.

A POLÍTICA – Olhe, tome o meu conselho; vá para a Câmara, discuta as questões de marinha e guerra, e não há de esperar muito. *(Sorrindo)*

O DEPUTADO *(Beijando-lhe a mão)* – Adeus, vou [ileg.]! *(Sai)*

A POLÍTICA – Que insuportável homem! Meteu-se-lhe em cabeça ser ministro, e vive a atormentar-me. Já não posso.

Cena III
A mesma e o Empregado demitido.

O EMPREGADO – Minha senhora!...

A POLÍTICA – Viva, senhor.

O EMPREGADO – Venho dizer-lhe que a senhora é uma ingrata, uma pérfida; que eu a aborreço, que eu a detesto!

A POLÍTICA – Que calor está fazendo!

O EMPREGADO *(Com delírio)* – Mulher de mármore, mulher sem coração! Onde estão as promessas brilhantes que me fizeste, esse amor que me juraste? Tudo traíste! A honra e o dever! E eu, pobre incrédulo, que deixei-me iludir pelo doce canto da sereia; eis-me demitido, e sem ordenado!

A POLÍTICA – Senhor, tenho de sair a visitas.

O EMPREGADO – Não, não me hás de escapar; vou já comprar uma arroba de tipos, que hei de fundir em balas de papel; vou criar um jornal, um jornal incendiário. Ah! julgavas que havias de zombar impunemente de mim nos braços de teus novos amantes! Eu te mostrarei. *(Sai arrebatadamente)*

Cena IV
A Política (só).

Atrevido! Vir insultar-me em face!... Hei de vingar-me! *(Toca a campainha, e entra o Empenho, pequeno groom ao serviço particular da Política)* Empenho, vai levar esta carta a todas as secretarias do estado, e presidentes de província. *(Escrevendo)* Ah! veremos, Sr. Empregado demitido, quem há de ganhar a partida; não terá mais emprego enquanto não me der uma satisfação plena. *(Ao groom, dando-lhe uma carta)* Toma, vai correndo.

(O groom corteja e sai; entra o Senador, que traja à Richelieu)

Cena V
A Política e o Senador.

A POLÍTICA *(Com amabilidade e forcejando para sorrir--se)* – Adeus, meu caro Senador, seja bem aparecido; já não há quem tenha o prazer de vê-lo.

O SENADOR – Que quer, minha querida! ando tão ocupado com os meus novos afazeres!...

A POLÍTICA – E que afazeres são esses que me privam da sua amável visita? Pode-se saber, se não é segredo?

O SENADOR – Não é segredo; e ainda que o fosse, sabe que não os tenho para a senhora.

A POLÍTICA – Obrigada; mas então o quê?

O SENADOR – O que há de ser? Colonização, estradas de ferro, melhoramentos materiais...

A POLÍTICA – Ah!...ah!...ah!... Colonização, estradas de ferro... *Puff!* meu caro Senador.

O SENADOR – De que se ri então?

A POLÍTICA – Pois um homem como o senhor ocupa-se dessas frioleiras?

O SENADOR – Que quer? Deu-me a mania para isto.

A POLÍTICA – E assim despreza as honras que ainda lhe destinava, as glórias de que um dia contava cobrir a sua velhice respeitável!

O SENADOR – Minha querida, entendamo-nos por uma vez: guarde os seus sorrisos e as suas promessas para aqueles que ainda acreditam neles. Entre nós o negócio é diferente; eu sou um homem velho, a senhora é uma matrona já idosa; os galanteios portanto são mal cabidos: conhecemo-nos muito bem para fazermo-nos um ao outro a injúria de crer que nos embaçamos; falemos portanto às claras e sem rebuço.

A POLÍTICA – O senhor faz-me pasmar.

O SENADOR – Nada de frases ocas; tratemos da realidade. Houve um tempo em que nos amamos; a senhora tirou de mim o partido que pôde, eu fiz o mesmo; agora nem eu preciso da senhora, nem a senhora de mim; continuemos pois a ser amigos, que é o melhor; a senhora tem muita gente a quem enganar, e eu tenho uma dívida sagrada que pagar ao meu país. Quero ao menos que a minha velhice resgate os desvarios de minha mocidade consumida num amor impuro e estéril. *(Tomando-lhe a mão)* Adeus; não fique zangada comigo por esta pequena liçãozinha: mostre que é digna do seu nome. Adeus; sem mais. *(Sai)*

CENA VI
A Política e depois um Pretendente.

A POLÍTICA – Velho louco! chamar-me matrona idosa!... Qual é dessas moças que por aí andam, que tem a graça do meu sorriso, e o encanto do meu olhar? Ingratos, pérfidos, depois que se pilham senadores!... Mas vou mandar já ordem a um deputado de 40 anos para que faça um discurso contra as estradas de ferro. *(Entra o Pretendente)* Quem é o senhor?

O PRETENDENTE – É a vigésima vez, Exma., que venho...

A POLÍTICA – Não o conheço, nem me lembro o que quer; mas é o mesmo: o lugar que pretende já está dado. Pode retirar-se. *(O Pretendente corteja e retira-se)*

(Cai o pano)

(Continua)

1º DE JULHO DE 1856

FOLHETIM

CONVERSA COM OS MEUS LEITORES

[ileg.]

Se não estais de todo esquecidos dos meus personagens, se ainda vos lembrais das cenas que desenrolei aos vossos olhos, mando levantar o pano e continuar a representação. Podeis sentar-vos a gosto, em cadeiras cômodas, e mil vezes preferíveis aos bancos empoeirados do Teatro Lírico; não deveis recear nem a vizinhança dos pedestres, nem o castigo de assistirdes à representação sentados em alguma travessa.

No meu teatro não há desses progressos artísticos; ainda está muito aquém da civilização. É verdade que não tem para dirigi-lo uma alta capacidade administrativa, entregue exclusivamente a esse mister.

[ileg.] que o grande *empresário* Barbaja, sultão do Teatro de Nápoles, fechara em cárcere privado o brejeiro de Rossini para evitar que se distraísse com os prazeres e as moças (palavras sinônimas neste artigo), e assim obrigá-lo a compor a sua afamada ópera de *Otelo*.

Deveis saber de cor esta historieta que vos tem sido contada pelos folhetins todas as vezes que se representou aquela ópera, e que talvez vos seja repetida ainda este ano por ocasião da estreia de *Tamberlick*.

Pois bem: a diretoria do nosso Teatro Lírico, que em tino e finura administrativa não cede a palma ao grande empresário Barbaja, empreendeu realizar o mesmo artifício que tão bom efeito produziu em Nápoles.

[ileg.]

Mas, meu amável leitor, é preciso que não esqueçamos que as velas estão ardendo e que a representação ainda não começou. A estearina, apesar dos esforços que tem feito uma fábrica nacional que possuímos, não é barata; e isto junto ao aluguel das arandelas, orça no fim de contas em uma despesa avultada.

O aumento do preço não dá para tanto; chega, quando muito, para as sedas e os veludos necessários a fim de realçar a *prima donna* e o tenor, e vesti-los com trajes dignos de um corpo, cujas gargantas produzem notas de dois mil francos.

Deixemos portanto a palestra para depois, e vamos à comédia.

Afixa-se o cartaz.

O RIO DE JANEIRO
ÀS DIREITAS E ÀS AVESSAS
COMÉDIA

DE

UM DIA

A orquestra toca desta vez uma sinfonia composta sobre os motivos de alguns discursos da câmara dos deputados.

Sobe o pano.

Ato III

A cena passa-se na rua do Ouvidor. O Rio de Janeiro em trajes de inverno, capote, sapatos de borracha, e guarda-chuva. Está endefluxado, fuma, toma rapé, e chupa balas queimadas, que comprou na quitandeira do canto.

Vem acompanhado de dois pequerruchos, seus filhos: um gordo, barrigudinho, de cabeça grande, tem já certo ar de gravidade, superior à sua idade; o outro é uma bela e graciosa menina, ligeira e travessa como uma borboleta, da qual tem as lindas cores, que cambiam e furtam-se aos raios do sol.

O menino barrigudo chama-se Público, traz um chapéu armado feito de jornais e um redingote de tiras de anúncios e publicações.

A menina, esbelta e faceira, traz na mão uma cestinha de palha de Itália: um dos bolsos da cesta está cheio de alfinetes, de espinhos; o outro tem flores, confeitos e pequenos favos de mel.

Ao passo que caminha pela calçada, sorri a um passante, belisca a outro, oferece a este um confeito, espeta aquele com um alfinete, acompanha a alguns, abraça-os e depois volta-lhe as costas com desdém.

Nunca se viu uma menina mais linda, mais travessa e mais caprichosa; tem o nome de Opinião.

O Rio de Janeiro, acompanhado de seus dois filhos, chega enfim à casa do Wallerstein, senta-se comodamente, e começa a ver quem passa.

Cena I

O Rio de Janeiro, o Público escondido debaixo do talmá do pai, a Opinião, um Deputado, um Jornalista, e um Diletante (Os últimos conversam).

o deputado – Pois, meu senhor, a falar a verdade, não gostei do *Tamberlick*. É um cantor já cansado.

O DILETANTE – Acho que V. Exa. neste ponto não tem razão. Concordo com o Público, que o aplaudiu.

O JORNALISTA – E com entusiasmo!

O RIO DE JANEIRO *(Baixo a seu filho)* – Como! brejeiro! Tu foste aplaudir o *Tamberlick!*

O PÚBLICO – É mentira, papai: eu estive bem quieto; mas havia lá uma mulher, que foi quem fez o barulho.

O RIO DE JANEIRO – E que mulher era esta?

O PÚBLICO – É uma francesa que veio de Paris.

O RIO DE JANEIRO – Ah! Madame Claque...

O PÚBLICO – Essa mesma.

O RIO DE JANEIRO – Mas não ouviste o que disse aquele senhor? Tu o conheces?

O PÚBLICO – Não, papai; não sei quem é; nunca falei com ele.

(Durante todo este tempo a menina, que já tem girado por toda a casa, ocupa-se em meter espinhos por entre o forro da casaca do Deputado.)

O DILETANTE *(Ao Deputado)* – O que houve hoje pela Câmara?

O DEPUTADO – Discutiram-se as comanditas, e amanhã se votará.

O JORNALISTA – E que diz, passará o projeto?

O DEPUTADO – Não sei; mas se passar, é contra a Opinião pública. *(Neste momento, a menina faz um gesto negativo)* Olhe! Ela diz que não passará. *(A menina repete o gesto)*

O JORNALISTA – Perdão; mas eu creio que ela diz que não se opõe ao projeto.

O DEPUTADO – Está enganado; ela diz que não passará.

O DILETANTE – Pois eu penso que os senhores se enganam; a menina o que diz é que não tem nada com este projeto.

O DEPUTADO – Vejamos; vem cá, minha bela menina; fala, dize o que sentes.

(A menina faz um gesto de que é muda.)

O JORNALISTA *(Tirando a sua agenda)* – Toma minha filha, escreve aqui o teu pensamento.

(A menina mostra a mãozinha direita aleijada.)

O DILETANTE – Está bem, meu anjinho, explica-te por um sinal.

(A menina foge ligeira, e vai dar um beijo num ministro que passa.)

O DEPUTADO – Fique certo de que é o que eu disse.

O JORNALISTA – Conservo a minha ideia.

O DILETANTE – Estou firme no que penso.

(Durante esse tempo o Público dorme a sono solto no colo do Rio de Janeiro, e sonha que está vendo seu pai ir passear a Minas pelo caminho de ferro.)

O RIO DE JANEIRO – São três horas; vou jantar. *(Ao Público)* Menino, vá para casa; e tu, minha filha *(à Opinião)*, vai cumprimentar da minha parte a câmara dos deputados, e dizer-lhe que me dê descanso aos domingos.

(A Opinião abre suas asas diáfanas. O Público segue com toda a gravidade o seu caminho, sendo obrigado ora a fugir de uma carroça, ora a ceder a calçada a um preto ganhador. O Rio de Janeiro vai jantar no Hotel da Europa, e depois tomar café no Cercle du Commerce.)

CENA II
O *Público* e um *Curioso.*

(O Público vai para casa.)

O CURIOSO – Oh! bons olhos o vejam. Como vai?

O PÚBLICO – Bem, obrigado.

O CURIOSO – O que há de novo?

O PÚBLICO – Não sei nada.

O CURIOSO – Vem da praça?

O PÚBLICO – Não.

O CURIOSO – Foi à câmara?

O PÚBLICO – Sabe que as minhas ocupações não me permitem...

O CURIOSO – É verdade, mas diga-me...

O PÚBLICO *(De relógio na mão)* – Desculpe, meu amigo; a sua companhia é muito agradável, mas são 3 1/2 horas.

O CURIOSO – Vai jantar?

O PÚBLICO – Naturalmente.

O CURIOSO – E à noite vai ao teatro?

O PÚBLICO – Tenho esta tenção.

O CURIOSO – Viu sem dúvida o *Tamberlick?*

O PÚBLICO – Vi. *(À parte)* Oito.

O CURIOSO – E então?

O PÚBLICO – Gostei.

O CURIOSO – Muito?

O PÚBLICO – Agradou-me; e adeus, tenho pressa.

O CURIOSO – Até logo.

O PÚBLICO *(Seguindo o seu caminho)* – Que horrível maçante! Obrigar-me a responder a dez perguntas antes de jantar! E o ônibus que me espera...

Cena III
O Recebedor de ônibus, Passageiros e o Público.

O RECEBEDOR – Não há mais lugares, meus senhores; estão todos tomados.

UM PASSAGEIRO – Mas os bilhetes não foram vendidos, e portanto o lugar é de quem primeiro chegar.

OUTRO PASSAGEIRO – Decerto; não há ninguém privilegiado.

O RECEBEDOR – Não se trata de privilégios; o Público pediu o lugar, e eu guardei-lho.

O PÚBLICO *(Chegando)* – Ainda bem; obrigado, Sr. Recebedor.

O RECEBEDOR *(Impedindo-lhe a entrada)* – O lugar está guardado.

O PÚBLICO – Bem sei. Está guardado para mim.

O RECEBEDOR – Enganou-se. Quem é o senhor?

O PÚBLICO *(Com modéstia)* – Eu sou o Público.

O RECEBEDOR *(Rindo-se)* – Não tem cara disto; e a prova é que o Público ali vem bem descansado.

O PÚBLICO *(Voltando-se para ver o indivíduo)* – O quê! o senhor comendador.

O RECEBEDOR – Ele mesmo.

UM PASSAGEIRO *(De dentro do ônibus)* – Então não saímos hoje? Já passa mais de meia hora.

O RECEBEDOR – Tenha paciência; é preciso esperar o Público: faltam cinco minutos para a hora.

O PASSAGEIRO – No seu relógio.

O RECEBEDOR – Que está certo com o do Roskel.

(O Comendador chega enfim, olha de través para o Público, toca na aba do chapéu, e entra triunfante no ônibus, que parte como um carro de vapor.)

CENA IV
O Público (só).

É coisa singular! Esta gente, que às vezes me faz tanta festa e tanta zumbaia, outras vezes faz que nem me vê! Pareço-me com um homem que andou viajando, e que quando volta ninguém o reconhece, nem mesmo sua família e os seus parentes. *(Olha para a torre de S. Francisco de Paula)* Quatro horas menos um quarto! Não há remédio, vejamos um tílburi.

CENA V
O Público e um Cocheiro de tílburi.

O PÚBLICO – Psiu!... psiu!...

O COCHEIRO – Que é lá isso?

O PÚBLICO – Vamos a Botafogo.

O COCHEIRO – Não posso.

O PÚBLICO – Como não pode?

o COCHEIRO – Vou jantar.
o PÚBLICO – E eu então! Cuida que já jantei?
o COCHEIRO – Jantará depois.
o PÚBLICO – Mas a sua obrigação é servir-me.
o COCHEIRO – Quando eu quiser.
o PÚBLICO – Vou queixar-me à polícia.
o COCHEIRO – Boa viagem. *(Passa um pedestre)*
o PÚBLICO – Bom! *(Ao pedestre)* Venha cá! Queixo-me do cocheiro deste tílburi, que não me quer conduzir.
o PEDESTRE – Não tenho nada com isto; eu cá estou incumbido do cisco.
o PÚBLICO – Mas...
o PEDESTRE – Dirija-se à autoridade competente. *(Sai)*
o PÚBLICO – Ora vá um homem procurar agora o pedestre incumbido dos tílburis! O melhor é ir jantar aqui em algum hotel.

Cena VI

O Rio de Janeiro e um Criado (no Hotel de Europa).

o RIO DE JANEIRO *(Sentando-se)* – Traga-me jantar.
o CRIADO – *Purée de pois, gibelotte, tête de veau, vermicelle, julienne, et pâte d'Italie.*
o RIO DE JANEIRO – *Pâte d'Italie.*
o CRIADO – Que vinho tomará?
o RIO DE JANEIRO – Vinho do Reno, e xerez depois da sopa.
(O Rio de Janeiro janta, e passa ao dessert.)
o CRIADO – *Que veut monsieur pour le dessert?*
o RIO DE JANEIRO – *Du fromage de Gruyère, et des raisins de Corynthe.* *(O Criado serve)*
o CRIADO – Café?
o RIO DE JANEIRO – Não, chá e charutos de Havana, Regalias. *(Entra o Público, e fica admirado)*

Cena VII
O Rio de Janeiro e o Público.

O PÚBLICO – Que é isto, meu pai?

O RIO DE JANEIRO – Isto o quê, pequeno?

O PÚBLICO – Pois Vm., não contente com estar vestido à inglesa, e emborrachado à americana, fala francês, janta na Europa, bebe vinho do Reno, toma sopa na Itália, chá na Índia, come queijo na Suíça, e passas na Grécia!

O RIO DE JANEIRO – São os efeitos da civilização. Depois que se inventaram os caminhos de ferro, os homens como nós podem permitir-se uma dessas pequenas fantasias dos banquetes de Lucúlio. Senta-te, e janta ao mesmo tempo nas quatro partes do mundo; temos aqui tâmaras da África, caril da Ásia, vinhos e frutas da Europa, e caça da América. Tudo isto custa apenas alguns mil-réis.

O PÚBLICO – Mas papai, por que é que esta civilização maravilhosa, que acaba com as distâncias, e inventa tais prodígios, não há de fazer com os ônibus deem lugar à gente e partam à hora; com que os cocheiros dos tílburis me sirvam bem, e com os pedestres cumpram com as suas obrigações?

O RIO DE JANEIRO – Bem mostras que não estás a par do progresso; senão, devias te lembrar da máxima latina que diz: – *De minimis non curat prætor.*

O PÚBLICO – Que quer dizer...

O RIO DE JANEIRO – Que o gigante com ser gigante, não deixa de andar com os pés na lama, e de dar topadas do mesmo modo que o anão que apenas tem algumas polegadas de altura.

O PÚBLICO – Neste caso não há remédio senão ter paciência.

O RIO DE JANEIRO – E esperar. Saber esperar, meu filho, é a primeira qualidade do verdadeiro sábio. *(Ao Criado)* Garçon, la carte!

O PÚBLICO – E como é que se espera?

O RIO DE JANEIRO – Desta maneira; jantando no Hotel da Europa, e indo ao teatro ouvir *Tamberlick*. Dá cá o braço, e vamos flanar um momento na praia de Botafogo. *(Os dois saem)*

O CRIADO *(À parte)* – São dois fidalgos. *(Cumprimentando)* Excelentíssimos!...

(Cai o pano)

FIM DO 3º ATO

(Continua)*

---

* Alencar não concluiu o texto.

18 DE DEZEMBRO DE 1856

FOLHETIM

Conversa com os meus leitores

Hoje não conversaremos.

Não porque não haja muita coisa de interessante que nos possa servir de tema; mas porque pretendo ocupar melhor a vossa atenção.

Tomo a liberdade de dedicar-vos a pequena obra de um D. Juan do século XIX, que morreu antes de ter o tempo de dá-la à luz.

Tem por título e por objeto: *A moda*.

Escrito em um estilo ligeiro, este livro revela no entanto um estudo profundo da humanidade.

O seu autor demonstra à evidência que a *moda* é a primeira ciência do mundo, pois é a ciência do progresso e a mais verdadeira expressão da civilização.

La Rochefoucauld já tinha dito no século passado que a mulher é um ente *qui s'habille que babille et se deshabille*.

Longe estava ele de pensar que o seu dito espirituoso encerrava o germe de uma grande descoberta.

Não desejamos porém prevenir o leitor à respeito da importante obra que submetemos à sua consideração.

Quisemos apenas mostrar que ela é digna de ser lida pelos homens graves e profundos, que se ocupam com os destinos da humanidade.

Depois de mostrar a influência e a alta missão da *moda*, o autor faz a sua história, que é ao mesmo tempo a história do gênero humano.

Esta história abrange um período de mais de seis mil anos; e começa no paraíso com o nascimento de Eva, para acabar no século XIX com a invenção da gravata e dos colarinhos à inglesa.

Enfim, o leitor vai julgar por si mesmo do merecimento do livro que submetemos à sua consideração.

Ei-lo:

....

A Moda
(Pequeno tratado para uso dos meus leitores)
Capítulo I
O que é a moda?

A moda é uma arte ou uma ciência?

Eis a primeira e importante questão que suscita este estudo profundo e humanitário.

As opiniões se dividem; e diversas ilustrações profissionais, de ambos os sexos, que se têm ocupado com a matéria, não conseguiram ainda dar uma solução ao problema.

O seu erro está em adotarem uma opinião exclusiva; a moda é ao mesmo tempo uma arte e uma ciência.

Como meio de realçar a beleza, como relevo de um quadro da natureza, como harmonia de formas, a moda é uma arte.

Não cede à pintura, à escultura e à música pela graça das concepções; como elas tende a destruir a natureza.

Uma mulher elegante, um quadro *d'après nature*, e uma música de *Verdi* não são mais do que um arremedo das obras divinas do Criador.

Como ideia, como agente de uma reforma de usos e costumes, como influência poderosa que atua sobre o espírito público – a moda é uma ciência.

É tão profunda como a economia política, a moral, o direito e todos esses conhecimentos que servem para dirigir a marcha da sociedade e os destinos dos povos.

O inventor de um novo vestuário figura na história da humanidade como o autor de um sistema filosófico e o propagador de uma ideia política.

Voltaire e um alfaiate fizeram a Revolução Francesa: o primeiro pregando um novo sistema filosófico; o segundo talhando uma nova forma de calças.

A pena de um e a tesoura do outro mudaram a face da Europa; enquanto Voltaire destruía a fé, o alfaiate acabava com os calções (*culotes*); ambos atacavam o corpo social, um pelo coração, o outro pelas pernas.

Ultimamente a França deu-nos um segundo exemplo do poder irresistível desta alavanca poderosa a que se chama moda.

Um extravagante, um hotel e um chapeleiro fizeram a Revolução de 1848: o primeiro, que era Fourrier, ressuscitou o comunismo; o hotel deu banquetes populares; o chapeleiro inventou os *gorros vermelhos*.

Desta vez a França foi atacada como se vê, na cabeça, no estômago e na algibeira; era impossível resistir.

O que há porém a deplorar é que a história, consignando a memória de Voltaire, de Fourrier, de Lutero, de Rousseau, e de tantos outros, cometesse um indesculpável esquecimento, deixando perder-se o nome do inventor das calças e dos gorros vermelhos.

Uma injusta obscuridade envolve a memória desses ilustres revolucionários, desses regeneradores da humanidade!

Só posso atribuir isto a um motivo; a maior parte dos historiadores são *ratões*, e por conseguinte inimigos da moda. De que pequenas causas depende a verdade dos livros?...

Capítulo II
Importância da moda

Victor Hugo disse em uma de suas obras:
"A arquitetura é a história da humanidade escrita em monumentos; é o livro de pedra do mundo".

O pensamento do poeta não é exato; muito antes de elevar monumentos já o gênero humano vivia, e o seu livro de pedra não pode abranger aquele período.

A verdadeira história da humanidade é a moda; é esse livro escrito em trapos, e transmitido de geração em geração até os nossos dias.

Por falta de terem refletido nisto, os historiadores têm cometido uma grande inexatidão na divisão das grandes épocas do mundo.

Deixam-se levar por certos princípios de governo, e dividem aquelas épocas segundo a forma que predominava; assim distinguem o período patriarcal, teocrático, monárquico e republicano.

Essas distinções são completamente falsas; o método exato e único é o que se baseia na moda.

Ei-lo:

A história da humanidade apresenta em primeiro lugar duas grandes épocas: a época da humanidade *nua* e a época da humanidade *vestida*.

O tempo da humanidade nua é antediluviano e não tem história; mas apenas tradições, de que depois falaremos.

O tempo da humanidade vestida, a que vulgarmente se chama o período histórico, divide-se em três idades.

A idade das vestes talares, a que se chama *antiguidade;* a idade das vestes até o meio do corpo, e que por isso se chamou *média idade;* a idade das vestes apertadas, conhecida com o nome de *idade moderna*.

A túnica, o saiote, e a casaca, eis as três grandes divisões ou épocas históricas do mundo; depois veremos as diversas subdivisões que sofreram cada uma dessas modas.

Este rápido esboço prova toda a importância da ciência de que vamos tratar, e que está destinada a dentro em pouco governar o mundo.

Capítulo III
Alta missão da moda

Os filósofos, quando tratam do destino da humanidade, servem-se de uma palavra oca e sem sentido – *o progresso*.

Mas quando se lhes pergunta o que é o progresso, não o sabem definir; dizem apenas que é a faculdade que tem o homem de aperfeiçoar-se.

Semelhante definição é inadmissível; se o progresso é o instrumento da perfectibilidade, parece que mais cedo ou mais tarde a humanidade devia chegar à perfeição.

Ora, esta hipótese é um absurdo; a perfeição é Deus, e a humanidade não pode nunca divinizar-se.

O que se segue pois é que o progresso, como o entendem os filósofos, seria uma causa sem efeito, um movimento sem ação.

Mas é que os filósofos se enganam completamente.

O progresso não é a faculdade de aperfeiçoar-se; é unicamente a arte de vestir-se.

Isto não é um paradoxo, não; é a verdade confirmada pela história.

Lancemos um olhar pela humanidade desde o começo do mundo até hoje, e veremos que a perfectibilidade humana não se tem revelado senão na arte de vestir.

Com efeito, na ciência a antiguidade nos apresenta uma série imensa de nomes que fazem vergonha aos sábios modernos: Platão, Sócrates, Archimedes, Euclides, etc.

Na poesia épica, Homero como um Deus, e Virgílio como um anjo, dominam ainda do alto do seu trono a literatura moderna.

Na tragédia, Sófocles e Thucidides não são representantes; mas são imitados a todo o momento.

Nas artes, Phidias, Orpheo, Píndaro, Sapho, Praxisteles elevaram a pintura, a escultura e a música a um ponto que ainda não atingimos.

Em legislação, as sábias instituições da Grécia, do Egito e de Roma ainda hoje nos governam; as *institutas* de Justiniano são ainda o nosso direito civil.

Em luxo, como poderemos igualar as magnificências de Thebas, a cidade de cem portas, os palácios persas e as riquezas fabulosas de Memphis?

Em guerras, as nossas são pequenos combates, brigas de menino de escola, à vista daquelas pelejas titânicas, daqueles sítios de dez anos, daquelas batalhas de Marthon e Salamina.

A respeito de monumentos, as nossas cidades tornam-se presepes à vista da pirâmides do Egito, da muralha da China, e dos jardins de Babilônia.

Enfim, os homens de hoje são pigmeus na força, na inteligência e no trabalho, à vista dos homens da antiguidade.

Depois da queda do Império Romano não se descobriu e não se inventou nada mais neste mundo.

A América já era conhecida de Platão; a pólvora e a bússola tinham sido inventadas pelos Chins; a imprensa foi imitada das belas estampas de sedas da Índia, onde se viam caracteres da linguagem sânscrita.

Os homens modernos apenas têm direito ao *brevet de invention* de duas cousas, que são: o romance e o governo representativo.

Mas esta invenção não tem o menor merecimento; o romance é um misto do drama e do conto, como o governo representativo é um misto da monarquia e democracia.

Assim pois onde é que está o progresso, onde está a perfectibilidade humana?

Na arte de vestir.

O homem saindo das mãos de Deus nu, recebeu a missão divina e providencial de vestir-se.

Durante seis mil anos ele tem realizado esta missão, progredido sempre.

A nudez completa ou parcial é sinal de mais ou de menos selvageria; assim como o vestuário completo é sinal de maior ou menor progresso.

O século XIX conseguiu elevar a civilização a um alto ponto vestindo o homem de maneira a só deixar-lhe uma pequena parte do rosto de fora.

Quando a moda tiver conseguido cobrir o homem todo, sem deixar aparecer nem a ponta do nariz, a humanidade terá atingido a perfeição e concluído a sua missão na terra.

BIOGRAFIA DE
JOSÉ DE ALENCAR

José Martiniano de Alencar nasceu no dia 1º de maio de 1829, em Mecejana, Estado do Ceará. Em sua certidão de batismo, consta que era filho natural de Ana Josefina de Alencar. Recebeu, no entanto, o mesmo nome do pai, que era então um padre, que havia participado ativamente dos movimentos políticos que agitaram o Nordeste em 1817 e 1824 e que se tornaria mais tarde um político influente no império, como senador e presidente da província do Ceará.

Quando Alencar tinha nove anos, sua família mudou-se para o Rio de Janeiro. Parte da viagem, do Ceará à Bahia, foi feita por terra, o que parece ter marcado profundamente o futuro escritor, que a registra em sua autobiografia como uma experiência fundamental para o seu interesse pela paisagem brasileira.

No Rio de Janeiro, Alencar faz os estudos secundários no Colégio de Instrução Elementar, onde desenvolve a habilidade e o gosto pela leitura. Em casa, nos serões familiares, lê romances em voz alta para os parentes. Em 1843, muda-se sozinho para São Paulo, a fim de fazer o curso preparatório para a Faculdade de Direito, na qual ingressa em 1846. Forma-se em 1850, tendo feito o terceiro ano do curso na Faculdade de Direito de Olinda, e retorna ao Rio de Janeiro, onde passa a trabalhar no escritório de advocacia do Dr. Caetano Alberto.

"Eis-me de volta ao turbilhão do mundo", escreve em sua autobiografia. De fato, o Rio de Janeiro era uma cidade muito maior e mais movimentada que São Paulo. E Alencar não demoraria a lançar-se nesse turbilhão. Em setembro de 1854, aos vinte e cinco anos, é convidado por Francisco Otaviano, amigo e ex-colega da Faculdade de Direito, a escrever folhetins semanais para o *Correio Mercantil*. Alencar se sai tão bem com os folhetins intitulados "Ao Correr da Pena", que em outubro do ano seguinte assume um cargo mais importante: o de redator-gerente do *Diário do Rio de Janeiro*, jornal que então passava por dificuldades financeiras. Assumindo várias tarefas, escrevendo editoriais, artigos de fundo e folhetins, Alencar assegurou o seu prestígio intelectual e em 1856 participou da primeira das várias polêmicas literárias de sua vida. Gonçalves de Magalhães havia publicado o longo poema épico *A Confederação dos Tamoios*, com apoio de D. Pedro II. Oculto pelo pseudônimo *Ig*, nosso escritor escreveu oito cartas com críticas arrasadoras ao poema. Os amigos de Gonçalves de Magalhães saíram em sua defesa, inclusive o Imperador, estabelecendo-se uma formidável discussão literária.

É também no ano de 1856 que Alencar estreia como romancista. Para agradar aos assinantes *d'O Diário do Rio de Janeiro*, a empresa decidiu oferecer-lhe um brinde de fim de ano: o romance *Cinco Minutos*, que o jornal acabara de publicar em forma de folhetim. Como o pequeno volume passou a ser dado também para os novos assinantes, houve razoável aumento da tiragem do jornal, o que animou Alencar a começar seu segundo romance, *A Viuvinha*, que foi interrompido e concluído no ano seguinte. É justamente em 1857 que o nome do escritor se consagrou para sempre no mundo das letras. A partir do dia 1º de janeiro, e ao longo de quase quatro meses, o *Diário do Rio de Janeiro* publicou, quase que diariamente, capítulo por capítulo, o romance *O Guarani*, obra fundamental do indianismo romântico e de toda a nossa literatura. As aventuras de Peri e Ceci, segundo relatos do tempo, fizeram um sucesso extraordinário e conquistaram leitores no país inteiro. Mas ao sucesso popular não correspondeu um sucesso junto ao meio intelectual, que não se manifestou pelos jornais. Alencar, desgostoso com o silêncio de seus pares, interrompeu bruscamente a carreira de romancista e passou a dedicar-se ao teatro.

A capacidade de trabalho do escritor revelou-se extraordinária; além das ocupações do jornal, escreveu nada menos que quatro peças entre maio e dezembro de 1857; *O Rio de Janeiro, Verso e Reverso; O Demônio Familiar; O Crédito* e *As Asas de um Anjo*. As três primeiras foram encenadas no mesmo ano de 1857, no Teatro Ginásio Dramático do Rio de Janeiro, e a segunda fez de Alencar o primeiro dramaturgo de seu tempo, tamanho o sucesso de público e crítica. No ano seguinte, porém, depois de três representações, *As Asas de um Anjo*, peça que abordava o problema da prostituição, foi proibida pela polícia, acusada de imoralidade. Para defendê-la, Alencar se envolveu em mais uma polêmica, escrevendo artigos para explicar que toda a sua dramaturgia tinha um fim moralizador.

Aborrecido com o episódio da censura, o escritor pensou em desistir do teatro, mas em março de 1860 o Ginásio Dramático estreava o drama *Mãe*, de sua autoria, no qual trazia à cena, com tratamento dramático, o tema da escravidão, que já havia sido abordado pelo prisma da comédia em *O Demônio Familiar*. Mais um grande sucesso, ao qual se seguiu a satisfação de ver a montagem da comédia lírica em dois atos, *A Noite de S. João*, que havia escrito para a Imperial Academia de Música e Ópera Nacional. Nova decepção, porém, estava para acontecer. A convite de João Caetano, Alencar escreveu o drama *O Jesuíta*, para ser encenado no dia 7 de setembro de 1861. O famoso ator, porém, desistiu da encenação, ao que tudo indica, sem lhe dar explicações. Nessa altura, Alencar já havia abandonado o jornalismo e abrira nova frente de trabalho: a política. Elegera-se deputado pela província do Ceará e estreara na tribuna parlamentar como membro do Partido Conservador. Nos próximos anos, sua vida estará dividida entre duas grandes paixões: a literatura e a política. Assim, já no final de 1861, tem mais um romance pronto: *Lucíola*, no qual retoma o tema espinhoso da prostituição. No ano seguinte, tem outra peça encenada no Rio de Janeiro, *O Que é o Casamento?*, e acompanha a publicação dos dois primeiros volumes de *As Minas de Prata*, na "Biblioteca Brasileira" criada por Quintino Bocaiúva. Esse belíssimo romance histórico, porém, só foi concluído dois ou três anos depois e publicado na íntegra, em seis volumes, em 1865-1866. Antes disso, Alencar escreveu o poema "Os Filhos de Tupã" e o romance *Diva*, publicado em 1864, ano em que se casou com Giorgiana Augusta Cochrane, filha do médico inglês Dr. Thomas Cochrane e da brasileira Helena Augusta Nogueira da Gama.

Em 1865, Alencar escreve sua última peça teatral, *A Expiação* – continuação de *As Asas de um Anjo* – e publica seu mais belo romance indianista, *Iracema*, recebido entusiasticamente por Machado de Assis, em artigo publicado no *Diário do Rio de Janeiro*. E no final desse mesmo ano começa a publicar as *Cartas de Erasmo*, obra de enorme repercussão no meio político da época, por exigir do Imperador uma atuação mais firme como chefe do Poder Moderador. Sua dedicação aos escritos políticos toma-lhe todo o tempo, mas a recompensa não tarda: em julho de 1868, em meio à crise provocada pela guerra do Paraguai, sobe o gabinete conservador do Visconde do Itaboraí, e Alencar é nomeado Ministro da Justiça. Um dos seus atos mais importantes é a extinção do degradante mercado de escravos, que se fazia em praça pública. Mas na luta interna pelo comando político do gabinete, nosso escritor entra em choque com os companheiros e desagrada ao próprio Imperador. Demite-se então do ministério e candidata-se ao Senado pelo Ceará, conseguindo o primeiro lugar na lista dos mais votados. D. Pedro II, porém, não o quer senador e, utilizando as prerrogativas de seu cargo, nomeia o segundo colocado na votação.

A frustração de Alencar é enorme. De volta à Câmara, passa a fazer oposição ao gabinete do Visconde do Itaboraí e vota contra a Lei do Ventre Livre, em 1871. A partir desse ano, cortada a ambição política, dedica-se novamente à literatura, que já havia retomado no ano anterior, com a redação do primeiro volume de *A Guerra dos Mascates* e a publicação dos romances *A Pata da Gazela* e *O Gaúcho*. Não bastassem as decepções com a política, em 1871, ano da publicação de *O Tronco do Ipê*, Alencar é alvo de ataques de José Feliciano de Castilho e Franklin Távora, que o agridem como escritor e político, no hebdomadário *Questões do Dia*, criado para esse fim.

Em 1872, Alencar é um homem amargurado, entristecido com as oposições que vem sofrendo de políticos e homens de letras. Ao publicar o romance *Sonhos d'Ouro*, escreve um prefácio notável, em que se defende como escritor e explica seu projeto de criação de uma literatura nacional. Aos poucos, romance após romance, sua obra constituía-se já num amplo painel da vida brasileira, do passado e do presente, do campo e da cidade. Nos cinco anos que lhe restaram de vida, publicou ainda vários romances: *Til, O Garatuja, A Alma do Lázaro, O Ermitão da Glória*, o volume completo de *A Guerra dos Mascates*,

Ubirajara, *O Sertanejo* e o admirável *Senhora*. Se esses romances lhe trouxeram alegria, registre-se que em 1875 Alencar sofreu a última grande decepção de sua vida. Por insistência do ator Dias Braga, ele aceitou que sua peça *O Jesuíta* fosse encenada. Depois de duas récitas, nos dias 18 e 19 de setembro, com pouco público, o espetáculo saiu de cartaz. Alencar, furioso com o descaso da plateia brasileira para com um drama nacional, escreveu um artigo no jornal *O Globo*, que teve réplica de Joaquim Nabuco, à qual se seguiu nova e desgastante polêmica.

Alencar chegava ao fim dos seus dias como um homem desencantado com a política e o mundo das letras. Machado de Assis, numa página cheia de sentimentos, escrita em 1887, dez anos após a morte do escritor, relembrou como foram os seus últimos anos de vida:

"Não pude reler este livro [*O Guarani*], sem recordar e comparar a primeira fase da vida do autor com a segunda. 1856 e 1876 são duas almas da mesma pessoa. A primeira data é a do período inicial da produção, quando a alma paga o esforço, e a imaginação não cuida mais que de florir, sem curar dos frutos nem de quem lhos apanhe. Na segunda, estava desenganado. Descontada a vida íntima, os seus últimos tempos foram de misantropo. Era o que ressumbrava dos escritos e do aspecto do homem. Lembram-me ainda algumas manhãs, quando ia achá-lo nas alamedas solitárias do Passeio Público, andando e meditando, e punha-me a andar com ele, e a escutar-lhe a palavra doente, sem vibração de esperanças, nem já de saudades. Sentia o pior que pode sentir o orgulho de um grande engenho: a indiferença pública, depois da aclamação pública. Começara como Voltaire para acabar como Rousseau".[1]

---

1 Machado de Assis, *Crítica teatral*. Rio de Janeiro: Jackson, p. 345.

Alencar tinha apenas 48 anos de idade quando morreu, no Rio de Janeiro, no dia 12 de dezembro de 1877. Deixou-nos uma obra imensa, valiosíssima, em que palpita a alma brasileira como em nenhuma outra. Que sejam suas as palavras finais desta breve nota biográfica, para afirmar o quanto ele amou o nosso país; "... em cerca de quarenta volumes de minha lavra ainda não produzi uma página inspirada por outra musa que não seja o amor e a admiração deste nosso Brasil".[2]

---

[2] Afrânio Coutinho (apresentação), *A polêmica Alencar-Nabuco*. Rio de Janeiro: Tempo Brasileiro, 1965, p. 41-42.

João Roberto Faria é professor de Literatura Brasileira na Universidade de São Paulo, onde concluiu o Mestrado, o Doutorado e a Livre-Docência. Entre 1991 e 1993, fez pós-doutorado no Centre de Recherches sur le Brésil Contemporain, em Paris. No primeiro semestre de 2000 foi Tinker Visiting Professor na Universidade do Wisconsin, em Madison, Estados Unidos. É autor dos seguintes livros: *José de Alencar e o Teatro; O Teatro Realista no Brasil: 1855-1865; O Teatro na Estante e Ideias Teatrais: o Século XIX no Brasil.*

BIBLIOGRAFIA

a) Alencar cronista:

Ao correr da pena. Organização de J. M. Vaz Pinto. São Paulo: 1874.

Ao correr da pena. Organização de Francisco de Assis Barbosa. São Paulo: Melhoramentos, 1956.

Ao correr da pena. In: *Obra completa.* Rio de Janeiro: Aguilar, 1960. vol. 4.

Ao correr da pena. In: *Teatro completo.* Rio de Janeiro: SNT, 1977. vol. 1.

Crônicas escolhidas. São Paulo: Ática/Folha de S. Paulo, 1995.

b) Bibliografia básica sobre José de Alencar:

ARARIPE JÚNIOR, José de Alencar. In: *Obra crítica de Araripe Júnior.* Rio de Janeiro: MEC/Casa de Rui Barbosa, 1958. vol. I (1868-1887).

BOSI, Alfredo. Um mito sacrificial: o indianismo de Alencar. In: *Dialética da colonização.* São Paulo: Companhia das Letras, 1992.

CANDIDO, Antonio. *Formação da literatura brasileira.* 2ª ed. São Paulo: Martins, 1971.

CASTELLO, José Aderaldo. O projeto de literatura nacional de José de Alencar. In: *Boletim Bibliográfico da Biblioteca Mário de Andrade,* 38: 17-32, jul.-dez. 1977.

COUTINHO, Afrânio (org.). *A polêmica Alencar-Nabuco*. Rio de Janeiro: Tempo Brasileiro, 1965.
DE MARCO, Valéria. *O império da cortesã: Lucíola, um perfil de Alencar*. São Paulo: Martins Fontes, 1986.
——— . *A perda das ilusões: o romance histórico de José de Alencar*. Campinas: Ed. da Unicamp, 1993.
LEITE, Dante Moreira. Lucíola e Senhora; D. Casmurro. In: *Psicologia e literatura*. 2ª ed. São Paulo: Companhia Editora Nacional, 1967.
——— . Lucíola: teoria romântica do amor. In: *O amor romântico e outros temas*. 2ª ed. São Paulo: Ed. Nacional/Edusp, 1979.
MAGALHÃES Jr., R. *José de Alencar e sua época*. Rio de Janeiro: Civilização Brasileira, 1977.
MORAES PINTO, Maria Cecília. *A vida selvagem: paralelo entre Chateaubriand e Alencar*. São Paulo: Annablume, 1995.
——— . *Alencar e a França: perfis*. São Paulo: Annablume, 1999.
MOREIRA, Maria Eunice. *Nacionalismo literário e crítica romântica*. Porto Alegre: Instituto Estadual do Livro, 1991.
NITRINI, Sandra. Lucíola e romances franceses: leituras e projeções. In: *Revista Brasileira de Literatura Comparada*, 2: 137-148, maio 1994.
RIBEIRO, Luís Filipe. *Mulheres de papel: um estudo do imaginário em José de Alencar e Machado de Assis*. Niterói: Eduff, 1996.
SCHWAMBORN, Ingrid. *A recepção dos romances indianistas de José de Alencar*. Tradução de Carlos Almeida Pereira. Fortaleza: Edições UFC/Casa José de Alencar, 1990.
——— . *O guarani era um tupi? Sobre os romances indianistas* O Guarani, Iracema, Ubirajara, *de José de Alencar*. Tradução de Carlos Almeida Pereira. Fortaleza: UFC/Casa de José de Alencar/Programa Editorial, 1998.

ÍNDICE

Alencar cronista... 7

Ao correr da pena
(1854-1855)

Conto de fada... 18
O Jockey Club e a sua primeira corrida.................. 25
Um sermão de Monte Alverne.................................. 34
O Passeio Público.. 40
Máquinas de coser... 48
A tomada do Rio Alma.. 54
Mitologia folhetinística.. 62
Adeus à corte.. 69
O Teatro Lírico... 77
A véspera do Natal.. 84
Conto fantástico... 91
A última noite de 1854.. 101
Ecos do passado.. 110
25 de fevereiro de 1855.. 124
4 de março de 1855... 130
O tipo *larmoyeur*.. 136
A estação das flores.. 144

Uma visita ao estabelecimento óptico do Reis........	151
A arte de conversar..	162
O livro da semana...	172
Um tema delicado...	181
Uma carta..	191
A Botafogo..	201
As ações de companhias...	210
Correi, minha pena...	218
Olhando para o fundo do meu tinteiro...................	224
Estou de *verve*; e vou escrever um livro................	230

Folhas soltas
(1856-1857)

18 de fevereiro de 1856...	239
3 de março de 1856..	246
6 de março de 1856..	253
1º de abril de 1856...	261
26 de maio de 1856..	267
2 de junho de 1856..	272
12 de junho de 1856..	279
1º de julho de 1856..	290
18 de dezembro de 1856..	300
Biografia de José de Alencar...................................	307
Bibliografia..	315

GRÁFICA PAYM
Tel. (011) 4392-3344
paym@terra.com.br